AF194202

Reiner Plaumann

Alb-Florenz

Reiner Plaumann

Alb-Florenz

Ein Kriminalroman von der Schwäbischen Alb

Bibliografische Information der Deutschen Nationalbibliothek:
Die Deutsche Nationalbibliothek verzeichnet diese Publikation
in der Deutschen Nationalbibliografie; detaillierte
bibliografische Daten sind im Internet über http://dnb.dnb.de
abrufbar.

Herstellung und Verlag: BoD – Books on Demand, Norderstedt

ISBN: 978-3-7562-0420-5

"Aller Anfang ist heiter, die Schwelle ist der Platz der Erwartung."

Johann Wolfgang von Goethe (1749 - 1832)

Quelle: Goethe, Wilhelm Meisters Lehrjahre, 1795/6. 7. Buch, 9. Kap., Zitat aus Lehrbrief vom Abbé an Wilhelm

Prolog

Sechs Tage später

Dicht gedrängt schoben sich die erwartungsfrohen Urlauber, die abgeklärten Geschäftsleute und eine merkwürdige Gestalt durch die große Abflughalle des Stuttgarter Flughafens.

Eine leichte Nervosität jedoch schien alle befallen zu haben – selbst die Damen und Herren, „business casual", mit ihren Notebooks und Tablets, als einzigem Handgepäck, schielten doch öfters als nötig auf die große Flugplan-Tafel. Dabei mussten sie - wie alle – aufpassen, nicht mit den anderen Fluggästen zusammenzustoßen.

Allein der merkwürdigen Gestalt schien die Boarding – und Abflugzeiten reichlich wenig zu interessieren. Vielmehr musterte sie die wimmelnde Menge sehr genau. Jeden einzelnen Reisenden taxierte sie – wog kurz ab - und konzentrierte sich dann auf die nächste Person.

Diese merkwürdige Gestalt merkwürdig zu nennen, war vielleicht übertrieben, angesichts einiger anderer Individuen, die – aufgrund ihres extravaganten Auftretens - viel eher den Blick auf sich zogen. An der Gestalt war vielmehr – aber erst auf den zweiten Blick – etwas Unnatürliches festzustellen. Waren es die zotteligen Haare? Der tiefschwarze Vollbart? Oder die dunkle, dicke Brille? Keines dieser Dinge schien zu passen.

Jedoch: diesen zweiten Blick schien niemand zu machen. Selbst die patrouillierenden Beamten der Flughafenpolizei nahmen keine Notiz von dem Mann.

Und plötzlich stockte er. Sein Blick blieb an einer Frau hängen, die eine soeben frei gewordene Sitzgelegenheit entdeckt hatte und darauf zustürmte. Tatsächlich gelang es ihr, den Platz zu erreichen, bevor ein übergewichtiger Mann in Bermuda-Shorts sich auf den Sitz stürzen konnte.

Die Frau nickte dem Dicken übertrieben freundlich zu und winkte ihrem Mann, für den diese Aktion zu schnell gewesen war. Er stellte sich neben seine nun sitzende Gattin und drängte den Bermuda-Shorts-Träger so noch weiter zur Seite.

Die merkwürdige Gestalt, schien gefunden zu haben, was sie gesucht hatte. Lag es daran, dass die Handtasche der Frau halb offenstand?

Seitlich von hinten näherte sich die Gestalt der sitzenden Frau. Dabei war sein Blick nicht auf diese gerichtet, sondern auf die Handtasche, welche die Frau jetzt auf dem Boden, neben ihrem Sitz, gestellt hatte.

„Sollte es heute so einfach sein", dachte die Gestalt. „Jetzt brauche ich nur noch ein wenig Ablenkung …"

Und diese sollte schneller kommen als die Gestalt erhofft hatte: Der Bermuda-Short-Träger hatte gerade wieder einen freien Sitzplatz entdeckt und war nicht gewillt, sich diesen Platz wieder streitig machen zu lassen. Den Blick starr auf die freie Sitzschale gerichtet, sprintete der Mann – im Rahmen seiner Möglichkeiten – dem Sitz entgegen. Dabei achtete er verhängnisvoller Weise nicht auf einen abgestellten Koffer und stürzte mit lautem Geschrei darüber.

Alle Umstehenden warfen ihre Blicke und ihre Aufmerksamkeit auf den gefallenen Dicken. Dies nutzte die merkwürdige Gestalt, um rasch die Hand in die offene Handtasche der besagten Frau gleiten zu lassen. Weniger als zwei Sekunden dauerte es, bis die Gestalt fündig geworden war. Blitzschnell zog er den erbeuteten Gegenstand aus der Tasche und ließ ihn in seiner Jacke verschwinden.

Während sich der Dicke wieder hochrappelte und die Umstehenden ein Lachen nur schwer unterdrücken konnten, geschahen zwei Dinge: Der freie Sitzplatz wurde von einem dunkelhäutigen Mann belegt und die merkwürdige Gestalt, entfernte sich aus der Abflughalle.

Zufrieden eilte sie dem nächsten Parkhaus entgegen.

„Für heute ist meine Arbeit getan", frohlockte der Mann innerlich. Niemand nahm Notiz von ihm. Auch nicht, als er sich, in einer dunklen Ecke des Parkhauses, die Brille, die Perücke und den Bart abriss.

Kapitel 1

„Irgendetwas stimmt hier nicht!"

Konrads Schwager Gerd war es Ernst – Todernst.

„Ich kenne Hannes. Der verschwindet nicht einfach so."

Die Aufregung Gerds war deutlich spürbar. Konrad holte tief Atem und blies die Luft mit einem geräuschvollen Zischen durch die Nase wieder hinaus. Mit großer Besorgnis betrachtete er seinen Schwager. Wenn Gerd seine Stirn derart in Falten legte, gab es allen Grund sich Sorgen zu machen.

Dennoch – oder gerade darum – versuchte Konrad sein Gegenüber zu beruhigen:

„Er ist ja erst ein paar Tage weg. Das ist keine Zeit. Da macht nicht mal die Polizei etwas."

„Stimmt!"

„Was?"

„Stimmt. Ich war heute Vormittag dort. Die haben mich fast ausgelacht und …"

„Und was?"

„… und gesagt: ‚Das ist keine Zeit'. Ein erwachsener Mann kann durchaus auch mal vier oder fünf Tage verreisen, ohne es anzukündigen. Zumal, wenn er unverheiratet ist.

Auf mein Drängen hin sind sie dann aber doch noch aktiv geworden und haben bei seinem Arbeitgeber nachgefragt. Er hat sich heute Morgen Urlaub genommen – die ganze Woche."

„Na siehst du", Konrad verspürte die leise Hoffnung, dass sich sein Schwager wieder beruhigen würde. Noch dazu, da seine Stimme jetzt leiser und seine Stirnfalten weniger wurden.

„Quatsch! Da stimmt trotzdem etwas nicht", stieß Gerd jedoch plötzlich und wieder mit lauter Stimme hervor. „Hannes macht sich nicht einfach so aus dem Staub. Ohne mir etwas zu sagen. Am kommenden Wochenende ist VR–Cup. Da lässt er die Mannschaft und mich nicht einfach im Stich."

Konrad blicke verdutzt auf. War es möglich …

„Ach, deswegen machst du dir Sorgen? Du hast keinen Trainer für deine D-Jugend – Mannschaft."

Gerd senkte ausweichend seinen Kopf. Er war Jugendleiter des Fußballvereins und damit für alle Jugendmannschaften und Trainer verantwortlich. Klar, dass er sich da Gedanken um die Spieler und Trainer machte. Er war der Ehemann von Konrads Schwester Marion. Die beiden waren stolze Eltern von zwei Jungen, Tim und Jan, die ebenfalls Fußball spielten. Allerdings nicht in der besagten D-Jugend – diesem Alter waren die beiden schon entwachsen. In der D-Jugend spielten die Kinder in der Regel im Alter von elf oder zwölf Jahren.

Konrad hingegen war zwar ebenfalls verheiratet, aber noch kinderlos. Zusammen mit seiner Frau Lena bewohnte er eine Mietwohnung in Truchtelfingen, in der Nähe des dortigen Krankenhauses. Zwar suchten die beiden schon länger eine größere Bleibe – jedoch hatten sie bis jetzt nichts Geeignetes gefunden. Konrads Vater Martin hatte schon angeboten, dass die beiden bei ihm im Garten, in Ebingen, zelten könnten.

„Dort hättet ihr auf jeden Fall mehr Platz als in eurer jetzigen Wohnung", scherzte er ab und an.

Der Einwurf Konrads hatte Gerd verlegen gemacht. Mit leiser Stimme antwortete er:

„Nein, natürlich geht es um Hannes …, aber du hast auch recht: Ich habe keinen Trainer für die D-Jugend. Und der VR-Cup ist ein wichtiges Turnier."

Jetzt wurden auch auf Konrads Stirn Falten sichtbar. Seine Wangen färbten sich leicht braun – rötlich.

„Beruhige dich", beschwichtigte jetzt Gerd. „Aber du musst mir helfen. Du musst die D-Jugend trainieren oder Hannes finden – oder beides."

Konrad war außer sich. Er begann hektisch zu atmen, als er rief: „Waaas muss ich?

Auf gar keinen Fall!

Nie und nimmer.

Das ist ausgeschlossen …"

Kapitel 2

Florenz, 1965

Beide Hände tief in die Taschen seiner kurzen Latzhose gesteckt, dabei die Finger zu Fäusten geballt, hatte Francesco nur einen Gedanken: Hoffentlich hat Enrico Zeit!
So überquert er zielstrebig die Piazza della Signoria, hinein in die Via dei Magazzini. Dabei hat er keinen Blick für die Sehenswürdigkeiten der Stadt, die Paläste, Kirchen und Denkmäler. Das muss ein achtjähriger auch nicht haben. Vielmehr hatte er sich früher über die vielen fremden Leute gewundert, die sich mit großen Augen staunend durch die Stadt geschoben haben. Inzwischen hatte er sich an die Touristen gewöhnt, ja sogar schon manche Lira für das Zeigen des Weges verdient.
Heute jedoch, wollte er nicht arbeiten – heute wollte er nur mit seinem besten Freund spielen.
Sein Ziel war die Piazza San Martino, wo Enrico im vierten Stock eines renovierungsbedürftigen Hauses, in einer Dreizimmerwohnung, zusammen mit seinen Eltern und drei jüngeren Schwestern lebte. Enrico war zwei Jahre älter als Francesco und kannte jeden Winkel der Stadt. Viel besser als mancher Erwachsene. Francesco hatte schon viel von seinem Freund gelernt, zum Beispiel wo man sich hinstellen musste, um von den Touristen am einfachsten Geld zu bekommen: In den engen Gassen von Croche verirrten sich die meisten Fremden. Wenn man ihnen dort den Weg zurück zum großen Piazza di Santa Croce zeigte und dabei die Hand geschickt aufhielt, legten die meisten eine Münze hinein.
Francesco klingelte, obwohl die große Türe, die ins Treppenhaus hinein führte, weit offenstand. Er wusste, dass er die Klingel erst

wieder loslassen durfte, nachdem er auf zehn gezählt hatte. Danach huschte er rückwärts nach hinten und schaute in den vierten Stock hinauf. Es dauerte nicht lange, bis ein Kopf am offenen Fenster erschien. Zu Francescos Freude war es Enrico. „Ciao Francesco. Ich bin gleich bei dir."

Das war gut so, denn wenn Enrico nicht nach Draußen gedurft hätte, wäre er erst gar nicht zum Fenster gekommen.

Francesco setzte sich auf die Treppenstufe des schräg gegenüberliegenden Hauses, um auf seinen Freund zu warten.

Als er kurz davor war, nochmals zu klingeln, trat Enrico mit einem strahlenden Lachen ins Freie. Mit beiden Händen trug er einen Korb, der oben mit einem blauen Tuch abgedeckt war.

„Ich musste noch die Wäsche zusammenlegen", rief er aus. Enricos Mutter wusch die Wäsche für etliche Haushalte, um sich so ein Zubrot zu verdienen. Die meiste Arbeit damit hatten allerdings ihre Kinder. „Den Korb muss ich noch ‚ausliefern'. Danach habe ich frei." Enrico drückte Francesco einen Griff des Korbes in die Hand und fasste selbst am anderen an. So, den Korb in der Mitte, liefen die beiden die Via Dante Alighieri hinunter, alsbald vertieft in die neusten Geschichten, die sie sich gegenseitig erzählten.

Nachdem Enrico die Wäsche „ausgeliefert" hatte, schlenderten die beiden in Richtung des Arno weiter. Über die Ponte alle Grazie gelangte sie auf die andere Seite des Flusses, dort wo Francesco mit seiner Mutter wohnte.

Francesco kannte in seinen Erinnerungen nur Florenz, obwohl er erst vor fünf Jahren mit seiner Mutter hierhergekommen war. Vielleicht, eine kleine schwache Erinnerung, an grüne Wiesen, Bäume, Berge und an einen Mann mit schwarzem Vollbart, tauchte manchmal in seinem Kopf auf. Jedoch konnte er keinen Zusammenhang erkennen, noch wo dies gewesen sein mochte. Seine Mutter schwieg dazu eisern und behauptete vielmehr schon immer in Florenz gelebt zu haben, und zwar alleine mit ihrem Sohn: Es gab keinen Vater. Auf Fragen antwortete seine Mutter nur, dass er gestorben sei und dass kein Grab existiere.

Der Strenge seiner Mutter in dieser Sache, war es geschuldet, dass er nicht weiter fragte.

Die beiden bewohnten zwei Zimmer im Haus seiner Tante, der Schwester seiner Mutter. Manchmal stritten die Geschwister, aber im Großen und Ganzen, fühlte sich Francesco hier behütet. Seine Mutter arbeitete viel und so war er schon immer oft alleine und auf sich selbst gestellt gewesen. Umso glücklicher war er jedes Mal, wenn er mit Enrico zusammen war.

Die beiden waren jetzt direkt an den Fluss hinuntergegangen und warfen Steine in das grün schimmernde, träg dahinfließende Wasser.

Schließlich wurde es ihnen zu langweilig, aber Enrico hatte schon eine neue Idee: Ein Schiff bauen! Nur ein kleines, aus dem herumliegenden Holz, aber immerhin …

Sie sammelten das angeschwemmte Holz, fanden verrosteten Draht und sogar eine halbwegs intakte Schnur. Voller Eifer machten sich die Kinder an die Arbeit.

Gerade waren sie so weit, um ihr Schiff das erste Mal ins Wasser zu lassen, als, völlig außer Atem, Enricos Schwester Maria am Ufer auftauchte.

„Enrico, komm schnell nach Hause. Es ist etwas mit Vater."

Die beiden Jungen sahen in die angsterfüllten Augen Marias und spürten instinktiv, dass etwas Schlimmes vorgefallen war.

„Was ist denn passiert?", wollte Enrico endlich wissen.

„Vater ist niedergestochen worden."

15

Kapitel 3

„Jetzt mit dem schwachen Fuß. Den Ball nur mit dem schwachen
Fuß führen."

Konrad stand neben dem Viereck, welches er mit Pylonen im 16-
Meter-Raum des Sportplatzes aufgebaut hatte.

Die D - Jungend – Fußballer murrten kurz, führten dann aber
Konrads Anweisung aus.

Jeder der 17 Jungen hatte einen Ball am Fuß und bewegte sich
damit innerhalb des besagten Vierecks kreuz – und - quer. Dabei
achteten sie – meistens – darauf, den Ball nur mit ihrem
„schwachen" Fuß zu berühren, das heißt, nur mit dem Fuß, mit
dem sie nicht so gut schießen konnten.

„Auch mal durch die Mitte und das Tempo erhöhen", rief nun
Konrad wieder laut.

Sofort wurde das Gewimmel größer und einige Zusammenstöße
waren nicht zu vermeiden. Auch die Bälle konnten jetzt nicht
mehr so einfach innerhalb des Vierecks gehalten werden, wie bei
einem geringeren Lauftempo. Prompt vergrößerte sich auch die
Anzahl der Schnürsenkel, die jetzt nochmals richtig festgezurrt
werden mussten.

Auf die Stunde genau, vor einem Tag, hatte Konrad seinem
Schwager Gerd noch lautstark klargemacht, dass er niemals die
Fußballer trainieren würde. Jetzt stand er auf dem Platz, ebenso
wie die Kinder, mit kurzen Hosen und Fußballschuhen. Er
konnte Gerd – dem Mann seiner Schwester – einfach nichts
abschlagen. Generell gelang ihm das sehr schwer, nicht nur bei
seinem Schwager.

Aber es war ja nur für kurze Zeit, bis Hannes – der eigentliche Trainer – wieder auftauchte. Damit hatte sich Konrad schließlich auch überreden lassen. Jedoch war das plötzliche Verschwinden von Hannes Bürger, ohne Zweifel, eine sehr rätselhafte Sache.

Tatsächlich machte das Trainieren mit den Kindern auch fast Spaß – wären da nicht einige Eltern am Spielfeldrand gewesen, die lautstark ihre Anweisungen ihren Söhnen zuriefen. Wohlgemerkt: Während des Trainings und dort bei der Aufwärmübung.
Konrad beschloss daher, die nächste Übung in die Mitte des Platzes zu verlegen, um den Abstand zu den Eltern zu vergrößern. Aber dabei hatte er nicht mit dem Ehrgeiz der Erwachsenen gerechnet. Schon kurze Zeit später standen sie auch in der Mitte des Platzes, nur wenige Meter vom neuen Pylonen - Viereck entfernt.
Rund ein Dutzend Leute standen da, wobei zwei Väter und eine Mutter ihre Söhne mit besonders nachdrücklichen Kommandos überschütteten.
Es war sein erstes Training und Konrad wollte es nicht gleich mit den Eltern verderben. So begnügte er sich, die Eltern um etwas mehr Abstand zu bitten, damit die Spieler „etwas mehr Bewegungsfreiheit" hätten. Erstaunlich bereitwillig traten die Eltern auch sofort zehn Schritte nach hinten. Auch sie wollten es anscheinend nicht mit dem neuen Trainer verderben – vielleicht würde ihr Sohn dann ja nicht aufgestellt werden.
Letztendlich war diese Einsicht jedoch von kurzer Dauer. Schon bei der nächsten Übung im Viereck standen die Eltern wieder näher dabei als am Anfang.
Also beschloss Konrad, als Nächstes eine Übung zu wählen, die deutlich mehr Platz benötigte: Torschuss. Darum bat er jetzt die Eltern wieder, hinter die Spielfeldabsperrung zu treten. Dieses

Mal hörte nur etwa die Hälfte der Eltern auf ihn und verließ den Platz. Die andere Hälfte stellte sich neben das Fünf-auf-Zwei-Meter – Tor, in Höhe der 16–Meter-Linie. Dabei natürlich auch: die beiden lauten Väter und die ebensolche Mutter. Diese drei schienen sich schon Gedanken zu machen, ob sie ihre Kinder später gleich nach Spanien oder England zum Fußballspielen schicken oder erst noch ein- bis zwei Jahre in der deutschen Bundesliga belassen sollten.

Als die Torschüsse schließlich begannen, klammerte sich die Frau jedes Mal am Torpfosten fest und versuchte, das Tor in die Richtung zu verschieben, in die der Schuss ihres Sohnes ging. Dieser Kraftakt war regelmäßig vergebens, da der Ball ihres Sohnes bis jetzt noch nie das Tor erreicht hatte. Immer blieb er drei bis fünf Meter davor liegen.

Dies bewog Konrad wiederum, nach dem dritten Schuss, den Jungen – Kamaris – zu sich zu winken. Ruhig und präzise begann Konrad dem Jungen zu erklären, worauf es beim Schießen eines Balles im Allgemeinen und beim Torschuss im Speziellen ankam. Jedoch, bereits beim Erklären, wie das Standbein beim Schuss gestellt werden sollte, gewahrte Konrad einen Schatten hinter sich. Kamaris Mutter – die eben noch den Torpfosten festgehalten hatte – stand neben ihm. Ohne allerdings ein Wort zu sagen – sie wollte ja nicht aufdringlich sein, vielmehr den Trainer seine Arbeit machen lassen.

Zumindest war das ihr Plan gewesen. Diesen umzusetzen fiel ihr aber Zusehens und mit jedem Wort von Konrad schwerer. Als Konrad nun sein Bein neben den Ball stellte, der auf dem Rasen vor ihm lag, um Kamaris zur akustischen Erklärung nun auch eine visuelle folgen zu lassen, bemerkte er das Bein der Mutter neben dem seinen. Dabei drückte sie Konrad mit ihrem Hinterteil bei Seite.

„So wird es gemacht", sagte sie, „schau, Mutti kann es auch …"

„Ich denke, es ist besser, wenn der Trainer solche technischen Dinge erklärt", gelang es Konrad einzuwerfen.

„Ich möchte es Kamaris ja nur vormachen. Davon lernt er besser. Beim alten Trainer habe ich das auch gemacht."

‚Kein Wunder, dass der verschwunden ist', dachte Konrad und sagte: „Dennoch halte ich es für besser, wenn ich zuerst mal die Sache erkläre."

Die Wangen von Kamaris Mutter verfärbten sich rot. Ihr Blick ging ins Leere. Konrad rechnete mit dem Schlimmsten, wenigstens jedoch mit einer cholerischen Explosion. Plötzlich aber wandte sich die Frau zur Seite und zog sich mit einem gesungenen „In Ordnung" zurück.

Leicht überrascht, ob seines Sieges, bemühte sich Konrad schließlich wieder um seinen Spieler.

„Also, höre bitte nochmals zu, Kam … Wie war nochmal dein Name?"

Konrad hatte sich mit dem außergewöhnlichen Vornamen noch nicht angefreundet.

Da donnerte auch schon wieder die Mutter heran. Dieses Mal jedoch ohne zu singen.

„Er heißt Kamaris. K A M A R I S", dröhnte es neben Konrad. Danach fügte sie viel leiser und fast verlegen hinzu: „Weil er auf der griechischen Insel Santorin im Ort Kamari gezeugt wurde."

„So genau wollte ich es gar nicht wissen", entgegnete Konrad. „Jetzt kann ich mir seinen Namen aber auf jeden Fall merken." Mit einem versteckten hochziehen seiner Nase, setzte Konrad das Training fort.

Es dauerte jedoch nicht lange, bis sich der nächste Vorfall ereignete:

Der Vater des Torwarts – beziehungsweise des Torspielers, wie der Württembergische Fußballverband seit einigen Jahren vorgab – stand generell direkt neben dem Tor seines Sohnes. Er besetzte dabei den zweiten Torpfosten. Am Ersten stand ja Kamaris Mutter. Immer wenn ein Ball aufs Tor in die Seite des Vaters flog und für den Torwart nicht mehr erreichbar war, hechtete der Vater förmlich in die besagte Ecke und wehrte den Ball ab. Daraufhin reckte er die Fäuste in die Höhe und triumphierte: „Kein Tor. Kein Tor."

Die Schützen verunsicherten diese Aktionen natürlich zusehends. Als schließlich einer anfing zu weinen, sah sich Konrad gezwungen einzugreifen. Am Anfang war er noch erstaunt – belustigt gewesen, konnte er sich so ein Verhalten ja nicht einmal im Traum vorstellen.

„Bitte diesen Raum neben und hinter dem Tor freimachen", rief er mit fester Stimme. Leider war seine Intervention nicht von Erfolg gekrönt. Zwar wichen die meisten Eltern einen Schritt zurück, der Vater des Torwarts allerdings, blieb felsenfest auf seinem Platz stehen. Konrad verdrehte die Augen und bewegte sich in Richtung des wehrhaften Vaters.

„Der steht immer dort", hörte Konrad noch David, den Spielführer der Mannschaft, sagen.

Als der Vater Konrads Absicht erkannte, setzte er ein breites Grinsen auf.

„Ich muss Michael helfen. Sonst ist jeder Schuss ein Treffer."

„Aber jetzt ist Training! Michael muss das lernen. Im richtigen Spiel dürfen wir das so auch nicht machen."

„Ich habe es schon mal gemacht. Gegen Hechingen. Der Schiedsrichter hat es nicht gesehen. Er dachte, der Ball wäre an den Pfosten gegangen."

Das Grinsen des Vaters war noch breiter geworden.

„Trotzdem. Michael muss wirklich lernen, alleine für das Tor verantwortlich zu sein. Sonst lässt er alle Bälle durch und denkt: ‚Da steht ja mein Vater'."

„Aber ich stehe ja auch da …"

„Ich denke wir versuchen es mal mit Michael als einzigem Torwart."

Widerwillig zog sich der Vater jetzt tatsächlich zurück, sagte aber noch: „Aber die muss auch weg", und deutet dabei auf Kamaris Mutter, welche nur mit einem „Zzz" antwortete.

Beim ersten Schuss in das „Papaeck" jedoch, machte Michaels Vater bereits wieder Anstalten, nach dem Ball zu hechten. Konrad hob warnend die Hand und stellte sich demonstrativ zwischen Vater und Tor.

Konrads Nervenkostüm war jetzt bereits stark angekratzt – und das nach nur 30 Minuten. Daher beschloss er alsbald das Torschusstraining zu beenden und ein verlängertes Abschlussspiel zu machen. Die Jungen nur Fußball spielen lassen, ohne große Vorgaben, da würde es sicher keine Probleme geben.

In diesem Punkt sollte sich Konrad jedoch gewaltig täuschen!

Schon das Einteilen der Mannschaften für das Spiel mutierte zur mittleren Katastrophe. Kinder und Eltern riefen lauthals durcheinander. Es war unmöglich, einen zusammenhängenden Satz zu verstehen. Nur ab und zu konnte Konrad Sprachfetzen aufschnappen. Am meisten war dabei zu hören „Ich möchte … mit David … eine Mannschaft." Alle wollten also mit David – dem Spielführer – in einer Mannschaft spielen. Dieser Junge war Konrad auch sofort aufgefallen, da er ein unübersehbares Talent besaß und wohl mit Abstand der beste Spieler der Mannschaft war.

Als Nächstes schoben sich drei bis vier Jungen zusammen, legten die Arme über die Schulter der anderen und riefen: „Wir wollen zusammen!"

Aber damit nicht genug. Die Eltern schrien ihre Aufstellungsvorstellungen ebenso heraus.

Es ging sogar so weit, dass ein Vater ein Kind aus einer Dreiergruppe herauszerrte und dafür seinen Sohn dazu schubste.

Schließlich wurde es Konrad zu bunt. Mit seiner lautesten Stimme schrie er:

„Ruhe! Alle Kinder stellen sich jetzt in einer Reihe, nebeneinander, auf."

Überraschenderweise fand er Gehör. In kurzer Zeit stellten sich die Kinder wie geheißen auf. Allerdings nicht nur die Kinder: Kamaris Mutter stand neben ihrem Sohn in der Reihe.

„Nur die Spieler bitte", forderte Konrad nochmals auf.

Jetzt hatte auch die Mutter verstanden. Mit dem bereits bekannten „Zzz" verließ sie widerwillig die Reihe.

Konrad stelle sich an den Anfang der Reihe und gebot:

„Nummer merken!"

Daraufhin begann er entlang der Kinder zu gehen und abwechselnd „Ein, zwei, eins, zwei, …" zu sagen. Dabei zeigte er bei jeder Zahl auf das nächste Kind der Reihe.

Am Ende angekommen, kommandierte er weiter:

„Alle mit ‚Eins' zusammengehen und am oberen Tor Aufstellung nehmen. Alle mit Nummer ‚Zwei' bleiben beim unteren Tor und ziehen sich die gelben Hemdchen über."

Als endlich auch noch die Positionen innerhalb der Mannschaft eingeteilt waren, schoss Konrad den Ball in die Höhe und rief dabei:

„Los geht's."

Mit diesem Kommando begann nicht nur das Spiel, sondern auch ein beispielloser Anfeuerungsschwall der Eltern, als wollten sie die Dortmunder Südkurve in den Schatten stellen.

Alsbald jedoch wurde der Ton schärfer, die Stimmung aggressiver.

Seit dreißig Jahren miteinander bekannte Nachbarn wurden zu erbitterten Feinden; nur, weil ihre Söhne in unterschiedlichen Mannschaften - wohlgemerkt im Training - spielten.

Die Lage eskalierte, als Martin seinen Gegenspieler Ralf leicht berührte. Nach einem furchterregenden Aufschrei von Ralfs Vater stürmte dieser, mit nach vorne ausgestreckten Armen, auf Martins Vater zu. Noch ehe dieser reagieren konnte, wurde er durch Ralfs Vater gewürgt, der beide Hände um den Hals seines Gegners gelegt hatte.

Von dem Gewürgten war nur noch ein Röcheln zu hören, als Konrad im Spurt bei den Streithähnen ankam. Mit voller Kraft und beiden Händen umfasste er den Oberkörper von Ralfs Vater und zog diesen von seinem Kontrahenten weg. Dabei hob er ihn in die Höhe, sodass dessen Beine in der Luft baumelten. Zuerst wehrte er sich wütend, indem er mit schlingenden Bewegungen versuchte, Konrads Griff zu entkommen. Erst als seine Kraft nachließ und er einsehen musste, dass Konrad der Stärkere war, beruhigte er sich.

Konrad ließ langsam von ihm ab, um sich um Martins Vater zu kümmern. Dieser massierte sich immer noch seinen Hals, schien aber wieder Luft zu bekommen.

„Und was machen wir jetzt?", fragte Konrad konsterniert in die Runde.

Da beendete Martins Vater seine Halsmassage und antwortete, mit noch immer röchelnder Stimme: „Weiter mit Schiedsrichterball."

Konrad benötigte einige Augenblicke, um das Gehörte zu begreifen. Heimlich schaute er sich um, ob irgendwo eine versteckte Kamera zu sehen war. Schnell wurde er aber aus seiner Lethargie gerissen, als andere Eltern, im Chor, ebenfalls „Schiri-Ball … Schiri-Ball" forderten.

Sein Blick ging auf die beiden Kämpfer von eben. Sie hatten sich aufeinander zubewegt und klatschen jetzt ihre Handflächen aufeinander. So, als hätte es nie einen derartigen Vorfall gegeben. ‚Wenn das so ist, machen wir halt mit Schiedsrichterball weiter', dachte sich Konrad, begann aber an seinem Verstand zu zweifeln. Beim Schiedsrichter- oder Schiri-Ball, ließ der Schiedsrichter den Ball aus der Hand fallen, um das Spiel nach einer Unterbrechung fortzusetzen. Er stellte sich dazu aufs Spielfeld, flankiert von je einem Spieler jeder Mannschaft. Konrad – in diesem Fall der Schiedsrichter – holte also den Ball und bewegte sich aufs Spielfeld zurück. Dabei rief er: „Weiter mit Schiri-Ball."

Das Spiel konnte tatsächlich ohne weitere körperliche Gewalt der „Fans" zu Ende gebracht werden, wenn schon verbale Ausraster nicht gänzlich ausblieben. Auch wurde immer wieder das direkte Spiel nach vorne, zum gegnerischen Tor, gefordert: „Schick ihn steil", rief ein Vater, woraufhin mehrere Eltern mit einstimmten:

„SCHICK IHN STEIL".

Konrad holte die Kinder am Ende des Spiels zusammen, um sie – nachdem Bälle, Hemdchen und Pylonen aufgeräumt waren – bis zum nächsten Training zu verabschieden, wobei er inständig hoffte, dass es ohne ihn stattfinden werde, wollte er bei Verstand bleiben. Er musste Hannes unbedingt finden …

Noch dröhnten Konrad die Ohren, als er den Raum, in dem die Ballschränke untergebracht waren, verließ, nachdem er die Trainingsutensilien und Bälle verstaut hatte. Erst allmählich gelang es ihm, die Ruhe auf dem Sportgelände wahrzunehmen, die jetzt herrschte, nachdem die letzten Eltern, mit ihren Kindern, den Platz verlassen hatten. Konrad streckte sich und atmete tief durch, als er plötzlich Schritte hörte, die sich näherten. In einem ersten Reflex wollte er sich hinter die Ballschränke werfen, um den Eltern zu entgehen, die wohl zurückgekommen waren. Als er aber schließlich den Ankömmling zu Gesicht bekam, schnaufte er erleichtert aus.

Es war sein Schwager, Gerd Müller.

Derjenige, der ihm die ganze Sache hier eingebrockt hatte.

„Na, wie lief das erste Training?", fragte Gerd gutgelaunt, als er seinen Freund und Schwager erblickte.

„Perfekt! Bis auf die Tatsache, dass man es hier mit gestörten Kindern und noch mehr, mit durchgeknallten Eltern zu tun hat, die sich einander fast umbringen. Unvorstellbar …"

„Daran gewöhnt man sich. Wenn du deine Spiele gewinnst, bist du der Held. Jeder Vater möchte dann dein bester Freund sein und jede Mutter wünscht sich ein Kind von dir."

„Und wenn wir verlieren?"

„Dann tritt das Gegenteil ein."

„Was ist das Gegenteil von ‚ein Kind von einem wünschen'?"

„Darüber denken wir jetzt lieber nicht nach." Gerd machte eine abwehrende Handbewegung. „Sonst stehe ich morgen wieder ohne Trainer für die D-Jugend da."

Konrad schüttelte den Kopf. „Du verstehst es ja prächtig, deinen Trainerstab zu motivieren. Weißt du eigentlich, was ich gerade durchgemacht habe?"

„Wie gesagt: Es war das erste Training. Man gewöhnt sich an die Eigenheiten mancher Leute … Aber lassen wir das." Gerd versuchte jetzt schnell das Thema zu wechseln. „Es geht ja auch um Hannes. Wir müssen ihn finden. Ich habe gar kein gutes Gefühl."

„Du denkst also immer noch, er ist nicht im Urlaub?"

„Ja, das denke ich. Er verschwindet nicht einfach so, ohne etwas zu sagen."

„Und was schlägst du vor?" Konrad schaute seinen Schwager dabei gespannt an.

„Wir gehen nachher in seine Wohnung."

„Hast du den einen Schlüssel?"

„Nein. Deswegen auch erst ‚nachher', wenn es dunkel ist." Gerd trat einen Schritt näher. „Na eben, wenn die Nachbarn nicht sehen, dass wir in die Wohnung einbrechen."

„In die Wohnung … was?"

„Ich kenne jemand aus unserem Betrieb, aus der Werkstatt. Der hat mir gezeigt, wie man eine Tür aufmacht, ohne einen Schlüssel zu haben."

„Gerd! Das ist illegal."

„Quatsch. Das dient alles der Wahrheitsfindung. Und außerdem sagt das der Richtige …" Gerd verzog sein Gesicht zu einem Grinsen. „Wir klauen ja nichts, sondern sehen uns die Wohnung nur kurz an. Vielleicht finden wir etwas Nützliches, dass uns auf der Suche nach Hannes weiterbringt."

„Gerd!", rief Konrad sehr aufgebracht. „Wir machen uns strafbar."

„Nochmal Quatsch. Ich war doch schon bei der Polizei. Die machen nichts.

Was ist, wenn wir Hannes verletzt oder krank in seiner Wohnung finden?"

„Aber …"

„Wir treffen uns in zwei Stunden", fiel Gerd Konrad ins Wort. „Zieh dir etwas Dunkles an."

Kapitel 4

Sommer 1994

Wenn das so weitergeht, würden dies die schrecklichsten Sommerferien seines Lebens werden.

Langeweile pur.

Dazu Eltern, die einen jeden zweiten Tag mit diesen sinnlosen Ausflügen nervten. Mal ging es an den Bodensee, nach Überlingen; mal auf das Klippeneck; mal in die Bärenhöhle. Und immer war dies mit diesen endlosen Gewaltmärschen verbunden, die sein Vater „Spazierengehen" nannte. Warum konnten seine Eltern mit ihm nicht für zwei Wochen ans Meer fahren? - wie normale Familien auch. 14 Tage Strand und Wasser – das wäre herrlich.

Zumindest gab es jetzt wieder einen kleinen Hoffnungsschimmer: Die Ferien seiner Eltern waren vorbei. Sie mussten wieder arbeiten. So blieben ihm immerhin diese Ausflüge erspart. Es war das erste Mal, dass ihn seine Eltern allein zu Hause ließen. Wenigstens vormittags, dreimal in der Woche, da arbeitete seine Mutter. Er verstand gar nicht, wo das Problem lag – immerhin war er schon elf Jahre alt. Nach den Ferien kam er in die Sechste Klasse – da musste man sich ja schon langsam Gedanken über seine Zukunft machen …

Momentan machte er sich allerdings Gedanken, wie er die Zeit totschlagen könnte. Sein bester Kumpel war zum Ende des Schuljahrs fortgezogen. In die Nähe von Sindelfingen. Sein Vater arbeitete dort bei Daimler und war es leid, jeden Tag von

Pfeffingen aus zu pendeln. Unglücklicherweise war sein bester Kumpel auch sein einziger gewesen.

So in Gedanken versunken, hatte er sein Fahrrad in die Dorfmitte, zur Alten Schule gelenkt. Hier trafen sich ab und zu alle möglichen Leute, vor allem aber Kinder und Jugendliche. Doch heute Morgen – es war kurz vor 10:00 Uhr – war er der Einzige.

Die Sonne hatte die Luft bereits wieder stark erwärmt und strahlte von einem nahezu makellos blauen Himmel. Er lehnte sein Rad an die hintere Seite des Gebäudes und schlenderte Richtung Skilift. Im Winter war er bereits einige Male mit seinem Kumpel hier zum Skifahren gewesen. Seine Mutter hatte sie dann gebracht und auch wieder abgeholt. Ob man in Sindelfingen auch Skifahren konnte?

Plötzlich waren Stimmen zu hören. Sie kamen aus der Richtung der kleinen Skihütte, die am Beginn des Lifts stand, welcher im Sommer nur als solcher zu erkennen war, wenn man ihn vom Winter her kannte.

Voller Vorfreude, jetzt endlich etwas Abwechslung zu bekommen, reckte er seinen Hals in Richtung der Stimmen. Zwei nahezu gleichaltrige, aber fast doppelt so schwere Jungen wie er, bogen gerade hinter der Hütte hervor und verstummten sofort, als sie ihn sahen.

Das hatte ihm gerade noch gefehlt: die zwei schlimmsten Schläger aus der Parallelklasse. Zum Fliehen war es jetzt zu spät – schon standen die beiden neben ihm.

„Wen haben wir denn da?", sagte der Erste.

„Unseren Streber aus der 5 B", fügte der Zweite spottend hinzu.

„Ich wollte gerade gehen", brachte er mit zittriger Stimme hervor.

„Das wäre auch angebracht. Aber vorher willst du sicher noch ein wenig in den Schwitzkasten genommen werden …"

„Bei dieser Kälte", äffte der andere hinterher.

An Entkommen war nicht zu denken. „Lasst mich in Ruhe …".

Die beiden hatten jedoch schon zugepackt. Während der eine ihn an den Beinen festhielt, drückte der andere seinen Kopf mit beiden Händen gegen dessen schlabbrigen Bauch. Er bekam Panik. Schweiß trat aus allen seinen Poren. Lange konnte er es nicht mehr aushalten, seien Kraft verließ ihn. Er schloss seine Augen, Tränen kullerten über seine Wangen, als der Griff plötzlich weniger stark wurde. Um seine Augen freizubekommen, blinzelte er ein paar Mal, ehe er sich umsah.

Ein größerer Junge, gefolgt von zwei Mädchen und zwei weiteren Jungen, stand plötzlich vor ihm.

„Ich sagte aufhören!", befal der große Junge mit tiefer Stimme. Anscheinend hatte er vorher schon etwas gesagt, was aber die Angst unhörbar gemacht hatte. Endlich ließen die beiden von ihm ab. Sein Kopf schmerzte. Mit zwei raschen Bewegungen strich er die Tränen aus seinem Gesicht.

„Hier ist unser Revier. Wir dachten, es wäre einer von den Grünjacken", versuchte sich jetzt der Dickere der beiden Dicken zu rechtfertigen.

„Blödsinn. Er ist keiner von den Grünjacken", erwiderte der ältere Junge, der die Gruppe wohl anführte. „Wer bist du? Was machst du hier?"

„Mir war langweilig … ich bin nur mit dem Rad herumgefahren."

Der ältere Junge kratzte sich am Kopf. Nach einiger Zeit sagte er: „Wir können noch jemand in unserer Bande gebrauchen. Möchtest du?"

„Ja", stieß er freudig hervor, senkte aber dann seinen Blick und fuhr ängstlich fort: „Wenn mich alle wollen …"

„Ich bestimme hier, was abgeht. Wenn ich sage, du kannst bei uns mitmachen, dann gilt das. Wir werden dich also für zwei Tage zur Probe aufnehmen. Danach sehen wir weiter."

„Aber …", wollte jetzt der Dicke einwerfen.

„Nichts aber. Ich habe – wie gesagt – so entschieden. Oder hat jemand etwas dagegen?"

„Nein Boss."

Zufrieden nickte der Anführer. Danach begann er zu erklären: „Wir sind eine Bande: die Furchtlosen. Diese Gegend ist unser Revier. Aber die Grünjacken wollen es uns streitig machen. Das ist eine Bande aus Tailfingen, von der Stiegel. Sie tragen normalerweise alle grüne T-Shirt. Wir werden unser Revier aber verteidigen."

Nach einer kurzen Pause fuhr er fort: „Gerade sind wir dabei, uns ein Lager zu bauen. Jeder von uns hat außerdem einen Kampfnamen. Ich werde Boss genannt, weil ich der Boss der Bande bin." Voller Stolz verschränkte er die Arme vor seiner Brust, bevor er auf den dünneren Dicken zeigte: „Das ist Schoko, weil er immer nur am Schokoladenessen ist. Und das", er wies auf den zweiten Dicken, „ist Bud. Weil er schon jetzt wie Bud Spencer aussieht. Allerdings ohne Bart."

Die anderen lachten. Selbst Bud verzog sein Gesicht zu einem Grinsen.

Als Nächstes stellte der Boss die beiden Mädchen vor: „Das ist Miss. Sie behauptet steif und fest, dass sie einmal zur Miss Germany gewählt wird. Die andere Dame ist Grace, weil sie statt ihrem richtigen Namen viel lieber Grace heißen möchte."

Die beiden Dicken kicherten, woraufhin Grace eine drohende Geste mit der Faust machte.

„Und die beiden Herren", fuhr der Boss fort, „sind der Prof und Conan. Der Prof – also Professor, weil er sehr klug, aber feige und Conan, weil er sehr mutig, aber nicht der Hellste ist."

Der Boss lachte laut, hielt dann aber abrupt inne und streckte seine Hände dem Himmel entgegen. Keiner wagte es, diese komische Geste zu kommentieren. Der Boss schien nachzudenken. Endlich fixierte er den Neuen mit einem überlegenen Grinsen: „Dich werden wir Little-Joe nennen, weil du der Kleinste bist. Aber natürlich nur, wenn du die Probezeit überstanden hast. Und damit fangen wir jetzt gleich an!"

Kapitel 5

Nur das entfernte Bellen eines Hundes war im Tailfinger Stadtteil „Langenwand" zu hören. Es war dunkel, der Mond noch nicht aufgegangen.

Im Wohnblock nebenan, war beinahe in jedem Stockwerk, aus irgendeinem Fenster, das blaue Flimmern eines Fernsehapparates zu sehen. Das Mehrfamilienhaus, an dessen Eingangstür sich Gerd soeben zu schaffen machte, lag dagegen völlig im Dunkeln.

„Es ist merkwürdig, dass hier kein Fernseher läuft", flüsterte Konrad seinem Schwager ins Ohr.

„Umso besser. Ich habe es gleich."

Nach kurzer Zeit war ein Klicken zu hören und Gerd schob die Tür vorsichtig nach innen.

„Wollen wir nicht lieber …", versuchte Konrad ein letztes Mal seinen Schwager von der Tat abzubringen.

„Ruhe jetzt – folge mir!", gebot Gerd jedoch zurück und winkte Konrad ebenfalls in den dunklen Flur zu treten.

Er war schon mehrfach bei Hannes in der Wohnung gewesen und kannte sich deshalb bestens aus. Deshalb benötigte er auch kein Licht, um die Wohnungstür am hinteren Ende des Flurs zu finden.

„Zum Glück wohnt er im Erdgeschoss", raunte Gerd, bevor er sich abermals daranmachte, sein Spezialwerkzeug am Türschloss anzusetzen. Das Haus war drei Stockwerke hoch, wobei sich in jeder Etage zwei Wohnungen befanden. Gerd ging in die Hocke, schaltete seine Taschenlampe ein und steckte diese in den Mund, um beide Hände freizuhaben. Gerade wollte er ein schmales nagelartiges Werkzeug ins Schloss stecken als Konrad, über ihm, der Tür einen leichten Schubs gab, die sich daraufhin lautlos öffnete.

„Hast du den Spalt nicht gesehen?", fragte Konrad. „Die Tür war offen."

Es dauerte einige Sekunden, bis den beiden das Ausmaß dieser Entdeckung bewusst wurde. Für kurze Zeit schienen sie sich in einer Art Schockstarre zu befinden. Als erster hatte sich Konrad wieder gefangen: „Im Fernseher würde man jetzt die Pistole ziehen und sie vor die Brust halten, während man sich gegen die Wand drückt. Einer links – einer rechts."

„Und im wirklichen Leben würde ich genau jetzt einen Rückzieher machen." Nun war es Gerd, der den Mut verloren hatte, während Konrad nahezu aufblühte.

„Von wegen Rückzieher. Jetzt wird es ja erst richtig spannend. Außerdem ist das der erste Hinweis, dass hier etwas nicht mit rechten Dingen zugeht. So, wie du vermutet hast."

„Aber …"

„Wir gehen jetzt da rein. Vielleicht schläft Hannes ja nur einen Rausch aus und hat im Suff vergessen, die Wohnungstür zu schließen."

Gerd schien keineswegs überzeugt zu sein, folgte aber seinem Schwager, der die Tür jetzt ganz aufgestoßen hatte.

In der Wohnung war es stockfinster. Konrad hatte die Taschenlampe an sich genommen und leuchtete damit den kurzen Flur aus. Links und rechts gingen Türen ab, die beide geschlossen waren. Geradeaus war eine dritte Tür, die halb offen stand. Konrad bewegte sich langsam auf diese zu. Nachdem er einige Zeit in den Raum hinter der Tür hinein gelauscht, aber nichts gehört hatte, gab er der Tür mit der Taschenlampe einen leichten Stoß. Quietschend öffnete sich diese nun vollständig. Mit einem Blick waren Konrad jetzt zwei Dinge klar: Zum einen, dass dies wohl das Wohnzimmer sein musste, zum anderen wusste er nun, warum es in der Wohnung so dunkel war. Alle Rollläden waren heruntergelassen, sodass das Licht der Straßenlampen nicht eindringen konnte.

Konrad suchte mithilfe der Taschenlampe die Wand neben der Tür ab, bis er einen Lichtschalter entdeckt hatte. Ein zunächst schwaches Licht, welches aber zusehend stärker wurde, erhellte jetzt das Zimmer.

„Nein", warnte Gerd, „man sieht uns doch."

„Eben nicht. Wenn kein Licht hereinkommt, geht auch keines hinaus. Die Rollläden sind zu und scheinen gut zu schließen."

Gerd nickte. Die Helligkeit im Raum hatte die Situation deutlich entspannt.

Konrad und Gerd ließen ihre Blicke durch das spärlich eingerichtete Zimmer schweifen. Ein alter Bildröhrenfernseher stand auf einer wackligen Kommode. Davor ein Sofa, ein Stuhl und ein kleiner, zerkratzter Glastisch. An der Wand ein uralter Schrank aus dunklem Holz. Weder Pflanzen, noch Bilder schmückten den Raum. Eine weitere, verschlossene Tür führte vermutlich in die Küche.

Gerade wollte Konrad einen Schritt darauf zu machen, als ein deutlich hörbares Geräusch aus eben diesem Raum drang. Zutiefst erschrocken, reagierten die beiden Freunde völlig unterschiedlich.

Gerd flüchtete mit einem dumpfen Schrei in den Flur zurück, während Konrad sich an die Wand neben der Tür zur Küche drückte und dabei beide Hände mit geballten Fäusten nach oben nahm. Angestrengt horchte er in den Raum hinein, aus dem das Geräusch gekommen war.

So verging nahezu eine Minute. Konrad wagte es kaum zu atmen. Dabei konzentrierte er sich auf weitere Geräusche aus der vermeintlichen Küche. Von Gerd war nichts zu sehen. Und plötzlich drang wieder ein seltsamer Ton aus dem Raum nebenan. Dieses Mal hörte es sich wie ein Kratzen oder Schleifen an.

Konrad hielt die Luft an. Seine Muskeln waren aufs Äußerste gespannt.

Da – ein weiteres Quietschen. Die Tür öffnete sich langsam.

Zuerst sah Konrad ein langes, spitzes Messer, welches von einer schwarzen Hand festgehalten wurde. Konrad blieb nur der Bruchteil einer Sekunde Zeit, um sein weiteres Vorgehen zu planen. Mit großer Kraft schnellte Konrads Faust auf das schwarze Handgelenk nieder. Ein Aufschrei war zu hören, danach das Klappern des heruntergefallenen Messers auf dem Fußboden. Ebenso schnell wie der Schlag erfolgt war, griff Konrad jetzt mit beiden Händen nach dem Arm des Überrumpelten, zog diesen mit seiner ganzen Kraft ins Wohnzimmer, warf ihn auf den Boden und machte einen Satz auf den Rücken des völlig überraschten Gegenübers. Dabei rief er: „Gerd – hilf mir!"

Schon beim „Zu-Boden-Reißen" hatte Konrad bemerkt, dass die Person, die er überwältigt hatte, verhältnismäßig leicht war. Jetzt, nachdem er seinen Gegner festgesetzt hatte und es ihm gelungen war, einen Blick in das dem Boden zugewandte Gesicht des Besiegten zu werfen, ließ er abrupt von diesem ab.

„Eine Frau", rief er überrascht. Jetzt war ihm auch klar, warum er den Gegner so schnell und problemlos überwältigen konnte. Bei einem Mann wäre ihm das sicher schwerer gefallen, durchfuhr es ihn. Erst jetzt wurde ihm die Lage richtig klar. Vorhin hatte er rein intuitiv gehandelt. Genauso gut, könnte er jetzt der Unterlegene sein. Mit einem Messer im Leib!

Die Frau war Mitte 30, hatte blonde, halblange Haare und ein auffallend schmales Gesicht.

Zum Glück tauchte jetzt Gerd wieder aus seinem Versteck auf, wo immer das gewesen war. „Konrad", rief er, „wieso liegst du auf dieser Frau?"

Konrad wälzte sich von seiner Gegnerin und erhob sich, nahm dabei aber vorsichtshalber das Messer in Gewahrsam. Dabei entgegnete er: „James Bond ist nie in den Flur geflüchtet, wenn er ein Geräusch in der Küche gehört hat."

„Ich wollte dir nur Rückendeckung geben."

Nun war es aber höchste Zeit, sich um die Frau zu kümmern. Sie hatte sich inzwischen umgedreht und realisiert, dass sie es wohl mit eher ungefährlichen Typen zu tun hatte.

„Was machen sie hier?", fragte Konrad jetzt.

„Na, hören sie mal. Ich bin in der Wohnung meines Freundes. Das muss doch wohl erlaubt sein." Die Frau hatte sich nun ganz aufgerichtet und schnaufte vor Empörung.

„Mit einem Messer und schwarzen Handschuhen?", frage Konrad weiter.

„Ich habe Geräusche und Stimmen gehört. Da habe ich mir Handschuhe übergezogen und nach dem Küchenmesser gegriffen."

„Hm …" Konrad gab zu verstehen, dass diese Antwort für ihn nicht unbedingt schlüssig war.

„Aber nun mal zu ihnen", konterte die Frau. „Was machen sie eigentlich hier?"

Jetzt fühlte sich Gerd genötigt, eine Erklärung abzugeben: „Die Tür stand offen. Wir wollten nachsehen, was mit Hannes los ist. Wir haben schon einige Zeit nichts von ihm gehört. Er ist ein Jugendtrainer von mir. Ich heiße Gerd Müller und bin der Jugendleiter des Fußballvereins."

Die Frau wandte sich jetzt Gerd zu, den sie zuvor nur oberflächlich wahrgenommen hatte. Nach einiger Zeit sagte sie:

„Natürlich. Ich erkenne sie. Hannes hat auch schon von ihnen erzählt."

Damit hatte sich die Situation auf einen Schlag deutlich entspannt.

Allein, für Konrad standen noch etliche unbeantwortete Fragen aus. „Wie sind sie eigentlich hereingekommen?", fragte er und versuchte es so beiläufig als möglich zu tun.

„Ich habe natürlich einen Schlüssel. Wie gesagt, Hannes ist mein Freund."

„Natürlich"

„Ich habe jetzt schon zwei Tage nichts von ihm gehört und ans Handy geht er auch nicht. Da wollte ich nach ihm sehen …"

„Aber – er ist nicht hier. Oder?"

„Ja, er ist nicht hier. Ich habe keine Ahnung, wo er steckt. So langsam mache ich mir Sorgen."

„So wie wir auch", stimmte Gerd zu.

„Am besten, ich gehe zur Polizei."

„Da war ich schon. Die machen nichts. Dafür ist sein Verschwinden noch nicht lange genug her."

Nach einer kurzen Pause, meldete sich Konrad wieder zu Wort: „Darf ich übrigens fragen, wie sie heißen?"

„Oh – natürlich. Entschuldigung. Mein Name ist Tamara Schlosser."

„Ich habe mich zu entschuldigen. Meine Attacke war doch sehr rüde."

„Nichts passiert. Ich bin nur fürchterlich erschrocken – und das gleich zweimal: Zuerst als ich die Geräusche im Haus hörte und danach, als sie mich niedergerissen haben."

„Nochmals Entschuldigung. Ist ihnen auch nichts passiert?"

Frau Schlosser massierte sich das Handgelenk und entgegnete kalt: „Nein!" Nach einer kurzen Pause fügte sie hinzu: „Wie heißen sie eigentlich?"

„Landberg. Konrad Landberg."

„Mein Schwager", ergänzte Gerd. „Und was machen wir jetzt? Ich fürchte, wir müssen nochmal mindestens einen Tag warten, um zu sehen, ob Hannes wieder auftaucht."

„Ja, wahrscheinlich", gab Frau Schlosser nachdenklich zurück. „Wenn ich aber dann noch nichts von ihm gehört habe, gehe ich zur Polizei."

„Das ist auf jeden Fall eine gute Idee."

„Wann haben sie Hannes eigentlich zum letzten Mal gesehen?", fragte jetzt Konrad.

„Am Sonntag. Wir waren in Ebingen, in der Fußgängerzone. Beim Eis essen."

„Hat er da irgendetwas gesagt oder war etwas auffällig?"

„Nein überhaupt nicht. Er war wie immer." Während dessen hatte sich Frau Schlosser zum Ausgang bewegt: „Ich denke, es ist besser, wenn wir jetzt gehen. Es wird Zeit, dass ich mich hinlege. Die Türe schließe ich dann wieder ab."

„Selbstverständlich", entgegnete Konrad. „Ich lege nur noch schnell das Messer in die Küche zurück."

Als er den Lichtschalter betätigt hatte, gewahrte er eine ziemlich alte und schäbige Küche vor sich. Die Schränke waren abgestoßen, Spülbecken und Herd schienen aus den 1950er – Jahren zu stammen. Außerdem bemerkte er einen relativ großen, aber wackligen Tisch, daneben vier Stühle. Auf dem Tisch waren eine aufgeschlagene Tageszeitung und eine leere Kaffeetasche zu sehen. In der Spüle lagerte schmutziges Geschirr. Daneben stand eine Schale mit drei frischen Äpfeln.

Konrad konnte nicht umhin, den Kühlschrank kurz zu öffnen. Er war gut gefüllt und machte nicht den Eindruck, dass sein Besitzer verreist war. Alles in allem konnte man den Eindruck gewinnen, der Eigentümer wäre überstürzt aufgebrochen - keinesfalls jedoch geplant.

Konrad legte das Messer in die halb offenstehende Besteckschublade und wollte den Raum schon wieder verlassen, als sein Blick nochmals auf die Zeitung fiel. Irgendetwas war komisch an ihr. Er schaute genauer hin. Die Aufmachung war altmodisch – erst jetzt bemerkte er das Datum: Die Zeitung war aus dem Jahre 1994!

Einem plötzlichen Impuls folgend, zog Konrad sein Handy.

„Wo bleibst du?", hörte er seinen Schwager, mit einem drängenden Unterton, rufen.

„Ich komme …", gab er zurück und drückte noch schnell auf den Auslöser der Handykamera.

Gerd und Frau Schlosser stand schon im Flur. Besonders Frau Schlosser schien es eilig zu haben. Sie hatte sich in der Zwischenzeit die Handynummer von Gerd geben lassen, damit sie ihn erreichen konnte, wenn es etwas Neues von Hannes gäbe. Als die Frau abgeschlossen hatte und sie wieder vor dem Haus standen, war Tamara Schlosser auch schon verschwunden.

Gerd hatte es ebenfalls eilig. Er schritt mächtig aus, sodass Konrad Mühe hatte, ihm zu folgen. Zumal sein Kopf tief gesenkt und er völlig in Gedanken versunken war.

Nachdem sie einige Zeit so gegangen waren, blieb Konrad plötzlich stehen. Er hob seinen Kopf und rief seinem Schwager zu, der schon einen erheblichen Vorsprung hatte: „Halt!" Nur dieses eine Wort stieß Konrad hervor, in so einem Ton allerdings, dass Gerd wie vom Blitz getroffen stehenblieb und sich umdrehte.

Geraume Zeit blickte er in Konrads Richtung, ehe er sich auf ihn zubewegte. Er ahnte Schlimmes.

„Was ist los?" Gerd hatte jetzt seinen Schwager erreicht. „Lass uns von hier weggehen – schnell!"

„Ich muss nochmals zurück in die Wohnung und mir die Zeitung genauer ansehen. Irgendetwas stimmt da nicht."

„Was musst du? Welche Zeitung denn?"

„In der Küche lag eine Zeitung – eine sehr alte Zeitung."

„Du kannst die Zeitung auch zu Hause lesen."

„Ich verstehe nicht …"

„Komm einfach mit. Wir gehen nochmals zurück."

„Kommt NICHT in die Tüte …"

Nur wenige Minuten später versuchte Gerd ein zweites Mal in dieser Nacht, die Wohnungstür von Hannes Bürger zu öffnen. Mit dem Unterschied, dass sie dieses Mal wirklich verschlossen war. Erstaunlicherweise gelang es ihm aber tatsächlich und dabei sehr schnell, die Tür aufzubekommen.

Auch er konnte seinem Schwager einfach nichts abschlagen.

Ganz selbstverständlich schob sich Konrad an Gerd vorbei und nahm den direkten Weg in die Küche, nachdem er zuvor für das nötige Licht gesorgt hatte. Gerd folgte zögerlich und blieb schließlich im Wohnzimmer stehen. Er hatte ein ungutes Gefühl und wollte schnellstmöglich die Wohnung verlassen.

Es dauerte nicht lange, bis Konrad aus der Küche zurückkam – mit offenem Mund und starrem Blick.

Erst im zweiten Versuch, gelang es ihm zu sagen: „Die Zeitung ist verschwunden."

Kapitel 6

Ich hatte keine Mühe gehabt.

Es war sehr einfach gewesen, eine Waffe mit Munition zu bekommen. Zurückblickend fast zu einfach. Es war ja auch schon ein paar Jahre her. Trotzdem – das es sowas bei uns in Deutschland gibt.

Bisher habe ich die Pistole noch nie benutzt. Das heißt, noch nie richtig – also für Menschen. Zur Übung natürlich schon oft. Für Bäume und Tiere. Danach habe ich sie immer sorgfältig gereinigt. Wie auch jetzt. Was streunt diese Katze auch in der Dämmerung am Waldrand umher. Ich habe nur einen Schuss benötigt. Danach habe ich sie zwischen den Bäumen vergraben. Die findet niemand. Höchstens Wildschweine.

Nach dem Reinigen lege ich die Waffe immer wieder in den Karton zurück. Ein alter Schuhkarton, den ich dann auf den Schrank stelle. Dorthin, wo ich früher den Fußball versteckt habe. Vor langer Zeit. Ich habe noch immer den Schrank aus meinem Kinderzimmer. Ja der Fußball. Das war schon über 20 Jahre her:

Mein Vater schickte mich raus zum Spielen. Das tat er immer, wenn er sich betrinken wollte. Meine Mutter arbeitete den ganzen Tag, um am Abend vom besoffenen Vater geschlagen zu werden. Das war auch fast immer so. Er schickte mich raus in Latzhosen und Gummistiefel. Er wusste, dass ich am liebsten Fußball spiele. Aber er wollte das nicht. Deswegen die Gummistiefel. Auch die anderen Kinder wollten nicht, dass ich mitspiele. Trotzdem ging ich immer wieder auf den Sportplatz. Aber letzte Woche hatte ich im hohen Gras, auf der Wiese neben dem Sportplatz eine Entdeckung gemacht: Einen richtigen Lederfußball. Den mussten die großen Fußballer verloren und nicht wiedergefunden haben.

Ich schnappte den Ball von meinem Schrank und schlüpfte zur Tür hinaus. Da hatte mein Vater schon die erste Flasche halb leer getrunken.

Die Jungen spielten bereits auf dem Sportplatz. Wie immer setzte ich mich neben das Tor. Sie nahmen kaum Notiz von mir. Doch dann zeigte ich ihnen den Ball und fragte: „Kann ich mitspielen?"

„Pooh. Ein echter, großer Ball."

„Der kostet mindestens 100 Mark."

„Komm, spiel mit. Und her mit dem Ball."

Ich hatte es geschafft. Ich durfte mitspielen. In Gummistiefeln.

Schon bald stand mir der Schweiß auf der Stirn. Die Wangen rot vor Freude. Ich war glücklich.

Recht früh jedoch hatte die andere Mannschaft mehr Tore geschossen. Da sagten sie mir, ich solle kurz vom Platz gehen. Als Auswechselspieler.

Ich wurde nicht mehr eingewechselt.

Kapitel 7

Florenz, 1965

Die Nachricht von Maria konnten die beiden Jungen zunächst nicht begreifen.

Enricos Vater war niedergestochen worden!

Lange starrten sie Maria an, die jetzt Tränen in den Augen hatte. Schließlich ließ Enrico das Schiff krachend zu Boden fallen und begann zu rennen. „Komm mit Francesco … bitte."

Keuchend liefen die Kinder zum Piazza San Martino zurück. Dabei achteten sie weder auf Autos, noch Motorroller, Fahrräder oder gar Fußgänger. Mancher fluchte hinterher, doch das registrierten sie gar nicht.

Vor dem Haus stand ein Krankenwagen mit offenen Türen. Enrico hastete die Treppe hinauf, kurz danach auch Francesco. Maria hatte den beiden Jungen nicht folgen können und war nicht zu sehen. Die Wohnungstür stand offen und aus dem Schlafzimmer der Eltern drang das Wimmern von Enricos Mutter. Gut zehn Personen befanden sich im Raum, von denen die Jungen aber keine Notizen nahmen. Auf dem Bett lag, blutüberströmt, der Vater – über ihn gebeugt ein unbekannter Mann, wohl ein Arzt. Als Enrico sich dem Bett näherte, öffnete sein Vater die Augen. „Enrico …", stöhnte er. „Enrico." Das Röcheln drang den Kindern durch Mark und Bein. „Enrico … du musst … jetzt … für die Familie sorgen …".

So ernst wie noch nie in seinem Leben nickte Enrico mit dem Kopf. Dann griff er nach der Hand des Vaters. Einen leichten Druck spürte Enrico, danach zuckte Vaters Hand und Enrico wusste, dass sein Vater jetzt gestorben war.

Auch der Arzt hatte dies sofort erkannt und schüttelte langsam den Kopf, seinen Blick auf Enricos Mutter gerichtet. Sie stieß einen Schrei aus und sank aufs Bett.

„Die Kinder müssen jetzt raus!", befahl der Arzt in einem strengen Ton. Dabei blickte er zwei Männer in einer weißen Uniform an, die sofort Francesco, Enrico und seine Geschwister aus dem Zimmer schoben.

Die Kinder – inzwischen war auch Maria angekommen – versammelten sich in der Küche. Noch vor allen anderen begann Francesco zu weinen. Immer noch hörte er das unmenschliche Röcheln von Enricos Vater.

Endlich gelang es auch den Geschwistern, ihre Trauer durch Tränen zu entkrampfen.

Als Erstem gelang es Enrico etwas zu sagen: „Ihr Mädchen geht jetzt in euer Zimmer. Vater hätte gewollt, dass ihr stark seid."

Francesco blicke auf seinen Freund und erkannte ihn fast nicht mehr. Irgendetwas war mit Enrico in den letzten Minuten geschehen. Sein Gesicht war nicht mehr das eines Zehnjährigen. Es hatte harte Züge, wie bei einem Erwachsenen, angenommen. Außerdem klang seine Stimme tiefer als zuvor – aber vielleicht bildete sich Francesco dies auch nur ein. Eines jedoch wusste er sicher: Jetzt würde es nicht mehr so sein wie früher.

Noch am selben Abend, erfuhren Francesco und Enrico von einem sehr netten Polizeibeamten, was diese bisher wussten. Nur 100 Meter vom Haus entfernt wurde der Vater durch einen einzigen Messerstich verletzt. Er schaffte es noch bis zum Haus, wo ihn die Nachbarn nach oben trugen und Krankenwagen und Polizei verständigten.

Vom Täter fehlte bis jetzt jede Spur.

Kapitel 8

Konrad öffnete verschlafen ein Auge und bemerkte so, dass Lena bereits aufgestanden war. Selbst als er das zweite Auge dazu nahm, änderte sich daran nichts.

Er drehte sich umständlich, um einen Blick auf den Radiowecker zu werfen. „7:50".

In der Küche hörte er Geschirr klappern, zudem meinte er den Duft von frischem Kaffee zu riechen.

Sehr gut.

Jetzt noch ein paar Minuten liegenbleiben und er könnte sich sofort an einen gedeckten Frühstückstisch setzten.

Gestern Abend – oder besser gesagt, Nacht, hatte seine Frau schon geschlafen; was ihm lange Zeit nicht gelingen wollte, nachdem er von seinen „Recherchen" auf der Langenwand zurückgekommen war. Die Tatsache, dass die Zeitung gestern in Hannes Wohnung verschwunden war, beschäftigte ihn sehr, um nicht zu sagen, jagte immer wieder Gänsehäute über seinen Rücken. Gerd und er hatten die Wohnung höchstens fünf Minuten verlassen, bevor sie ein zweites Mal hineingegangen waren.

Wer hatte das Blatt genommen?

War Frau Schlosser zurückgekommen? Dieser Gedanke lag wohl am nächsten.

Auf der anderen Seite, war es Konrad durch den Kopf gegangen, dass sich vielleicht eine weitere Person in der Wohnung befunden hatte - versteckt. Vielleicht sogar Hannes Bürger selber. Aber was hatte das für einen Sinn?

Vor allem: Was war an dieser uralten Zeitung denn so wichtig?

Seiner ganzen Aufregung und dem Drängen von Gerd, die Wohnung schnell wieder zu verlassen, war es geschuldet, dass Konrad erst zu Hause an sein spontanes Handyfoto gedacht hatte, welches er von der Zeitung gemacht hatte. Sofort untersuchte er das Bild, musste aber leider feststellen, dass die Qualität nicht gerade die Beste war – es war viel zu dunkel. Zusätzlich war nicht die komplette Zeitungsseite auf dem Bild. Der untere Teil war nur unvollständig abgelichtet. Schließlich hatte er beschlossen, erst einmal schlafen zu gehen, um sich am nächsten Tag nochmals des Fotos anzunehmen.

„Guten Morgen!", begrüßte ihn Lena, „Dein Timing ist mal wieder perfekt. Gerade bin ich mit dem ‚Frühstückmachen' fertig geworden."
„So ein Zufall. Guten Morgen."
„Ist wohl etwas später geworden gestern?"
„Leicht. Zuerst brauche ich mal einen Kaffee, danach erzähle ich dir alles.
Wie war es denn bei dir? Wie viele Kilometer hast du geschafft?"
„Gestern Abend nur zwölf. Zirka zwei Stunden."
Lena trainierte gerade für die „Albstadt – Challenge", eine Veranstaltung für Wanderer und Läufer, die Rund um Albstadt führte und bei der man eine Strecke von 60 Kilometern zurücklegen musste. Der Start würde am kommenden Samstag, um 6:00 Uhr früh, in Pfeffingen sein.

Konrad hatte die Journalistin Lena Hansen aus Kiel vor sechs Jahren geheiratet. Kennengelernt hatte er sie im Haus seiner Eltern, die im unteren Stockwerk zwei Ferienwohnungen vermieten. Dort war Lena seinerzeit untergekommen – zusammen lösten die beiden damals das Rätsel um einen sagenhaften Goldschatz aus dem Zweiten Weltkrieg – nicht ohne dabei selber in tödliche Gefahr zu geraten.

Nach der ersten halben Tasse Kaffee startete Konrad mit seinem Bericht. Er begann mit dem D-Jugend – Training und den unfassbaren Eltern und endete in der Küche von Hannes Bürger. Zusammen sahen sie sich jetzt das Foto der verschwundenen Zeitung auf Konrads Handy an.

„Das ist ja sehr seltsam, beinahe unheimlich", sagte Lena jetzt bereits zum wiederholten Mal. „Leider muss ich jetzt los, in die Redaktion. Ich bin eh schon spät dran."

Lena arbeitete bei der lokalen Tageszeitung in Ebingen. Sie drückte Konrad einen Kuss auf die Wange und eilte aus der Wohnung.

Sekunden später wurde die Wohnungstür nochmals aufgeschlossen und Lena rief: „Jetzt hätte ich es fast vergessen. Dein Vater hat gestern Abend angerufen. Du sollst zum Rasenmähen vorbeikommen. Sonst passiert irgendetwas mit Fischen."

„Mit was? Mit Fischen?"

„Ja. Er wechselt doch manchmal ins breiteste Schwäbisch, wenn er aufgeregt ist."

„Ja aber Fische?"

„Es war so was mit einem Hai. Ich verstehe das Schwäbische ja schon ziemlich gut, aber wenn es zu breit ist …"

„Ein Hai?"

„So ähnlich. Wenn man nicht bald den Rasen mäht, braucht man einen Hai …"

Konrad kratzte sich am Kopf. Plötzlich flog ein Lachen über sein Gesicht. „Jetzt weiß ich, was gemeint ist: Heiba, also Heu mähen. Wenn das Gras so hoch ist, dass man mit dem Rasenmäher nicht mehr durchkommt, muss man das Heu – oft mit einer Sense – mähen."

Jetzt kratze sich Lena – am Hals. „Ich denke, so war es gemeint. Tschüss."

Damit war sie endgültig weg. Konrad schmunzelte weiter, da er gerade an seinen Lieblingssatz auf Schwäbische denken musste: „Beim Heiba dr Fuoß vrdapped."

Also, frei übersetzt: „Bei der Heuernte mit dem Fuß umgeknickt."

Konrad schenkte sich einen weiteren Kaffee ein und griff sich sein drittes Croissant. Rasenmähen. Na ja, wenn es sein musste. Er hatte im Moment Zeit, da kein aktueller Auftrag anstand. Konrad war freischaffender Informatiker und arbeitet immer dann, wenn seine Kunden eine Anforderung hatten. Gerade war dies nicht der Fall. Das war aber im August und Anfang September meistens so.

Erst jetzt war sein Kopf wieder so klar, dass er sich fragte, woher Lena die frischen Croissants hatte. War sie etwa schon beim Bäcker gewesen? Egal – jetzt war es zu spät zum Fragen.

Wiederholt studierte er das Handyfoto. Schließlich beschloss er, das Bild auf sein Notebook zu übertragen, um einen größeren Bildschirm zu haben.

Jetzt war es besser. Die einzelnen Artikel konnten nun besser gelesen werden. Warum war gerade diese Seite aufgeschlagen gewesen? War es Zufall? Berichte einer Generalversammlung und einer Wanderung des Albvereins zum Kloster Kirchberg. Ein Auffahrunfall und Werbung. Das war alles. Dazu kam noch ein Artikel am unteren Rand, der abgeschnitten war und von dem nur Teile der Überschrift zu sehen waren. Sollte dieser Artikel …? Konrad beugte sich so weit zum Bildschirm hinunter, dass seine Nase diesen fast berührte. „Beim Brand der Waldhütte kann Fremdverschulden ausge …".

Jetzt hatte er die Überschrift so weit als möglich identifiziert.

Ein Brand einer Waldhütte. Wohl ein Unfall – da Fremdverschulden ausgeschlossen werden konnte. So zumindest interpretierte Konrad die Überschrift.

Wenigstens konnte er mit Sicherheit sagen, dass die Zeitung vom August 1994 stammte und es die lokale Albstadt – Seite war. Dies war nämlich am oberen Rand sehr gut abzulesen.

Konrad schenkte sich den letzten Schluck Kaffee ein und begann das Frühstücksgeschirr in die Spülmaschine zu räumen. Er wollte schnellstmöglich los, nach Ebingen zu seinen Eltern, um seinen Vater über einen Brand im August 1994 zu befragen. Erstaunlicherweise hatte sein Vater in solchen Dingen ein fast fotografisches Gedächtnis.

Dass der Lohn dieser Auskunft das Rasenmähen sein würde, war ihm natürlich klar.

Ferner beschloss Konrad, sein Fahrrad zu benutzen, um nach Ebingen zu kommen. Zum einen bekam er dabei immer einen klaren Kopf und gute Einfälle, zum anderen war sein über 20-jähriger Citroen ZX nicht mehr der zuverlässigste Wagen im Zollern-Alb-Kreis, zumal der TÜV auch bereits drei Monate überschritten war. Auch sonst fuhr Konrad in den letzten Jahren viel lieber mit dem Auto seiner Frau oder er stieg gleich aufs Fahrrad um. Als der Citroen vor über zwei Jahren nochmals eine neue TÜV – Plakette bekommen hatte, feierte Konrad dies mit Lena zusammen und einer Flasche Sekt. Damals sagte er zu Lena: „Wahrscheinlich hatte der Prüfer auch schon einen Sekt intus. Sicher aber ist, dass diese Flasche mehr wert ist als das Auto."

„Mit dem Auto kannst du fahren, mit dem Sekt jetzt nicht mehr", hatte Lena geantwortet.

Er holte das Mountainbike aus der Garage und überlegte sich dabei, welchen Weg er nach Ebingen nehmen sollte. Sein elterliches Haus stand im Raidental.
Eventuell den etwas einfacheren, weil kraft schonenderen Weg, die kleine Straße der Schmiecha entlang, die zwischen dem Gymnasium und dem Albstadion mündete, danach weiter durch die Stadt. Oder aber über Feld und Wald, durchs Rossental aufs Lärchenfeld und weiter über den Ochsenberg.
Schließlich entschied er sich für den etwas beschwerlicheren Weg durchs Rossental. Konrad wollte nicht durch die Stadt fahren und dabei ständig auf sich und auf die Autofahrer aufpassen. Außerdem wollte er etwas für seine Kondition tun. Immerhin war er jetzt ja Fußballtrainer.
Im rasanten Tempo ging es die Degerfeldstraße hinunter. Die Hauptstraße überquerend fuhr er weiter ins Rossental. Zu Beginn war das Tal noch flach und er hatte keine Mühe, zügig voranzukommen. Am Ende aber war doch eine kräftezehrende Steigung zu überwinden. Endlich auf der Höhe angekommen, war Konrad ziemlich außer Atem, aber es ging noch höher. Etwas vor dem Freizeitsportplatz bog er links ab, zuerst zwischen Felder hindurch, danach in den Wald hinein.
Inzwischen genoss Konrad die Fahrt mit dem Rad. Kein Mensch war zu sehen, nur das Geräusch seiner Räder auf dem Feldweg war zu hören. Tatsächlich entspannte er sich mehr und mehr. Jetzt war er voller Tatendrang, den verschwundenen Hannes Bürger schnell zu finden. Zudem hatte er einen Einfall, wie er die Zeitung aus 1994 komplett lesen konnte: das Stadtarchiv! Zumindest wollte er sich dort erkundigen.

Immer noch führte der Weg den Berg hinauf. Schließlich hatte er die höchste Stelle erreicht. Von da an ging es relativ gerade weiter, über den Ochsenberg zum großen Parkplatz bei der Kälberwiese. Ab dort war dann die Straße auch wieder geteert und es ging nur noch bergab, hinunter nach Ebingen, über die Kreuzbühlstraße, zum Haus seiner Eltern.

Sein erster Blick fiel auf den Rasen vor und neben dem Haus. Vater Martin hatte mal wieder grandios übertrieben. Das Gras stand überhaupt nicht hoch – umso besser, dann würde das Mähen schon schneller gehen.

Er schob sein Rad durch den Garten und lehnte es seitlich an die Hauswand. Eben dorthin, wo er sein Fahrrad schon als kleiner Junge immer angelehnt hatte.

Kurz vor dem Eingang zu den beiden Ferienwohnungen wurde die Tür plötzlich aufgerissen und der Tod trat heraus.

Zumindest war dies Konrads erster Gedanke, als er den hageren, lang aufgeschossenen Mann erblickte, mit seinem faltigen langen Hals und den eingefallenen Wagen. Zudem trug er ein schwarzes Hemd und eine dunkelgraue Hose. Er mochte – sofern er noch lebte – so um die 60 Jahre alt sein.

„Was schauen sie den so blöd?", giftete er. „Die Ferienwohnungen sind beide belegt. Also Abmarsch." Dabei deutete er mit seinen knochigen Fingern in Richtung Straße.

„Ich wollte eigentlich zum Hausherrn …"

„Habe ich nicht deutlich gesagt, dass es nichts zu vermieten gibt?"

„Das möchte ich ja gar nicht."

„Was dann? Haben sie ein Paket? Dann stellen sie es ab und dann: Ende!"

„Ich habe auch kein Paket." Allmählich kam Konrad die Situation reichlich sonderbar vor. Er kannte den Mann nicht, was nichts heißen musste. Es war sicher ein Feriengast seiner Eltern – aber was für einer!

In diesem Moment näherte sich eine weitere Person, ebenfalls ein Mann und ebenfalls im Alter des Ersten. Ansonsten war dieser Mensch aber genau das Gegenteil des kratzbürstigen Skeletts. Er hatte bestimmt 20 Kilogramm zu viel und dies konzentriert am Bauch. Sein volles rundes Gesicht, dazu die roten Backen, verliehen ihm das Aussehen eines gutmütigen und einsichtigen Mannes.

„Was ist denn hier für ein Geschrei", mischte er sich jetzt ein. „Verteidigt mein Wohnungsnachbar mal wieder sein Revier?"

„Dir gebe ich gleich Revier."

„Kann ich ihnen vielleicht helfen, junger Mann?"

„Jetzt tu nicht so freundlich, wie Mutter Teresa", fiel ihm der Dünne ins Wort.

„Schnauze", zischte der Dicke zurück.

Konrad sah sich in seinem Elternhaus diesen beiden Typen gegenüber und wusste nicht, was er sagen sollte. Endlich gelang es ihm, sein Anliegen nochmals vorzubringen: „Ich wollte eigentlich zum Hausherrn."

„Natürlich", entgegnete der Dicke, übertrieben freundlich. Dabei drängte er sich am Hageren vorbei, gab diesem noch einen Schubs, und deutet Konrad den Weg ums Haus herum. „Einfach um die Ecke. Dort ist die Klingel. Hier geht es zu den Ferienwohnungen."

„Sehr nett", gab Konrad zurück und beeilte sich von den beiden Streithähnen wegzukommen.

Die Haustür war nur angelehnt. Konrad trat ein und wandte sich sofort in die Küche, weil er wusste, dass – zumindest seine Mutter – dort am ehesten aufzufinden war. In der Tat hockte Hannelore am Küchentisch und schälte Kartoffeln.

„Konrad! Ich habe dich gar nicht gehört."

„Hallo. Was habt ihr denn gerade für Leute in den Ferienwohnungen?"

Hannelore blickte ihren Sohn verschmitzt an. „Haben sie wieder gestritten?"

„Ja, warum? Streiten die immer?"

„Immer!" Hannelore nickte dabei bedeutungsvoll.

„Aber das kann man sich doch fast nicht anhören. Außerdem ist der eine ziemlich unhöflich …"

„Aber sie haben die Miete im Voraus bezahlt." Konrads Vater Martin war plötzlich in der Küche aufgetaucht. „Dabei habe ich für die Sommermonate noch einen Aufschlag draufgemacht."

„Hallo Vater. Na ja, dann …"

Martin war zuerst gar nicht begeistert gewesen, als seine Frau vor einigen Jahren vorgeschlagen hatte, den unteren Stock umzubauen und zwei Ferienwohnungen daraus zu machen. Mit der Zeit war Konrads Vater jedoch voll und ganz in seiner Aufgabe als „Herbergsoberhaupt" aufgegangen, nicht zuletzt als er festgestellt hatte, dass sich damit ja auch noch Geld verdienen ließ.

„Welches war den der Unhöfliche?", frage jetzt Hannelore.

„Der Dürre. Der aussieht wie der Sensenmann."

„Das habe ich mir gedacht. Das denkt man immer zuerst. Der Dicke war vermutlich die Freundlichkeit in Person?"

„Ganz genau."

„Aber gerade andersherum ist es. Der Dicke ist eine ganz linke Type. Der tut nämlich immer nur so freundlich. Hinten herum ist er ein unvergleichlicher Intrigant."

„Wia gseit: Solang se zahled …", meldete sich jetzt wieder Martin zu Wort. „Aber das Beste ist ja, dass die beiden, zusammen mit ihren Frauen, gemeinsam hier Urlaub machen. Sie sind aus Bielefeld."

„Ich dachte, Bielefeld gibt es gar nicht", sagte Konrad.

„Zumindest gibt es so eine Geschichte eigentlich nicht. Das vier Leute so zerstritten sind und trotzdem zusammen Urlaub machen. Die beiden Frauen sind sich nämlich auch nicht grün – und die Ehepartner untereinander auch nicht."

Konrad schüttelte nur den Kopf. „Wie lange bleiben sie denn?"

„Bis Samstag. Danach kommen Leute aus Holland, zwei Männer! - in die eine Wohnung und in die andere, eine Familie aus Bad Salzuflen."

„Das ist doch auch bei Bielefeld."

„Stimmt, aber Bad Salzuflen gibt es wenigstens."

Vater und Sohn lachten lauthals hinaus und Martin schlug sich mit der flachen Hand auf den Oberschenkel. Dies sah unwiderstehlich lustig aus, dass Hannelore ebenfalls in das Gelächter einfiel.

Endlich gelang es Konrad wieder, Luft zu holen. Er sagte: „Ich gehe dann mal wieder … Spaß … beginne gleich mit dem Rasen."

„Jetzt trinke doch noch vorher schnell einen Kaffee. Gerührten habe ich auch noch ein paar Stücke", entgegnete da Hannelore schnell.

„Sehr gerne, aber das machen wir nach der Arbeit. Eine Frage habe ich dann aber doch noch: Ist euch etwas bekannt von einem Brand einer Waldhütte, im Sommer 1994, hier in der Stadt?"

„1994. Das ist ja über 20 Jahr her", stöhnte Hannelore.

„Jaaa - das müsste 1994 gewesen sein …" Martin fuhr sich mit der Hand gedankenverloren durch sein graues, aber volles Haar.

‚Unmöglich, dass er etwas weiß', dachte Konrad.

„Da ist in Pfeffingen am Waldrand, eine Hütte niedergebrannt. Dabei ist ein Mann zu Tode gekommen."

Jetzt hatte Martin die ganze Aufmerksamkeit seines Sohnes.

„Es hat einen Toten gegeben?", frage Konrad gespannt.

„Ja. Es ging lange hin und her, ob es Brandstiftung oder ein Unfall war."

„Dein Gedächtnis ist phänomenal", lobte der Sohn.

„Geht so", mischte sich jetzt Hannelore wieder ein. „Das Balkongeländer zu streichen, das vergisst er regelmäßig."

„Ich vergesse es nicht, sondern warte auf den richtigen Zeitpunkt. Wie andere ihre Fenster nach dem Mond putzen."

„Ja, ja … ich weiß schon."

„Fällt dir sonst nochmal was zu dem Brand ein?", frage Konrad nun weiter.

„Irgendwie waren da noch andere Personen beteiligt. Wie gesagt, es ging da eine Weile hin und her in der Presse. Die letzte Meldung war dann – glaube ich, dass es ein Unfall gewesen war. Damit wurde der Fall abgeschlossen."

„Da hast du mir schon - wieder mal - geholfen", lobte Konrad erneut.

Martin winkte ab und sagte: „Vergelte es mit Rasenmähen. Dann sind wir quitt."

Hannelore dagegen blickte ihren Sohn besorgt an. „Konrad, du bist doch nicht schon wieder so einer komischen Sache auf der Spur? So wie mit der entführten Handballspielerin oder dem Attentat bei diesem Fußballspiel oder den Nazis mit ihrem Goldschatz."

„Nein, nein. Auf gar keinen Fall. Ich helfe nur Gerd aus, da ein Jugendtrainer von ihm ausgefallen ist."

„Und das war 1994?"

„Natürlich nicht. Vor drei Tagen ist der verschwunden."

„Konrad", seine Mutter wurde jetzt sehr bestimmend. „Überlasse das der Polizei. Du weißt, wie gefährlich so etwas werden kann."

„Wenn es gefährlich wird, überlasse ich es wirklich der Polizei."

Konrad hatte kaum mit dem Mähen begonnen, als der dürre Feriengast vor ihm auftauchte. Um ihn nicht umzufahren, musste er anhalten. Er schaltete den Mäher aus, da der Mann mit großen Gesten auf ihn einredete, Konrad aber kein Wort verstand.

„Ich verstehe sie nicht", sagte er, nachdem der Lärm des Rasenmähers nicht mehr störte.

„Gerade habe ich gesagt", der Dürre schrie noch immer, so als wäre der Mäher noch an, „Wenn ich gewusst hätte, dass sie der Gärtner sind, hätte ich sie gleich nach oben gebracht."

„Kein Problem", entgegnete Konrad. „Ich bekomme einen guten Stundenlohn." Er dachte dabei an den Kuchen, den ihm seine Mutter für nachher in Aussicht gestellt hatte.

Jetzt lachte der Dürre zum ersten Mal. „Dann will ich nicht länger stören." Erst jetzt bemerkte Konrad den Dicken, der hinter einem Busch stand und lauschte.

Konrad berührte mit seinem rechten Zeigefinger zuerst seine Stirn und schwenkte diesen dann in Richtung des Feriengastes. Gleichzeitig startete er den Mäher wieder.

Der Mann sprang zur Seite und überließ den Rasen dem Gärtner. Der Dicke hinter dem Busch grinste.

Als Martin, Hannelore und Konrad später am Küchentisch saßen, Kaffee trinkend und Kuchen essend, berichtet Konrad, dass man ihn für den Gärtner gehalten hatte.

„Den Dicken habe ich beobachtet, wie er um dein Fahrrad herumgeschlichen ist. Ich glaube, der wollte dir die Luft rauslassen."

„Was!"

„Keine Angst. Ich habe mich nur kurz geräuspert und schon war er verschwunden."

„Das gibt es doch nicht …"

„Zur Strafe stelle ich ihm heute Abend das warme Wasser für zwei Stunden ab und sage, der Gärtner habe eine Leitung beschädigt."

Als Konrad einige Zeit später wieder zu seinem Fahrrad kam, kontrollierte er als Erstes den Reifendruck. Als dieser in Ordnung zu sein schien und auch sonst noch alles am Mountainbike dran war, schwang er sich auf dasselbe und radelte davon.

Während des Mähens hatte er sich seine nächsten Schritte im „Fall Hannes Bürger" überlegt. Zuerst wollte er versuchen, einen Blick in die Zeitungen aus dem Jahre 1994 zu werfen. Dazu steuerte er jetzt das Stadtarchiv in der Innenstadt an.

Er war sich jetzt sicher, dass der Brand damals etwas mit dem Verschwinden von Hannes zu tun hatte – aber was?

Kapitel 9

Sommer 1994

Eigentlich könnte er ganz glücklich sein. Endlich hatte er Spielkameraden gefunden. Wären da nicht diesen beiden Dicken gewesen. Gegen die hatte er keine Chance, die waren viel kräftiger als er.

Little-Joe. Warum nicht? Schließlich hatte jeder in der Bande einen Spitznamen. ‚Vielleicht werden die Dicken auch noch vernünftig‘, dachte er, ‚wenn ich erst mal diese Probe bestanden habe‘

Die Furchtlosen stapften durch das hohe Gras der Wiese, am Ortsrand von Pfeffingen. Weg vom Skilift, schräg den Hang hinauf. Sie waren noch nicht lange gegangen, als der Boss anhielt. „Wir beginnen jetzt sofort mit der Mutprobe für Little-Joe.“

Die anderen lauschten gespannt, was nun kommen würde.

„Für unser Lager müssen wir ja noch ein paar Bretter festnageln. Dazu fehlen uns aber die Nägel – und genau die wird uns Little-Joe besorgen.“ Er deute mit der Hand auf die nahen Häuser des Dorfs. „Und zwar genau dort.“

Die Blicke gingen in die angezeigte Richtung. Ein Handwerksbetrieb war dort zu sehen, am Rande von Pfeffingen.

„Das ist eine gute Idee“, lobte Prof, „aber wie soll man das anfangen? Dort sind doch Leute.“

„Gerade darum ist es eine perfekte Probe. Dass du natürlich Schiss hast, ist mir klar.“

Jetzt wurde es Little-Joe doch etwas mulmig. Sollte er etwa aus dem Betrieb Nägel klauen?

„Los geht's", rief der Boss.

Sie schritten der Werkstatt entgegen, die letzten Schritte in gebückter Haltung. Hinter Büschen kauerten sie nieder und der Boss sagte: „Wir warten hier. Los Little-Joe! Dein Auftritt."

Nach zwei tiefen Seufzern, machte er sich auf den Weg. Er hatte das Haus, die Halle und den Hof genau angeschaut. Um in die Werkstatt zu kommen, musste er hinter verschiedenen Holzstapeln in Deckung gehen. Das könnte funktionieren. Gerade waren keine Menschen zu sehen.

Inzwischen hatten sich die anderen auf die Wiese gesetzt und schielten ab und zu durch das Geäst der Büsche. Schoko schubste Bud an und raunte: „Da werden wir mal für etwas mehr Aufmerksamkeit da unten sorgen." Laut sagte er: „Ich muss mal pinkeln."

Als er sich weit genug von den anderen entfernt hatte, schlug er den Weg, direkt zum Haus, neben der Werkstatt ein. Es wäre doch gelacht, wenn man die Leute nicht, durch ein einfaches Klingeln, auf den Hof bekäme. Dann würde man den Dieb auf frischer Tat ertappen und der Neuling wäre schon wieder weg. Tatsächlich erreichte er ungesehen das Haus und hielt seinen Daumen wohl fünf Sekunden auf den Klingelknopf. Danach rannte er so schnell als möglich in Deckung. Das war zwar sehr langsam, reichte aber, um sich rechtzeitig zu verstecken.

Little-Joe hatte im Schutz der Holzstapel den Eingang zur Werkstatt erreicht. Er lauschte hinein. Es war nichts zu hören – also trat er ein. Kurz mussten sich seine Augen an das schwache Licht gewöhnen. Gleich vorne standen große Tische, auf denen verschiedene Werkzeuge lagen. Etwas weiter hinten entdeckte er einen offenstehenden Schrank. Tatsächlich – darin waren Schrauben, Muttern und vieles mehr gelagert – und Nägel. Er griff sich einen handlichen Karton, der noch etwa zur Hälfte mit großen silbernen Nägeln gefüllt war. Jetzt schnell wieder raus … aber: was war das für ein Lärm auf dem Hof?

Schoko grinste zufrieden, als die Haustür aufgemacht wurde und eine ältere Frau heraustrat. Sie sah sich um und rief – ja schrie – dann: „Wer hat hier geklingelt?"
Neben dem Haus, von dem Platz zwischen Werkstatt und Wohnhaus, waren jetzt Geräusche zu hören. Schließlich trat ein Mann hervor: „Was ist denn los? Warum schreist du so?"
„Hast du gerade geklingelt?"
„Warum sollte ich klingeln? Ich habe doch einen Schlüssel."
„Wer war es dann? Hier ist niemand."
Der Mann war nun ganz nach vorne getreten und stand jetzt nur wenige Meter vom Eingang zur Werkstatt. „Ich schaue mich mal um. Wenn da jemand die ‚Klingel geputzt' hat, stecke ich ihn in die große Säge." Die letzten Worte hatte er so laut gerufen, dass selbst der Boss und die andern – in ihrem Versteck – die Worte deutlich vernommen hatten. Sie duckten sich noch mehr, obwohl sie vom Hof aus, auch so, nicht zu sehen waren.

Da stand er nun in der Werkstatt, mit einer gestohlenen Packung Nägel in der Hand. Der einzige Ausgang versperrt durch einen „Sägen – Mörder". Little-Joe klapperten die Zähne. Er versuchte ruhiger zu werden und schaute sich in der großen Halle um. Seine Augen hatten sich inzwischen sehr gut an das schummrige Licht gewöhnt. Überall Maschinen und Holz und kein zweiter Ausgang – oder? Er bewegte sich in den hinteren Teil, als er am Eingang Schritte hörte. Der Mann kann herein. Möglichst lautlos drang Little-Joe immer weiter in den Raum ein. Plötzlich ein Flackern, wie Blitze bei einem schweren Gewitter. Der Mann hatte das Licht eingeschaltet. Jetzt war es zu spät …

Schoko hatte sich, sobald der Mann in der Werkstatt und die Frau im Haus verschwunden waren, auf den Rückweg zu den anderen gemacht. „Was ist denn da unten los?", fragte er scheinheilig, als er diese erreicht hatte.

„Ich denke, wir können unseren Neuen schon wieder abschreiben", antwortete Miss. „Ich glaube, die haben ihn gleich entdeckt."

Mit einem letzten Blick in den ganz hinteren Teil der Werkstatt wollte sich Little-Joe schon von dieser Welt verabschieden – da: Eine Tür! Die Entdeckung gab ihm neuen Mut. Noch flackerten die Lampen immer noch, das Licht erhellte den Raum noch nicht vollständig. Er stürzte auf die Tür zu – hoffentlich war sie nicht verschlossen.

War sie nicht!

Ebenso leise wie er sie geöffnet hatte, schloss er sie hinter sich wieder. Danach gab es nur noch eins: rennen, rennen, rennen. Dabei konnte er nicht den direkten Weg zu den anderen einschlagen, sondern musste zuerst etwas Richtung Dorf laufen, danach – als der Abstand groß genug war, um nicht mehr gesehen zu werden - scharf links wieder auf die Wiesen einbiegen.

Die anderen hatte von dieser Flucht nichts mitbekommen, da sie den hinteren Teil der Werkstatt nicht einsehen konnten. Alle fuhren vor Schreck zusammen, als aus der Werkstatt ein ohrenbetäubendes Geräusch zu hören war. Die große Sägemaschine war eingeschaltet worden.

„Jetzt hat er ihn erwischt", sagte Prof betroffen und mit zittriger Stimme.

„Wird der jetzt tatsächlich zersägt?", frage Conan daraufhin.

„Ich fürchte ja", gab der Boss zurück. Die Mädchen brachten kein Wort hervor und auch das Grinsen der beiden Dicken hatte sich verwandelt. Ihnen war die pure Furcht deutlich anzusehen.

„Wir müssen uns beeilen, hier wegzukommen", sagte der Boss jetzt weiter. Und Prof ergänzte: „Sonst holt er uns auch noch …". In diesem Augenblick waren Schritte im Rücken der Bande zu hören. Blitzschnell und dabei total verängstigt drehten sie ihre Köpfe nach hinten. Dort stand Little-Joe und winkte mit der Nagelschachtel. Er betrachtete jeden einzelnen und blickte nur in weiße, von Furcht durchzogene Gesichter.

„Alles klar bei euch?", fragte er vorsichtig, jedes einzelne Wort betonend.

Allmählich trat wieder etwas mehr Farbe auf die Wangen der Gefragten. Conan war der erste, der wieder Worte fand: „Du bist ja gar nicht zersägt!"

„Nein, dafür habe ich die Nägel."

„Unglaublich", sagte der Boss jetzt. „Ich denke, damit hast du die Probe bestanden. Von nun an bist du Mitglied der Furchtlosen."

„Und jetzt machen wir aber wirklich, dass wir hier wegkommen", erinnerte Bud.

Der Boss nickte: „Genau. Nichts wie weg."

Kapitel 10

Am anderen Ende von Albstadt

Das Klingeln tönte, wie das Fauchen eines wilden Tieres.
Agil erhob sich Miss und steuerte der Haustür entgegen.
„Miss!"
Der Mann mit grauem Vollbart und dicker Brille, der gerade
geklingelt hatte, hob die Arme. „Bist du es wirklich?"
„Aus Fleisch und Blut", antwortete die Frau und umarmte den
Ankömmling. „Dich erkenne ich aber auch nur, weil noch du
und Little-Joe fehlen. Willkommen Prof!"
„Tja, unsere alten Spitznamen … ich habe keinen vergessen."
Inzwischen war Prof eingetreten. „Little-Joe fehlt? Aber er war
es doch, der uns eingeladen hat."
„Eben! Sonst sind aber alle da."
Miss ging voraus ins Wohnzimmer, wo bereits vier Männer und
eine Frau Platz genommen hatten. Die Wiedersehensfreude war
riesig, nicht zuletzt, da sich einige seit fast 20 Jahren – nach der
neunten Klasse – nicht mehr gesehen hatten. Es wurde umarmt,
geküsst und auf die Schulter geschlagen. Dazu waren freudige
Ausrufe, erstaunte Fragen und viel Gelächter zu hören.
Die Bande der Furchtlosen war nach 22 Jahren wieder vereint –
mit Ausnahme des jüngsten Bandenmitglieds Little-Joe, der
dieses Treffen initiiert hatte. In der Tat war der größte Teil der
Gruppe aus Albstadt weggezogen. Nur noch Little-Joe und die
beiden Frauen, Miss und Grace, wohnten noch in der Stadt.
„Und wo ist jetzt Little-Joe?", tönte der Boss schließlich, um
wieder etwas Ordnung in den wild gewordenen Haufen zu

bringen. „Gerade er hat uns doch wieder zusammengebracht, mit seinen merkwürdigen Andeutungen …"

„Wieso treffen wir uns eigentlich nicht bei ihm, in seinem Haus oder seiner Wohnung?", fragte Conan.

„Er hat mich vor einigen Tagen angerufen und gefragt, ob wir uns bei mir treffen könnten", antwortete Miss. „Er meinte, ich habe ein Haus und er nur eine kleine Wohnung. Es ging ihm hauptsächlich um den Platz, denke ich."

„Das haben wir hier allerdings genügend", warf Prof ein. „Das Haus ist ja wirklich sehr groß."

„Und ich lebe alleine hier, seit mein zweiter Mann bei einem Unfall ums Leben gekommen ist."

„Oh – das tut mir leid."

„Danke. Es war letztes Jahr. Er ist mit dem Motorrad am Lochen gestürzt und von einem Auto überrollt worden. Der hat sich übrigens aus dem Staub gemacht, Fahrerflucht."

„Das ist ja schrecklich", meldete sich jetzt Grace zu Wort. „Ich erinnere mich, davon gehört zu haben. Natürlich wusste ich nicht, dass es dein Mann war."

Es trat eine, fast peinliche, Unterbrechung des Gesprächs ein. Endlich fragte Schoko: „Und dein erster Mann?"

„Den habe ich davongejagt. Es war ein kompletter Idiot – und ich wohl auch, weil ich ihn geheiratet habe."

„Tut mir nochmals leid", sagte jetzt Bud.

„Das braucht dir nicht leidzutun. Außerdem geht es mir jetzt wieder blendend. Ich bin über alles hinweg."

Nach einer abermaligen, kurzen Pause, fragte Schoko: „Können wir Little-Joe nicht anrufen?" Es war offensichtlich, dass er das Gesprächsthema wechseln wollte.

„Habe ich schon gemacht", antwortete Miss, „Er geht nicht ans Telefon." Sie nickte Grace zu: „Ich denke, wir sorgen jetzt mal für etwas Erfrischung. Ich habe kühle Getränke. Hilfst du mir?"

„Klar", antwortete Grace und folgte Miss in die Küche.

„Little-Joe hat es ja schon verstanden, uns neugierig zu machen – oder etwa nicht?", ergriff der Boss nun wieder das Wort.

„Absolut!", stimmte Prof zu. „Alleine der Satz ‚Wenn wir es klug anstellen, hat ein jeder von uns finanziell ausgesorgt'.

Ihr habt doch sicher denselben Brief bekommen? So hat er es ja auch geschrieben, dass er den Brief an alle verschickt."

„Ja, genau", stieß Conan hervor und auch die andern nickten zustimmend.

„Warum muss der Kleine auch so in Rätseln schreiben?", schnaufte Bud.

„Ich glaube, so klein ist er gar nicht mehr", fiel jetzt Miss ein, die mit einem vollen Tablett aus der Küche zurückkam.

„Nicht?"

„Nein. Ich habe ihn mal in der Zeitung gesehen, auf so einem Fußball – Mannschaftsfoto. Er trainiert, glaube ich, eine Kindermannschaft. Da hat er jedenfalls kaum aufs Bild gepasst. Ich schätze mal, er ist fast zwei Meter groß."

„Neben den Kindern täuscht das vielleicht mit der Größe …", warf Prof ein.

„Natürlich. Typisch Prof. Mit seinen Gedanken schon wieder einen Schritt weiter", warf jetzt Grace ein, die, mit einem weiteren Tablett, nun ebenfalls aus der Küche kam.

„Auf jeden Fall ist er nicht hier. Ich schlage vor, wir warten nicht länger, sondern stoßen jetzt mal an", bemerkte Miss.

„Sehr gute Idee", stimmte ihr Bud zu.

„Auf unser Wiedersehen!", rief der Boss schließlich, als alle ein Getränk vor sich hatten. „Auf die Furchtlosen!"

Miss hatte zum Anstoßen Sekt serviert. Die Atmosphäre wurde zusehends lockerer, die Stimmung besser. Die alten Zeiten wurden wieder lebendig und so manche Anekdote von früher wurde erzählt.

Prof war es, der nach fast einer Stunde, das Gespräch wieder auf den eigentlichen Grund ihrer Zusammenkunft brachte: „Jetzt ist Little-Joe immer noch nicht aufgetaucht. Es wäre schon interessant zu erfahren, was er uns so Großartiges zu berichten hat."

„Auf jeden Fall. Eigentlich sind wir deshalb ja auch hier", stimmte Conan zu.

„Haben wir den keine Adresse von ihm? Auf dem Brief war kein Absender vermerkt."

„Er kommt nicht im Telefonbuch", entgegnete Miss. „Ich habe die Nummer gewählt, auf der er mich angerufen hat. Moment – ich versuche es nochmal." Damit griff sie zu dem Telefonhörer, der auf der kleinen Kommode an der Tür zur Küche stand.

Nach einiger Zeit, in der die anderen gespannt lauschten, sagte sie: „Es nimmt niemand ab. Es ist, wie die letzten Male auch."

„Hast du ein Stadtadressbuch?", fragte jetzt Prof.

„Ja, das habe ich – gute Idee. Darauf bin ich noch gar nicht gekommen." Mit einer Bewegung legte Miss den Telefonhörer zurück und öffnete eine Schublade der Kommode. Sie benötigte nicht lange, um den gewünschten Eintrag zu finden. „Er wohnt in Tailfingen, auf der Langenwand", gab sie mit etwas Stolz bekannt.

„Sehr gut", sagte Prof. „Dann sollte mindestens einer von uns mal dort vorbeifahren. Sonst erfahren wir nie von seinem Geheimnis."

„Ich mache das …", lallte Bud. Immerhin hatte Miss bereits die vierte Sektflasche geöffnet. An Bud war dieser Umstand am wenigsten vorbeigegangen. Aber auch die anderen hatten das Wiedersehen schon richtig begossen. Nur der Prof, war nach dem ersten Glas Sekt, zu Orangensaft übergegangen. Er war es auch, der jetzt sagte: „Ich denke, es ist besser, wenn ich mal da hinfahre. Ihr anderen scheint nicht mehr unbedingt fahrtüchtig zu sein."

„Ich kann noch gut fahren!", rief da Bud aus.

„Ich auch!", ergänzte Schoko. „Ihr müsst mich nur zum Auto tragen – hihihi …"

Prof ließ sich die Adresse von Little-Joe geben, sowie die Telefonnummer von Miss, da er davon ausging, dass die anderen noch weiter trinken würden und somit noch einige Zeit hier waren. Sicher war sicher. Danach beeilte er sich zu sagen: „Bin schon unterwegs. Im besten Fall bringe ich Little-Joe mit. Dann erfahren wir wenigstens, weshalb wir alle hier sind."

„Du warst halt immer schon unser Schlauster", erwiderte der Boss. „Heute noch, wie damals."

„Ja damals …" Prof rieb seine rechte Hand gedankenverloren über die Stirn. „Damals. Beim großen Unglück …"

„Fang nicht von dieser Sache an", rief Schoko ungewöhnlich barsch.

„Genau. Darüber sprechen wir nicht", bekräftigte der Boss, äußerst bestimmend.

„Warum nicht sprechen?" Das Gesicht von Prof hatte sich rot verfärbt. „Wir wissen doch alle, dass es sich bei dem Unglück vor 22 Jahren nicht um einen Unfall gehandelt hat."

„Was denn sonst?", rief Conan unwirsch und war dabei aufgestanden.

Ruhig erwiderte Prof: „Ganz einfach: Da hat jemand nachgeholfen."

Kapitel 11

Florenz, 1967

Der nahende Frühling war schon deutlich zu spüren. Ein warmer Südwind wehte in die Stadt und trocknete die Mauern und die Seelen der Bewohner von Florenz.

Die Menschen wagten sich jetzt wieder auf die Straßen. Allerdings waren noch immer die Auswirkungen der fürchterlichen Überschwemmung vom November des letzten Jahres überall zu sehen. Massen von Schlamm hatte der Arno damals in die Innenstadt von Florenz geschwemmt. Zwar hatten die Einwohner von Florenz, unterstützt, durch viele freiwillige, auswärtige Helfer – die Angeli del fango, die Engel des Schlamms – ohne Unterlass die Schäden beseitigt, jedoch war das Ausmaß der Katastrophe so hoch gewesen, dass es wohl noch Jahre dauern würde, um die Stadt wieder so herzustellen, wie sie vor der großen Flut gewesen war. Aber nicht nur Florenz war betroffen gewesen, rund ein Drittel der Republik war über alle Maßen heimgesucht worden. Über 100 Tote waren zu beklagen gewesen. Italiens Innenminister Taviani hatte es als „schwerste Naturkatastrophe seit Menschengedenken" bezeichnet.

Hauptsächlich durch die Tatsache, dass das Haus seiner Tante auf einem Hügel stand, waren Enrico und seiner Mutter nichts geschehen. Die Auswirkungen hatten sich in Grenzen gehalten, wobei die tagelangen schweren Regenfälle und die Wirbelstürme auch hier einigen Schaden angerichtet hatten. Selbstverständlich hatten auch sie mit den Folgen der Katastrophe zu leben: Plötzlich kosteten Brot und Mineralwasser das Vielfache des ursprünglichen Preises. Weil es tagelang keinen Strom gegeben hatte, handelten die Priester mit Kirchenkerzen.

Zum Glück war jetzt wieder eine Art „Normalität" eingekehrt. Francesco überquert den Arno auf der Ponte Vecchio, um danach ziellos durch die Gassen zu streifen. Er hatte keinen richtigen Freund mehr, seit es vor fast zwei Jahren zum Mord an Enricos Vater gekommen war. Enrico hatte sich damals auf einen Schlag verändert. Er fühlte sich als Ältester für die Familie verantwortlich und hatte keine Zeit mehr „zum Spielen". Zudem hatte er es seinem Vater auf dem Totenbett versprochen. Die Polizei hatte inzwischen ihre Ermittlungen eingestellt, ohne den Täter zu finden. Zwar waren einige Hinweise aus der Bevölkerung eingegangen, die sich jedoch alle als haltlos herausgestellt hatten. Noch mehr als Enrico hatte Francesco dies erschüttert. Schließlich war der Mörder daran schuld, dass sein bester Freund keine Zeit mehr für ihn hatte. Im Laufe der Monate hatte seine Wut in Hass umgeschlagen und er hatte sich geschworen, wenn man den Mörder jemals fand, würde er ihn umbringen.

Das Schicksal Enricos, seinen Vater verloren zu haben, erinnerte Francesco daran, dass er ebenfalls keinen Vater hatte – noch nie! Als er seine Mutter vor einiger Zeit wieder einmal darauf angesprochen hatte, wurde sie sogleich böse und gab ihm dieselbe Antwort, die er bereits kannte: „Dein Vater ist tot. Es gibt kein Grab."

Würde er jemals etwas über ihn erfahren?

Inzwischen war Francesco am Domplatz angekommen, obwohl er eigentlich gar nicht hierher gewollt hatte. Manchmal schien es ihm so, als ob alle Gassen Florenz' irgendwie zum Piazza del Duomo führten. Er schlenderte weiter, vorbei am Glockenturm, die Hände in seinen Hosentaschen vergraben als er plötzlich stehen blieb. Aus dem Augenwinkel heraus, links von ihm, hatte er einen Mann gesehen – nicht irgendeinen Mann, sondern den, der ab und zu in seinem Kopf auftauchte und den er nicht zuordnen konnte. Ein Mann mit einem schwarzen Vollbart.

Langsam drehte er sich nach links – aber da war nichts. Kein Mann war zu sehen. Weder mit einem schwarzen Vollbart noch ohne. Francesco drehte sich um seine eigene Achse – allein, er konnte den Mann nicht mehr sehen. Da waren spielende Mädchen, eine Mutter mit einem Kinderwagen und eine alte Dame.

Hatte er jetzt den Verstand verloren?

Kapitel 12

Sommer 1994

Schon den dritten Tag in Folge bauten die Furchtlosen ihr Lager im Wald, oberhalb von Pfeffingen. Die Stelle lag in Höhe der ehemaligen „Möbelfabrik", Richtung Burgfelden, oben am Waldrand. Beim Bau erwiesen sich die Nägel, die Little-Joe in der Werkstatt „gefunden" hatte als überaus hilfreich. Conan hämmert auf diese mit solcher Kraft und Leidenschaft ein, als müsse das Lager die Jahrtausendwende überstehen.

Der Boss betrachtete das Ganze mit sichtbarer Freude. „So", rief er. „Ich denke, unser Quartier ist so gut wie fertig. Noch ein paar Zweige zur Tarnung – aber das können wir auch morgen machen."
Er winkte die anderen zu sich her und fuhr fort: „Jetzt gehen wir mal ins Lager und ich erzähle euch, warum ich gerade diesen Ort gewählt habe."
„Da bin ich ja mal gespannt", sagte Grace, wohingegen Prof fragte: „Sollten wir nicht lieber Wachen aufstellen?"
Bud lachte. „Prof hat mal wieder Bammel. Keine Angst, die Grünjacken überfallen uns nicht."
„Ich meine ja nur."

Drinnen war bequem Platz für alle acht Kinder, soviel sogar, dass sich jeder auf dem Boden ausstrecken konnte. Die Pfeiler des Lagers bildeten fünf große, gewachsene Bäume, die die Bande mit Ästen und teilweise Brettern verbunden hatte. So entstand ein geschützter Innenbereich, auf dem man, mit weiteren Ästen, noch ein Dach gebaut hatte. Dadurch war es im Inneren recht dunkel, gleichzeitig aber sehr gemütlich.

„Nun leg schon los", forderte Schoko den Boss auf.
Dieser setzte sich auf den Boden und lehnte sich an einen der Bäume, während er begann: „Man erzählt sich, dass dieser Ort verwunschen ist."
Sofort verfärbte sich das Gesicht von Prof.
„Nach einer uralten Sage, soll hier einmal ein Troll gehaust haben …"
„Ich dachte, die gibt es nur auf Island", fiel Prof ein, wobei sein Gesicht wieder heller wurde.
„Falsch gedacht!", maßregelte ihn der Boss, „Schnauze jetzt."
Nach einem strengen Blick auf Prof fuhr er fort: „Dieser Troll war böse. Sehr böse. Wer sich nur entfernt in diese Gegend wagte, den verwandelte der Troll in einen Stein. Fortan war derjenige Wind und Wetter ausgesetzt und musste Höllenqualen ertragen."
„Das ist ja schrecklich", rief Miss aus. Die Kinder waren, ohne es zu bemerken, näher zusammengerückt.
„Eines Tages, jedoch, kam eine junge Frau vorbei, die in ihrem Leben bisher nur Gutes getan hat. Auch sie wollte der Troll in einen Stein verwandeln – allein: Es funktionierte nicht. Dabei strengte sich der Troll so sehr an, dass er selber zu einem Stein wurde."
„Zum Glück", schnaufte Prof aus. Auch die anderen zeigten sich erleichtert.
„Moment, jetzt kommt es!" Der Boss hatte einen Zeigefinger erhoben. „Nachdem die junge Frau ihre Geschichte im Dorf erzählt hatte, wagten sich ein paar Männer hier hinauf, um den versteinerten Troll zu sehen. Zu ihrem Entsetzten jedoch, mussten sie feststellen, dass der Stein nicht mehr da war. Ohne

eine Sekunde zu verlieren, flohen sie zurück ins Dorf und berichteten von ihrer Entdeckung. Seither hat sich niemand mehr hierher gewagt."

„Aber wir sind hier", flüsterte Schoko.

„Genau. Uns ist nichts passiert – also! Deswegen ist unser Lager ja auch sicher, da sich niemand hierher wagt."

„Wissen das den die anderen überhaupt?"

„Die meisten wissen es", gab der Boss flapsig zurück.

In diesem Moment war das Knacken eines Astes zu hören, und zwar in unmittelbarer Nähe.

„Der Troll kommt zurück", rief Miss.

„Ruhe. Nicht bewegen", entgegnete der Boss, jetzt auch mit eindeutig verängstigter Miene.

In der Tat war es nicht bei diesem Geräusch geblieben. Deutlich waren jetzt Schritte zu hören, die immer näher kamen. Keiner der Furchtlosen wagte es zu atmen. Sie waren noch enger zusammengerückt. Nun war es draußen ganz ruhig. Mit einem Mal jedoch wurden die Äste, die als Türe dienten, beiseite gerissen und ein bärtiger Mann mit lockigem, langen Haar und roten Wangen stand im Eingang.

Voller Entsetzen schrien die Kinder wild durcheinander. An Flucht war nicht zu denken. In der Tür stand der Troll und die Wände hatte Conan derart fest vernagelt, dass sie nicht einzureißen waren.

Der Mann blickte sich lange, mit seinen auffällig runden Augen, um. Einen nach dem anderen musterte er, ohne ein Wort zu sagen. Inzwischen war ein gemeinschaftliches Bibbern den Schreien gewichen.

„Was habt ihr hier zu suchen?", brach der Mann schließlich sein Schweigen. Sogleich wurde das Bibbern stärker, da der Tonfall wütender nicht sein konnte.

„Nicht verwandeln", brachte Grace schließlich heraus und Prof stammelte: „Ich möchte kein Stein sein."

„Wer möchte schon ein Stein sein?" Plötzlich wurde die Stimme des Mannes weicher und seine Gesichtszüge freundlicher. „Darf ich reinkommen?", fragte er jetzt sogar.

Da keiner antwortete, schien er dies als Einladung aufzufassen. Umständlich trat er ins Lager und setze sich ebenfalls auf den Boden. „Man nennt mich den Kauz. Habt ihr schon mal von mir gehört?"

„Sie sind gar nicht der Troll?", fragte Bud ungläubig.

„Der Troll. Nein, eigentlich nicht – vielleicht jedoch nennen mich einige auch noch so. Kann schon sein." Der Mann war jetzt richtig nett, was auch die Kinder sofort spürten. Allmählich ließ ihre Anspannung nach und sie rückten wieder weiter auseinander. Jetzt war sogar eine Art Neugier zu erkennen, mit welch komischer Figur sie es hier wohl zu tun hatten.

„Wir haben noch nie von dem Kauz gehört", wurde nun auch der Boss wieder mutiger. „Wo wohnen sie?"

„Das genau ist wahrscheinlich das Ungewöhnliche, was die Leute so verstört. Meine Hütte steht nur 300 Meter von hier unter den Bäumen. Aber sehr gut vor Blicken geschützt."

„Was, sie haben sich auch ein Lager gebaut?", frage Conan.

„Na ja. Es ist schon ein halbes Haus, aus Holz zwar, aber mit einem richtigen Dach aus Stein."

„Stein …", zischte Miss, die von allen noch am ängstlichen war – neben Prof.

„Ja, Stein. Warum?"

„Wegen dem Troll halt …"

„Welchem Troll denn? Ihr redet andauernd von einem Troll. Was hat es denn damit auf sich?"

Der Boss räusperte sich und erklärte: „Das ist eine alte Sage von hier, die ich gerade erzählt habe, kurz bevor sie gekommen sind."

„Ah. Darf ich die Geschichte auch hören?"

„Klar …", damit begann der Boss, das Ganze nochmals zu erzählen. Als er geendet hatte, konnte sich der Mann ein Lachen nicht verkneifen, welches mit der Zeit immer stärker wurde. Schließlich gelang es ihm zu sagen: „Und in diesem Moment komme ich vorbei …". Er brüstete wieder los, sodass die Kinder endlich auch in das Gelächter einfielen.

Erst nach geraumer Zeit fragte Little-Joe: „Dürfen wir mal ihre Hütte sehen?"

„Na logisch. Kommt mit. Wir sind ja jetzt, sozusagen, Nachbarn."

Kapitel 13

Konrad steuerte sein Mountainbike, auf dem Radweg, die Sonnenstraße hinunter. Vorbei an den Kinos und dem Elektronikmarkt, bis zum Beginn der Fußgängerzone. Da nicht allzu viele Menschen unterwegs waren, fuhr er langsam die autofreie Straße hinunter, entlang des Rathauses auf der rechten Seite, zum Kurt-Georg-Kiesinger – Platz. Der dritte Bundeskanzler der Bundesrepublik Deutschland wurde 1904 in Ebingen geboren.

Von dort aus lenkte Konrad weiter zur Hochschule Albstadt-Sigmaringen und musste jetzt nur noch die Straße überqueren, um das Stadtarchiv in der Johannesstraße zu erreichen.

Über die roten Pflastersteine schob er nun sein Fahrrad die letzten Meter zu seinem Ziel. Im selben Gebäude war auch die Stadtbücherei untergebracht. Er war schon unzählige Male hier gewesen – gerade in der Bücherei, aber im Stadtarchiv selber noch nie. Deshalb musterte er zuerst den Hinweis mit den Öffnungszeiten an der unscheinbaren Glastür. Mittwoch bis 12:00 Uhr geöffnet – er hatte noch eine halbe Stunde. Das musste reichen. Erst als die Eingangspforte nicht aufging, nachdem er gerüttelt hatte, bemerkte er etwas weiter unten auf der Tür den Hinweis, dass geklingelt werden musste.

Schon nach kurzer Zeit, öffnete eine Frau im mittleren Alter und betrachtete ihn neugierig, so als wären Besucher zu dieser Zeit eher ungewöhnlich.

Freundlich ließ sie in eintreten, nachdem er sein Anliegen geschildert hatte. Die Frau ging in einen Raum voraus, in dem vier Tische standen, jedem wieder jeweils vier Stühlen beigestellt. Nahezu die gesamte vordere Wand, mit Ausnahme der Tür durch die Konrad gerade getreten war, bedeckte ein Regal voller Bücher. Die komplette rechte Seite des Raums bestand aus großen, viel Licht spendenden, Fenstern.

„Bitte nehmen sie hier Platz!" Die Frau deutete auf die Stühle.

„August 1994 haben sie gesagt?"

„Ja, genau. Danke!"

Wiederum dauerte es nicht lange, bis die Frau mit einem dicken Buch im Format einer Zeitung zurückkehrte. „So, das ist der komplette August. Waren sie eigentlich schon mal bei uns?"

„Nein, ich war noch nie hier."

„Dann sollten sie bitte noch ein Formular ausfüllen." Dabei reichte sie Konrad ein Din A4 – Blatt und einen Kugelschreiber. Konrad füllte schnell seine Adressdaten aus, kreuzte bei Grund des Besuchs „Privat" an und unterschrieb das Ganze.

Gespannt machte er sich an die Zeitungen. Er klappte das Buch auf und erblickte sogleich, die Ausgabe von Montag, dem 1. August 1994. Fasziniert blätterte er die ersten Seiten durch und musste sich maßregeln, nicht jeden Artikel zu lesen. Es war alles hochinteressant. Die gesamten Tageszeitungen dieses Monats waren, Seite für Seite, zu einem Buch zusammengebunden.

Mithilfe des Handyfotos, welches er in Hannes Wohnung – mit schlechter Qualität - gemacht hatte, fand er doch recht schnell, die entsprechende Seite. Da er sein Handy bereits in der Hand hatte, machte er sogleich ein weiteres Bild dieser Seite, achtete aber sehr darauf, dass man dieses Mal auch alles lesen konnte. Zum Foto machen, war er aufgestanden, nun setze er sich wieder und beugte sich aufgeregt über das Blatt.

Er jetzt wurde ihm klar, warum ihm die Zeitung in Hannes Wohnung aufgefallen und so „ungewöhnlich" vorgekommen war: Außer den Werbeinseraten, war keine Farbe auf den Seiten, anders gesagt: Es war alles in Schwarz oder Weiß. Dabei waren vor allem die Fotos auffallend, die heutzutage fast ausschließlich in Farbe waren.

Konrad überflog die anderen Artikel nur zur Vollständigkeit und widmete sich dann sofort dem Artikel über den Brand einer Hütte in Pfeffingen. Zweimal studierte er das Geschriebene, und lehnte sich dann in höchster Konzentration zurück, um das Gelesene für sich nochmals zusammenzufassen.

Eine Waldhütte, am Ortsrand von Pfeffingen, Richtung Margrethausen, war damals abgebrannt. Dabei hatte es ein Mann nicht mehr geschafft herauszukommen und war verbrannt. Die Ermittlungen von Polizei und Feuerwehr hatten ergeben, dass – wohl durch Unachtsamkeit – der Holzofen in der Hütte, den Brand verursacht hatte. Da sich das Feuer dann in rasender Geschwindigkeit ausgebreitet hatte, war es dem Mann nicht mehr möglich gewesen, aus der Hütte zu fliehen. Auch die umliegenden Bäume und Wiesen waren in Mitleidenschaft gezogen und teilweise verbrannt. Das rasche Eintreffen der Feuerwehr jedoch hatte einen noch größeren Schaden – gar einen verehrenden Waldbrand - verhindert. Dass die Feuerwehr so schnell alarmiert wurde, war wohl dem umsichtigen Handeln des „kleinen Matthias Kunkeler" zu verdanken, wie zu lesen war.

Zusätzlich waren allerdings keine Namen im Artikel genannt. Auch das Opfer wurde nicht namentlich erwähnt. Immerhin hatte Konrad wenigstens einen Namen und etwas mehr Klarheit, was damals, vor 22 Jahren, vorgefallen war. Dennoch – so musste er eingestehen – brachte ihn das vorläufig nicht weiter, wenn es um das Verschwinden von Hannes Bürger ging. Im Gegenteil – die Geschichte wurde immer rätselhafter.

„Entschuldigung"

Konrad wurde aus seinen Gedanken gerissen.

„Es ist schon kurz nach Zwölf. Wir machen über Mittag zu. Ab 13:00 Uhr haben wir wieder offen." Die Frau lächelte freundlich.
„Oh – kein Problem. Ich habe gefunden, was ich gesucht habe. Vielen Dank!"
„Bitte, gerne."

Konrad trat ins Freie, in den Innenhof, welcher durch das Stadtarchiv, die Stadtbücherei und Vorlesungsräume der Hochschule gebildet wurde. Matthias Kunkeler. Dieser „kleine Matthias Kunkeler", wohl ein Kind, war damals vor Ort gewesen und hatte die Feuerwehr informiert. Ihn musste Konrad finden.

Trotz des Kuchens seiner Mutter und der Croissants zum Frühstück, verspürte Konrad schon wieder einen gewissen Appetit. Was hatte Lena nochmal gesagt? Kommt sie über Mittag nach Hause? Oder hatte sie nichts gesagt? Er holte sein Handy hervor und prüfte es auf mögliche Nachrichten. Tatsächlich: Lena hatte vor zehn Minuten geschrieben, dass sie über Mittag einen Termin hatte und deshalb erst heute Abend heimkommen würde, dann aber sogleich ihr Training für die „Albstadt-Challenge" starten wollte. Sogleich wurde sein Appetit noch ein wenig größer, da jetzt feststand, dass er kein Mittagessen serviert bekommen würde. Mit etwas Glück konnte es ihm noch zum Metzger reichen, bevor dieser über Mittag seinen Laden schloss. Dann mussten halt „Leberkäsweckle" genügen – hoffentlich gab es noch warmen.

Konrad hatte Glück - zweimal sogar: Es gab noch Fleischkäse auf Brötchen und der war auch noch warm. Er ließ sich drei – sicher ist sicher - in Alufolie verpacken und radelte zurück nach Truchtelfingen.

Die Schönhaldenstraße war immer eine letzte Herausforderung, wenn er mit dem Fahrrad unterwegs war. Sie stieg relativ steil an und zog sich – in Konrads Augen – schier unendlich und gerade nach oben. Zudem war es immer das letzte Stück, kurz bevor er seine Wohnung erreicht hatte und dementsprechend fühlte er sich auch schon meistens müde und kraftlos. Einmal hatte ihm – als er sich wieder einmal hinauf quälte - ein entgegenkommender Radfahrer, der mit schneller Geschwindigkeit den Berg herunterfuhr, zugerufen: „Nawärts goats leichder!" Das müde Grinsen Konrads hatte dieser Witzbold schon nicht mehr gesehen.

Das Essen, dazu eine Apfelschorle, ließen ihn die Anstrengung jedoch schnell vergessen. Er hatte sein Notebook auf den Balkon genommen und versuchte, nebenher, etwas über diesen Matthias Kunkeler zu erfahren. Wie alt mochte er jetzt sein? War er damals acht oder zehn oder gar schon 15 Jahre alt? Egal – man konnte auf jeden Fall davon ausgehen, dass er grob zwischen 30 und 40 Jahre alt sein musste.
Schließlich gelang es Konrad, drei Adressen, samt Telefonnummer zu finden, bei denen zumindest der Nachname stimmte. Einen Matthias fand er allerdings gar nicht.
Um keine Zeit zu verlieren, rief er sofort bei den Leuten an. Zwei davon gingen sogar ans Telefon, hatten jedoch nichts mit einem Matthias Kunkeler zu tun, noch kannten sie jemand mit diesem Namen. Bei der dritten Nummer wurde nicht abgenommen. Am Straßennamen erkannte Konrad, dass der Mann - Arnold Kunkeler - in Pfeffingen wohnte. Das könnte passen! Der Brand damals war ja auch in Pfeffingen. Konrad verspürte dieses typische Kribbeln, welches er immer bekam, wenn er meinte auf der richtigen Spur zu sein.

Nach dem Essen versuchte er abermals, Verbindung mit Arnold Kunkeler zu bekommen – jedoch weiterhin vergebens.

Er streckte sich auf der Liege aus, genoss den warmen Tag und versuchte sich die ganze Sache nochmals gründlich durch den Kopf gehen zu lassen. Darüber schlief er ein und wurde erst über eine Stunde später durch das Höllengeräusch der Kreissäge des Nachbarn geweckt. Wenn es den Leuten langweilig ist, fangen sie an Holz zu sägen, dachte Konrad und bewegte sich träge in die Küche, um einen Kaffee aufzusetzen.

Wieder auf dem Balkon sitzend, die Kaffeetasse in der Hand haltend und Arnold Kunkeler abermals nicht erreicht habend, beschloss Konrad, nach Pfeffingen zu fahren, um mit dem Mann persönlich zu reden. Vielleicht hatte er Glück und traf Kunkeler zu Hause an. Möglicherweise sägte er ja gerade Holz und konnte das Telefon nicht hören.

Im Gegensatz zu heute Morgen jedoch, beschloss er das Rad stehenzulassen und mit seinem Citroen zu fahren. Um diese Zeit würde ja sicher niemand auf eine abgelaufene TÜV – Plakette achten. Außerdem lief der Wagen am Nachmittag immer besser an als morgens.

Auf jeden Fall war Konrads kriminalistischer Ehrgeiz nun endgültig geweckt. Dabei beschäftigte ihn ein Gedanke besonders stark: Wieso schaute sich jemand eine Zeitung von 1994 an und verschwindet dann plötzlich – oder: Wollte man damit eine falsche Spur legen und ein Verschwinden vortäuschen?

Kapitel 14

Ich hatte als Kind einen ganz großen Wunsch: Ich wollte ein Fußballstar werden!

Leider ist nichts daraus geworden. Kein Wunder, wenn sie mich auf dem Sportplatz auch nicht mitspielen lassen. Aber – ich hatte noch einen Plan.

Ich habe immer einen Plan.

Damals stand die Fußballweltmeisterschaft in den USA bevor und alle Jungen sammelten Panini – Bilder. Bilder also, auf denen die einzelnen Stars der teilnehmenden Mannschaften abgebildet waren und die man in ein Album einkleben konnte. Auf dem Schulhof, in den Pausen, begann dann das große „Bildertauschen". Manche Stars waren so selten, dass man ein Bild für zehn andere eintauschen konnte. Jeweils sechs Bilder waren in einer Packung.

Immer wieder habe ich zu Hause um solche Bilder gebettelt. Meine Mutter sagte nur: „Wir haben kein Geld für solche Dinge" und mein Vater haute mir eine runter. Aber nur, wenn er besoffen war – allerdings war er das fast immer.

Deswegen also beschloss ich auf eigene Faust, mir Bilder zu besorgen. Immer wenn mich mein Vater zum „Bildzeitung holen" in den Laden schickte, versuchte ich eine oder manchmal auch mehrere Packungen schnell in meine Hose zu stecken. Dabei musste ich sehr vorsichtig sein. Am Anfang wagte ich es oft nicht zuzugreifen, aber mit der Zeit entwickelte ich eine gewisse Routine. Mich beachtete sowieso niemand.

Irgendwann hatte ich so viele Bilder, dass ich auch zum Tauschen gehen konnte. Es stellte sich aber heraus, dass niemand mit mir tauschen wollte. Also legte ich mir ein eigenes

Album zu und klebte meine Bilder ein. Oben auf dem Schrank versteckte ich das Ganze dann.

Die Seiten waren abgegriffen, aber ich hatte das Album noch. Nachdem ich es von vorne bis hinten durchgeblättert hatte, legte ich es zurück auf den Schrank – wie früher.
Nur das früher dort keine Pistole gelegen hatte. Glück für die Kinder damals – jetzt würden sie nicht mehr alle so viel Glück haben. Wenn man Kinder tötet, bestrafte man damit die Eltern – ein Gedanke, der mich beruhigte.

Kapitel 15

So knapp davor, seinem alten Franzosen einen Tritt zu verpassen, war Konrad noch nie gewesen. Urplötzlich jedoch, reagierte sein Citroen doch noch und sprang an.
Im Grunde war es ja ein gutes Auto. Nicht umsonst fuhr er diesen Wagen schon sehr lange – wenn er ansprang natürlich. Er nahm sich vor, in den nächsten Tagen einen Termin in der Werkstatt zu vereinbaren und auch gleich den TÜV abnehmen zu lassen. Wahrscheinlich wehrte er sich innerlich so gegen diesen Schritt, weil er Angst hatte, in der Werkstatt würde man sagen: „Das lohnt sich nicht mehr. Da ist ein neuer günstiger."
Gemächlich tuckerte er die steile Jahnstraße in Tailfingen hinauf. Gemächlich deswegen, weil sein Wagen, trotz durchgedrücktem Gaspedal, die 50 km/h nicht schaffte. Nach Pfeffingen ging es dann aber besser, nicht zuletzt, da die Fahrbahn nun hinunterführte. Das war also nicht nur beim Radfahren ein Vorteil.
Konrad hatte sich vor dem Losfahren, im Internet, nochmals angeschaut, wo die Straße, in der Arnold Kunkeler wohnte, genau lag. Deswegen und auch weil Pfeffingen keine Großstadt war, fand er das Haus auf Anhieb. Dabei handelte es sich um ein älteres Haus, etwas hinter dem Kindergarten gelegen, auf der Straße Richtung Eyachquelle.
Es war niemand vor dem Haus - weder mit noch ohne Kreissäge - zu sehen und so drückte Konrad einfach den kleinen Knopf neben der Haustür. Das zur Klingel gehörige Namensschild war nicht mehr ganz zu lesen, konnte aber durchaus auf Kunkeler lauten. Ein enorm lautes Läuten war zu hören, welches Konrad unwillkürlich einen Schritt zurücktreten ließ. Mit dieser Glocke

wusste gleich die ganze Straße, wenn Kunkelers Besuch bekamen, dachte Konrad. Nur der Hausherr schien es nicht zu wissen. Keine Reaktion war von Drinnen zu erkennen noch zu hören.

Nach abermaligem betätigen des Klingelknopfs meinte Konrad jetzt Schritte aus dem Haus zu hören. In der Tat wurde die Tür geöffnet und eine ältere Dame, wohlgenährt, mit freundlichem Blick, erschien.

„Komm doch rein. Die Tür ist nie abgeschlossen", sagte sie mit heller, aber übermäßig lauten, Stimme und drehte sich dabei schon wieder um.

Konrad war verwundert. Verwechselte die alte Dame ihn mit jemand? Zumindest schien sie nicht mehr gut zu hören. Es blieb ihm keine Zeit, weiter darüber nachzudenken, da die Dame bereits verschwunden war. Er huschte hinterher, schloss aber zuerst noch die Haustür hinter sich.

Die Frau war in die Küche vorgegangen, wo neben Herd, Backofen, Kühl- und Küchenschrank ein großer Tisch, zur Hälfte umrahmt mit einer Eckbank stand. Auf dieser hockte ein betagter Mann, der gerade mit dem Abendbrot fertig geworden war. Er schob das Vesperbrett und einen Teller in die Mitte des Tischs und fegte mit der flachen Hand einige Brotkrümel von demselben. Der Mann schien Konrad noch nicht bemerkt zu haben.

Jetzt machte die Frau eine Drehbewegung mit Daumen und Zeigefinger ihrer rechten Hand, neben ihrem Ohr. Der Mann nickte und machte eine ähnliche Bewegung, allerdings an seinem Ohr und direkt dort. Erst jetzt bemerkte Konrad, dass der Mann ein Hörgerät trug, welches er nun wohl wieder einschaltete. Kein Wunder, haben die beiden das Telefon nicht gehört, dachte sich Konrad.

„Nun junger Mann, was willst du uns verkaufen oder andrehen?", fragte die Frau.

„Der sieht nicht aus wie ein Vertreter", fügte der Mann hinzu. „Eher Stadtwerke …"

„Weder noch", entgegnete Konrad. „Mein Name ist Landberg, Konrad Landberg. Ich wollte sie gerne etwas fragen."

„Na dann setzt dich mal", sagte die Frau, wobei ihre Worte wie ein Befehl klangen. „Und wundere dich nicht, dass ich ‚Du' zu dir sage. Das mache ich bei allen, die jünger sind als ich – und ältere gibt es nicht mehr viele …"

Hier fand Konrad, dass die Frau übertrieb. So alt waren die beiden noch nicht. Konrad schätze sie auf knapp über 70.

„Worum geht es denn?", wollte der Mann wissen, nachdem Konrad am anderen Ende der Eckbank Platz genommen hatte.

„Um Matthias. Um ihren Sohn." Er hatte beschlossen, es einfach mal zu versuchen, obwohl er bis jetzt nicht wusste, ob Matthias Kunkeler in dieses Haus gehörte, noch ob die beiden Alten seine Eltern waren.

„Matthias! Das ist ja ein Zufall. Er wollte heute noch vorbeikommen."

Volltreffer!

Die Frau fuhr fort: „Unser Matthias wohnt schon seit zig Jahren nicht mehr bei uns, hat uns aber vorgestern angerufen, dass er ein paar Tage nach Albstadt kommt. Er war schon ewig nicht mehr hier …"

„Das ist ja super. Ich wollte mit ihm über eine Sache von früher reden. Wann hat er sich denn angesagt?"

„Eigentlich müsste er schon hier sein. Wir haben lange mit dem Essen auf ihn gewartet. Schließlich hat mein Mann dann schon mal angefangen. Er braucht sein Regelmäßiges."

„Ich hab halt um Sechse Hunger", verteidigte sich der Mann.

„Um was geht es denn genau?"

Konrad war sich zuerst nicht sicher gewesen, ob er die beiden älteren Leute mit solchen „komischen" Fragen behelligen konnte. Während des kurzen Gesprächs jedoch, hatte er bei beiden eine sehr hohe geistige Frische gespürt, auch wenn sie vielleicht nicht mehr so gut hörten.

„Es geht um den Brand einer Waldhütte, vor 22 Jahren. Damals hatte Matthias die Feuerwehr verständigt und so schlimmeres verhindert."

Es dauerte nur einen kurzen Moment, ehe der Mann antwortete: „Oh ja, eine schlimme Sache damals."

„Dabei ist ein Mann, der alte Kauz, ums Leben gekommen", fügte die Frau hinzu.

Genau wie bei seinem Vater, war Konrad überrascht, welch gutes Gedächtnis die Leute hatten. Oder war die Sache damals so dramatisch gewesen, dass sie nicht vergessen werden konnte?

„Es passierte am Waldrand, Richtung Margrethausen, im Jahre 1994. Es war Sommer, ein sehr heißer Sommer." Arnold Kunkeler schaute Konrad bedeutungsvoll an.

„Können sie mir die Geschichte von damals erzählen?"

„Kann ich schon … Sind sie eigentlich ein Freund von Matthias?"

Damit hatte Konrad schon gerechnet – dass seine Fragen hinterfragt wurden. Obwohl dies eigentlich ganz normal war, machten es allerdings die wenigsten Leute. So zumindest war Konrads Erfahrung der letzten Jahre.

Wie fast immer beschloss er, einfach die Wahrheit zu sagen. Auch dies war ein Erfahrungswert. Hiermit hatte er die Leute bisher am besten überzeugen können, ihm Auskunft zu geben.

„Ich habe von dem Brand in einer Zeitung aus dem Jahre 1994 gelesen, weil ich auf der Suche nach einem Bekannten bin, der – ohne sich abzumelden – verschwunden ist. Wahrscheinlich macht er ja Urlaub. Trotzdem, die Sache mit dem Brand würde mich schon interessieren."

„So, so …", grübelte der Mann.

„Natürlich werden wir dir helfen und erzählen, was wir wissen. Vielleicht hilft es dir ja, deinen Bekannten zu finden." Die Frau hatte dies mehr zu ihrem Mann, als zu Konrad gesagt. Nun wartete sie auf eine Reaktion ihres Mannes.

„Ja klar", bemühte sich Herr Kunkeler schnell zu antworten. „Es ist wirklich eine Tragödie und wahrscheinlich hat Matthias tatsächlich durch sein schnelles Handeln noch weiteres verhindert. Man überlege nur, wenn einem der Kinder etwas zugestoßen wäre."

Konrad wurde hellhörig. Also waren noch andere Personen beteiligt. Jetzt konnte es spannend werden.

„Wie schon gesagt, passierte die Sache im Jahre 1994, im Sommer. Matthias hatte Schulferien. Er und seine Freunde hatten eine Art Bande gegründet, die sich den ganzen Tag beschäftigte. Eines Abends kam er nach Hause und berichtete, dass sie einen unheimlichen, alten Mann getroffen hatten, der in einer Hütte im Wald lebt. Man nenne ihn nur den ‚Kauz'. Jeder in Pfeffingen – zumindest die Älteren – kannten natürlich den Kauz. Ein Eigenbrötler, seltsam, unangepasst, aber völlig ungefährlich. Trotzdem erteilten wir Matthias den Ratschlag, sich vom Kauz fernzuhalten. Er war nun mal anders – und man wusste ja nie. Matthias hat anschließend nie mehr vom Kauz gesprochen und wir gingen davon aus, dass er unseren Ratschlag befolgt hatte. Dann erfuhren wir einige Tage später von dem Brand. Es war eine Tragödie ohne Gleichen und jeder im Dorf wusste gleich besser, was geschehen war. Am Ende hat sich wohl folgendes abgespielt:

Matthias und seine Freunde sind beim Spielen an der Hütte des Kauzes vorbeigekommen und haben Feuer bemerkt, welches bereits aus einem Fenster herausschlug. Die Kinder waren starr vor Schreck, nur Matthias erkannte die Situation schnell und rannte ins Dorf. Zum Glück befand sich eine Trikotfabrik am Ortsrand, in der Nähe. Dorthin lief Matthias und erzählte, außer Atem, von dem Feuer. Sofort wurde Feuerwehr und Polizei verständigt, die auch rasch eintrafen. Die Hütte war allerdings nicht mehr zu retten, sie brannte komplett nieder. Allerdings konnte verhindert werden, dass das Feuer auf den Wald übergriff. Erst später entdeckten Feuerwehrleute, eine verkohlte Leiche, die später als der Kauz identifiziert wurde.

Die Kinder und speziell Matthias wurden für ihr schnelles ‚Hilfe holen' sehr gelobt. Später wurde er sogar in der Zeitung namentlich erwähnt."

„Das muss ja ein Schock für die Kinder gewesen sein", bemerkte Konrad, nachdem Arnold Kunkeler geendet hatte.

„Das war es in der Tat. Die Kinderbande ist danach auch auseinandergefallen. Sie haben sich zwar noch ab und zu in der Schule gesehen, später jedoch sind alle ihren eigenen Weg gegangen."

„Wissen sie noch, wer die anderen Kinder waren?"

„Das weiß ich schon noch – allerdings hat Matthias nur ihre Spitznamen erwähnt, wenn er von ihnen sprach. Das war wohl ein Ritual der Bande, an das sich alle halten mussten."

Jetzt meldete sich die Frau: „Ich bekomme zwar nicht mehr alle Namen zusammen, aber Matthias wurde Prof genannt. Weil er so schlau war. Der Anführer war der Boss. Es gab auch noch zwei Mädchen: Miss und Grace."

„Einer hieß noch Conan und als letzter ist Little-Joe zur Bande dazugekommen", vervollständigte der Mann.

„Also sechs Kinder", Konrad hatte mitgezählt.

„Nein, es waren acht", gab die Frau zurück, „aber an die Spitznamen der beiden anderen kann ich mich nicht mehr erinnern."

„Dazu kann ich ja Matthias befragen, wenn er eingetroffen ist. Vielleicht morgen.

Was ist eigentlich der Grund für seinen Besuch in Albstadt und wo lebt er sonst?"

„Er wohnt in Pforzheim. Ist dort Lehrer am Gymnasium. Über den Grund hat er am Telefon nicht viel gesagt, nur, dass es wohl ein Treffen der alten Bande gibt."

„Was?" Konrad reagierte wohl etwas zu impulsiv, beruhigte sich aber schnell wieder. „Das ist ja wirklich interessant, dass sich die Bande nach so vielen Jahren wieder treffen will."

„Das stimmt wahrscheinlich. Wir sind nur froh, dass wir Matthias mal wieder zu Gesicht bekommen. Er war jetzt fast ein ganzes Jahr nicht mehr hier."

„Das verstehe ich gut. Ich möchte sie jetzt auch nicht mehr länger aufhalten. Vielleicht darf ich morgen nochmals zu ihnen kommen, wenn Matthias da ist?"

„Natürlich, sehr gerne. Komme, wann immer du willst. Du weißt ja, die Türe ist offen."

„Vielen Dank!"

Als Konrad sich gerade erhoben hatte, erklang die Hausklingel, lauter noch als es von draußen getönt hatte.

„Das ist Matthias! Komisch, er weiß doch, dass die Tür offen ist …" Damit war die Frau schon auf dem Weg zur Haustür.

Stimmen waren zu hören, danach Schritte. Schließlich standen zwei Männer in der Küche, von denen Konrad zumindest einen sehr gut kannte: seinen Schulkameraden vom Wirtschaftsgymnasium, Kommissar Langner.

„Das glaube ich nicht", rief der Kommissar aus. „Schon als ich dein Auto vor dem Haus bemerkte, habe ich mir gedacht: Das kann nicht sein."

„Es freut mich auch, dich zu sehen, Joachim!"

„Du wirst dich doch nicht schon wieder in meine Arbeit einmischen …"

„Natürlich nicht …"

Plötzlich wurde der Kommissar ganz ernst. „Konrad, kannst du jetzt bitte das Haus verlassen."

„Er kann ruhig bleiben", gebot die Frau sogleich energisch. „Was ist denn los? Was will die Polizei so spät noch bei uns?"

Der Kommissar sah sich unbeholfen um und murmelte dann: „Meinetwegen …"

Langner strich sich mit den Fingern über seinen Schnauzbart. „Wie ich schon an der Haustüre sagte: Mein Name ist Hauptkommissar Langner. Dies ist mein Kollege Schröderhahn …"

„Horst Schröderhahn", warf der schmale, große, blonde Mann neben dem Kommissar, sehr beflissen ein.

Langner räusperte sich und warf seinem Kollegen einen strengen Blick zu.

Danach wurde er nochmals eine Stufe ernster, als er mit leicht zitternder Stimme sagte: „Es tut mir leid, dass ich ihnen mitteilen muss, dass es einen Toten gegeben hat. Dabei handelt es sich um ihren Sohn Matthias."

Kapitel 16

Ich habe es getan!

Endlich habe ich die Pistole für Menschen gebraucht. Es war nötig. Er war mir auf die Schliche gekommen.

Wie zwei Revolverhelden in einem Western sind wir uns gegenübergestanden. Allerdings hatte nur einer eine Waffe.

Ich.

Es war ganz einfach, ich hatte keine Mühe. Allerdings hatte ich danach Glück. Hätte der Spaziergänger keine Kopfhörer in den Ohren stecken gehabt, hätte er den Schuss wahrscheinlich gehört – trotz des Schalldämpfers. Ich habe es gerade noch geschafft, mich hinter dem Gestrüpp zu verstecken. Kurz habe ich überlegt, ihm ebenfalls eine Kugel zu geben. Er war jedoch mit so schnellen Schritten an meinem Versteck vorbei, dass er mich nicht gesehen hatte – auch nicht mein Opfer, mit dem Loch in der Stirn.

Endlich war der Bann gebrochen. Das war der Anfang. Nun habe ich begonnen, mich an den Menschen zu rächen.

Es werden noch sehr viele, große Schmerzen haben.

Kapitel 17

Florenz, 1975

Immer wieder hatte er sich gefragt, wie es wohl sein möge, wenn man volljährig war.

Jetzt, zwei Wochen nach seinem 18. Geburtstag, musste Francesco eingestehen, dass sich fast nichts geändert hatte. Zumindest, wenn man die Wochen vor seinem Geburtstag betrachtete. Gut – er durfte jetzt Auto fahren. Aber weder hatte er ein Automobil noch einen Führerschein. Eine alte Vespa hatte er. Das reichte in Florenz.

Er hatte sich auf dem Piazza della Signoria auf eine Steintreppe in der Nähe der David – Statue von Michelangelo gesetzt und betrachtete die überlebensgroße Figur dieses „perfekten Mannes". Schon unzählige Mal war er hier vorbeigegangen, ohne auf den David zu achten. Vielleicht musste man das auch nicht, als Florentiner, als Kind und als Jugendlicher. Jetzt war er erwachsen, da änderten sich die Perspektiven - vielleicht. Bald würde er auch nicht mehr in Florenz wohnen. Der Lebensgefährte seiner Mutter hatte ihm eine Anstellung in der Nähe von Lucca vermittelt. Bei einem Oliven- und Weinbauern. Zunächst nur auf Probe, für die anstehende Wein- und die anschließende Olivenernte. Wenn er sich gut anstellte, würde er dort übernommen werden.

Ja – seine Mutter hatte einen Lebensgefährten, Samuele. Seit gut fünf Jahren. Samuele war ganz in Ordnung, aber halt kein Vater. Bei dieser Frage wurde seine Mutter nach wie vor furchtbar ärgerlich. Im Laufe der Jahre meinte Francesco zu spüren, dass ihm seine Mutter – in dieser Beziehung - etwas verheimlichte. Warum nur wollte sie nicht über Vater sprechen?

Inzwischen war Samuele sogar bei ihnen eingezogen. Dadurch war die Wohnung eindeutig zu klein geworden und Francesco war froh, dass er ausziehen konnte.

Nach der Schule hatte er seine Mutter durch Aushilfsjobs mit Geld unterstützt. Die Haupteinnahmen kamen aber immer noch von ihr. Inzwischen hatte sie sechs Putzstellen gleichzeitig. Sie versorgte ihren Sohn gut. Francesco konnte nicht klagen. Eine tiefe Wunde allerdings – trug er noch immer mit sich herum: der Mord an Enricos Vater und das damit verbundene Ende seiner Freundschaft zu Enrico. Der Hass auf den Mörder - der immer noch frei herumlief - war größer denn je.

Enrico selber hatte Francesco schon sehr lange nicht mehr gesehen. Früher waren sie sich noch ab und zu begegnet und Enrico hatte ihm einen kurzen Gruß zugerufen, bevor er weiter hastete. Er nahm den Auftrag seines Vaters sehr ernst, den ihm dieser auf dem Sterbebett gegeben hatte: „Enrico, du musst jetzt für die Familie sorgen".

Vor kurzem hatte Francesco Maria, die Schwester von Enrico, getroffen. Sie erzählte, dass ihre Mutter wieder geheiratet hatte und dass Enrico nur noch selten zu Hause war. Wo er sich aufhielt und was er machte, konnte oder wollte sie jedoch nicht sagen.

Francesco war aufgestanden und warf der David – Statue einen letzten Blick zu. Übermorgen soll es losgehen! Er würde mit dem Zug nach Lucca fahren und die letzte Strecke zum Hof dann zu Fuß zurücklegen. Seine Vespa würde er vorerst hierlassen. Zunächst musste er sich in seinem neuen Zuhause einleben – und wenn dies nicht funktionierte, war er schnell wieder zurück in Florenz.

Kapitel 18

Mit dem Versuch einiger Trost spendender Worte hatte Konrad und die zwei Polizisten das Haus der Kunkelers verlassen. Die beiden alten Leute waren völlig aufgelöst und hatten nicht einmal nach den näheren Umständen des Todes ihres Sohnes gefragt. Kommissar Langner sagte ihnen allerdings zu, sie morgen nochmals aufzusuchen und mit ihnen zu reden.

Auf der Straße wandte sich Konrad, immer noch perplex, an den Kommissar: „Was ist denn genau passiert? – und wo?"

Langner fuhr auf: „Moment! Erstmal erzählst DU, was du hier wolltest. Das kann doch kein Zufall sein, dass du gerade jetzt bei den Eltern eines Ermordeten bist."

„Er wurde ermordet?"

„Konrad …"

„Schon gut. Ich erzähle es dir, dann musst du mich aber auch informieren."

„Einen Dreck werde ich tun …"

„Gut – dann tschüss." Konrad wandte sich zum Gehen.

„Halt!" Der Kommissar schnaubte vor Empörung. Nach dreimaligem, tiefem Einatmen, wandte er sich an seinen Kollegen: „Schröderhahn, gehen sie schon mal zum Auto. Ich kläre das hier kurz."

„Joachim", Konrad spürte, dass er jetzt etwas Verbindliches sagen musste. „Ich bin doch auf deiner Seite und werde dir alles erzählen, was ich weiß."

Langner schüttelte den Kopf und sagte: „Gut. Aber du zuerst."

Konrad berichtete von dem verschwundenen Fußballtrainer Hannes Bürger und der Zeitung aus dem Jahre 1994. Nicht erwähnte Konrad jedoch, dass er und sein Schwager die Zeitung nur gefunden hatte, weil sie in Hannes Wohnung eingebrochen waren.

Er erklärte, wie er die Eltern von Matthias Kunkeler ausfindig gemacht hatte und berichtete weiter, was Vater Arnold ihm gerade erzählt hatte.

Der Kommissar strich sich mit Daumen und Zeigefinger über seinen Schnauzbart und entgegnete schließlich: „Das ist ja schon seltsam, dass wir jetzt neben dem Ermordeten auch noch einen Verschwundenen haben. Wobei ich dies vernachlässigen würde. Der macht sicher nur Urlaub. Und dass die Geschichten zusammenhängen oder gar mit dem Jahr 1994 zu tun haben, können wir gänzlich ausschließen."

Da Langner nun nicht weitersprach, forderte Konrad – dessen Meinung eine ganz andere war - ihn auf: „So – und jetzt du!"

„Wir haben heute Nachmittag, so gegen 17:00 Uhr einen Anruf bekommen. In der Nähe des Truchtelfinger Schützenhauses liege ein Mann!"

„Was? Das ist ja ganz in meiner Nähe! – ich meine, wo ich wohne."

„Genau. Übrigens ebenfalls ein komischer Zufall. Findest du nicht auch?"

„Joachim – bitte …"

„Der Mann wurde durch nur eine Kugel, direkt in den Kopf, getötet."

„Erschossen …" Konrad gingen tausend Gedanken durch den Kopf.

„Hundehalter haben in gefunden. Der Weg vom Schützenhaus, Richtung Tailfingen, ist ein beliebter Hundeweg."

„Ich weiß", entgegnete Konrad abwesend.

„Der Tote hatte seine Papiere, sowie einen gefüllten Geldbeutel und ein Handy dabei. Deshalb konnten wir ihn auch so schnell identifizieren."

„Also kein Raubmord", mutmaßte Konrad.

„Nein. Die Kugel wurde wahrscheinlich aus kurzer Entfernung abgefeuert. Hier müssen wir allerdings noch die Untersuchungen abwarten."

„Aufgrund des Namens auf dem Ausweis habt ihr dann sein elterliches Haus ausfindig gemacht. Deshalb bist du auch hier."

„Ganz genau. Leider haben wir momentan nicht mehr. Zurzeit werden die Anwohner in Truchtelfingen befragt, ob jemand etwas gesehen oder gehört hat.

Natürlich wird auch der Tatort untersucht, wobei wir nicht sicher sind, ob Tatort und Fundort übereinstimmen."

„Das ist allerdings nicht viel im Augenblick."

„Tja. Ich erhoffe mir durch die Befragung der Eltern, morgen, etwas mehr Aufschlüsse. Aktuell kann man die beiden Alten nicht befragen. Das hast du ja selber gesehen. Mein Kollege hat zudem den Hausarzt informiert, damit er sich gleich um die beiden kümmert und ihnen vielleicht etwas zur Beruhigung gibt."

„Das ist sehr gut. Weiß die Presse eigentlich schon Bescheid?"

„Von uns noch nicht … aber du kennst dich ja aus. Familiär meine ich. Deine Frau ist doch bei der Zeitung?"

„Ja, warum?"

„Ich wollte nur sichergehen, dass die Zeitungen die Geschichte von der Polizei erfahren, wenn WIR es für den richtigen Moment halten."

„Da braucht Lena mich nicht. Sie hat ganz andere – bessere – Quellen!"

„Das fürchte ich leider auch."

Konrad berührte jetzt seinen Schulfreund ganz leicht mit der Hand an dessen Schulter und sagte: „Danke, Joachim!"

„In Ordnung. Ab jetzt ist das aber unser Fall, damit das klar ist."

„Selbstverständlich."

„Gut, dass wir uns verstehen. Jetzt muss ich weiter. Ich fürchte, das wird eine lange Nacht werden."

Langner bewegte sich Richtung dem Wagen, in dem sein Kollege bereits wartete. Auch Konrad stieg in seinen Citroen, startete jedoch nicht, sondern legte seinen Kopf zur Seite und ließ die letzte halbe Stunde nochmals auf sich wirken.

War es wirklich besser, die Sache jetzt der Polizei zu überlassen? Immerhin handelte es sich um Mord und nicht mehr nur um ein Verschwinden eines Jugendtrainers. Konrad war sich, auch wenn der Kommissar anderer Meinung war, ziemlich sicher, dass beide Fälle irgendwie zusammenhingen. Plötzlich ging einen Ruck durch seinen Körper. Eine letzte Sache wollte er noch versuchen, er musste nochmals nachfragen, sonst würde es ihm keine Ruhe lassen.

Er stieg aus und betrat das Haus der Kunkelers erneut. Vater und Mutter des Ermordeten saßen immer noch am Küchentisch, die Frau leise schluchzend.

„Entschuldigen sie bitte. Ich habe noch eine Frage. Es ist wichtig", sage Konrad behutsam beim Eintreten.

Die Frau hob den Kopf.

„Können sie bitte nochmals nachdenken. Fällt ihnen kein richtiger Name ein, von einem der Kinder damals?"

Abwesend blickte die Frau auf Konrad. Es dauerte lange, ehe sie antwortete: „Doch! Ein Name wurde mal erwähnt. Auch nur, weil Matthias ein so aufgeweckter Junge war und sich schon damals für Politik interessierte. Es war derselbe Name, wie der unseres damaligen Bundeskanzlers."

Konrad überlegte, wer 1994 Kanzler war. Die Frau kam ihm jedoch zuvor: „Kohl war sein Name. Da bin ich mir ganz sicher."

Konrad verließ das Haus. Ein wenig mehr hatte er sich schon erwartet, was aber unter diesen Umständen einfach nicht möglich war. Immerhin hatte er jetzt einen weiteren Nachnamen ... Wie vom Blitz getroffen fuhr er zusammen, als er eine ärgerliche Stimme aus dem Dunkeln hörte: „Du solltest doch der Polizei die Sache überlassen!" Kommissar Langner trat langsam ins Licht der Straßenlaterne.

„Mir war nur etwa eingefallen. Ich hatte etwas vergessen."

„So, so ... was war es denn?"

„Nichts Wichtiges." Konrad suchte verzweifelt nach einer Ausrede, als ihm ein Fahrzeug zur Hilfe kam, das mit großer Geschwindigkeit heran rauschte.

Der Arzt.

Mit einem schnellen Satz war der Doktor ausgestiegen. Langner war gezwungen, ihn kurz zu informieren und ihm den Weg zu zeigen.

Diese Gelegenheit wollte Konrad ergreifen, um das Weite zu suchen. Allein – sein Citroen machte ihm einen Strich durch die Rechnung. Die Karre sprang mal wieder nicht an.

Schon stand der Kommissar neben dem Wagen und klopfte an die Scheibe. Konrad öffnete die Tür, da dies mit dem Fenster seit einiger Zeit nicht mehr möglich war.

„Dein TÜV ist übrigens abgelaufen", bemerkte Langner.

‚Und der von meinem Auto auch', dachte Konrad und sagte: „Ich habe so gut wie einen Termin in der Werkstatt."

„Ich denke aber, du hast noch ein viel größeres Problem. Soeben habe ich einen Anruf erhalten: Dein Schwager, Gerd Müller, scheint in den Mord verwickelt zu sein."

Kapitel 19

Sommer 1994

Wenn man es genau nahm, war die Bande der Furchtlosen jetzt auf neun Mitglieder angewachsen.

Es verging kein Tag, an dem sie den Kauz nicht trafen, bei ihm in der Hütte oder in ihrem Lager. Er konnte spannende Geschichten erzählen und war sicher ein guter Verbündeter, falls die Grünjacken einmal angreifen sollten. Zwar hatte der Prof davor gewarnt, sich mit dem Kauz zu treffen, weil es seine Eltern so gesagt hatten – die anderen aber hielten nichts davon und so hatte Prof sich schließlich damit abgefunden. In Wirklichkeit bewunderte er den Kauz sogar. Dieser wusste so viel und war angeblich schon um die ganze Welt gereist.

Das Wetter war herrlich und die Kinder hätten glücklicher nicht sein können. Leider neigten sich die Schulferien ihrem Ende entgegen – aber immerhin hatten sie noch über eine Woche Urlaub.

Wieder einmal saßen sie im Kreis vor der Hütte des Kauzes und lauschten einer spannenden Erzählung von seiner Reise zu den Pyramiden nach Ägypten. Als er geendet hatte, herrschte eine angespannte Ruhe, so als fürchteten sie den Fluch der Pharaonen bis hierher nach Albstadt.

Der Boss war es, der das Schweigen brach: „Mein älterer Bruder war gestern im Kino, in Ebingen."

„Was läuft den gerade?", wollte Schoko wissen.

„Forrest Gump."

„Was ist denn das komisches?", frage Conan.

„Ein Film über einen Typen in Amerika. Was der halt so alles erlebt."

„Das klingt langweilig", warf Miss ein.

„Ist aber gerade der große Renner in den Kinos", entgegnete der Boss.

„Weswegen eigentlich?", wollte jetzt Little-Joe wissen.

„Na, er ist teilweise witzig. Zum Beispiel erzählt der Typ, dass sein Freund sein Geld in Obst angelegt hätte. Dabei war es eine Computerfirma, deren Logo ein Apfel ist." Der Boss sah sich lachend um, aber keiner fand es lustig.

Um die peinliche Ruhe zu unterbrechen, sagte der Prof jetzt: „Was ich mir schon ein paar Tage überlegt habe ist, wie der riesige Stein da wohl hingekommen ist." Er deutete auf einen fast mannshohen Felsbrocken, der unweit der Hütte zwischen den Bäumen lag.

„Der war schon immer da", antwortete der Kauz.

„Wahrscheinlich ist es der Troll, von dem ihr mir erzählt habt." Dabei erschien ein breites Grinsen auf seinem Gesicht.

„Nein – nicht der Troll", stieß Miss hervor.

„Natürlich nicht. War nur ein Spaß", beruhigte sie der Kauz.

„Ich habe den Stein auch schon angeschaut", warf Bud jetzt ein.

„Da hat jemand ein Kreuz eingemeißelt."

„Das ist ja seltsam", sagte Grace. Dabei war sie aufgestanden und Richtung dem besagten Stein gelaufen.

Die anderen folgten ihr. Alle standen jetzt um den Felsen herum und betrachteten das Kreuz.

„Es sieht eher aus wie ein Und-Zeichen", bemerkte der Boss.

„Richtig. Aber es ist eine Art Markierung", stellte Prof fest.

„Vielleicht ist darunter etwas versteckt."

„Ach Quatsch", stieß Conan hervor.

„Lasst uns doch einfach mal nachschauen", schlug Schoko jetzt vor.

„Der Stein ist viel zu schwer, den bekommst du nicht weg", gab Conan zu bedenken.

„Wir müssen es nur richtig anfangen und alle anpacken. Dann schaffen wir es schon." Die Abenteuerlust des Kauzes schien geweckt zu sein.

„Und wie?", frage Conan.

„Mit Hebel!"

„Mit was?"

„Gute Idee!", rief Prof. „Wir brauchen starke Stangen."

„Ganz genau", sagte der Kauz. „Hinter der Hütte sind zwei lange Eisenstangen. Das müsste genügen."

Die Eisenstangen wurden herbeigeschafft und so gut als möglich unter dem Stein angesetzt. Je eine Stange wurde nun von vier Kindern nach vorne gedrückt. Zunächst bewegte sich der Felsbrocken keinen Millimeter. Erst als der Kauz sich zusätzlich noch mit voller Kraft gegen den Stein stemmte, begann der Koloss zu wackeln.

„Ein wenig noch, dann rollt er von alleine zur Seite", feuerte der Kauz an.

Tatsächlich schaffte es die Bande, den Stein beiseite zu rollen. Als alle wieder zu Atem gekommen waren, sagte Conan: „Seht ihr. Da ist nichts."

„Natürlich ist da nichts", herrschte ihn der Boss an. „Wenn da was ist, dann ist es vergraben."

„Ach so …".

Wieder war es der Kauz, der das nötige Werkzeug parat hatte. Er reichte dem Boss einen Spaten. Dieser gab ihn an Conan weiter. „Graben. Aber vorsichtig!"

Der Waldboden war locker und so bereitete es wenig Mühe, den Boden beiseite zu schaufeln. Schon nach kurzer Zeit meinte Conan: „Da ist nichts."

„Weitergraben!", gebot der Boss.

Conan knurrte, tat aber so, wie ihm geheißen. Plötzlich hörte er abrupt auf, zu graben. Die anderen hatten es auch gehört. Ein eigentümliches Geräusch, wie wenn Metall auf Metall traf. Vorsichtig wurde nun weitergegraben. Der Boss hatte den Spaten von Conan übernommen. Tatsächlich: Da war eine Kiste! Aus Eisen, wie es schien.

Jetzt sprang der Boss mit einem Bein in das Loch, um mit dem Spaten zu versuchen, die Kiste anzugeben. Nach einigen erfolglosen Versuchen schaue er sich um. Der Kauz verstand und nahm ihm den Spaten ab. „Lasse es mich einmal versuchen." Erstaunlicherweise gelang es auch ihm nicht, die Kiste zu bewegen, obwohl sie nicht groß war. „Wir versuchen es mit den Eisenstangen", gebot der Kauz schließlich.

Dies erwies sich als gute Idee. Sofort bewegte sich die Kiste und wenig später war sie nach oben geschafft worden.

„Eine Truhe!", murmelte der Kauz. „Das ist ja mehr als seltsam. Ich hätte nie gedacht, dass wir etwas finden. Die Idee war nur sehr spannend …"

„Sie ist mit einem Schloss gesichert", bemerkte der Prof.

„So richtig schwer ist sie eigentlich auch nicht", fand der Boss, nachdem er die Kiste jetzt aufgehoben hatte.

„Und jetzt?", frage Schoko in die Runde.

„Wir öffnen sie natürlich", sagte Grace. „Vielleicht ist ein Goldschatz drin."

„Oder der Troll …", kicherte Bud in Richtung von Miss.

„Wir haben doch gar keinen Schlüssel, um aufzuschließen", gab jetzt Conan zu bedenken.

„Das ist auch wieder kein Problem", wusste der Kauz. „Ich habe da was in der Hütte."

Die Truhe, die der Boss nun zur Hütte trug, bestand aus einem schwarzen Material, allerdings nicht aus Eisen, wie zuerst vermutet. Dafür war sie zu leicht. Es handelte sich um ein anderes Material, welches aber sehr widerstandsfähig zu sein schien. Sie war gut 40 Zentimeter lang, 20 Zentimeter breit und ebenso hoch. Gesichert war sie mit einem großen Vorhängeschloss.

Schon trat der Kauz wieder aus seiner Hütte, eine Art übergroße Zange in der Hand. „Damit müsste es gehen."

Bereits beim ersten Versuch knackte das Schloss und die Truhe konnte geöffnet werden. Neugierig scharten sich die Kinder um den Kauz, der jetzt vorsichtig den Deckel der Truhe nach oben drückte.

Es befanden sich mehrere Gegenstände im Inneren, jeweils in durchsichtige Plastiktüten verstaut. Einen nach dem anderen holte der Kauz heraus:

Einen Holzwürfel, auf dem jede Seite sechs Augen hatte.
Einen Ring, mit einem funkelnden Stein besetzt.
Einen Briefumschlag, in dem sich wohl ein Brief befand.
Eine Halskette, mit demselben Stein, wie beim Ring.
Ein Bild einer Henne samt ihren fünf Küken.
Ein Zettel, mit einer handschriftlichen Notiz.

Die anfängliche Euphorie der Bande war gewichen.
„Doch kein Goldschatz", bemerkte Bud verächtlich.
„Schade", fügte Little-Joe hinzu.
„Das sieht mir schon wie ein Schatz aus, aber eher der eines kleinen Mädchens. Der Ring und die Kette sind auf jeden Fall nicht echt. Das sieht man auf den ersten Blick."
„Das stimmt, so was hat meine Mutter auch", stimmte Miss zu.
„Das nennt man Modeschmuck."

Jetzt holte der Kauz den Zettel aus der Plastiktüte. „Dazu passt auch die Handschrift, die aussieht, als hätte ein Kind geschrieben."

„Was steht den drauf?", frage Prof.

„Moment. Also da steht:
‚In dieser Kiste befinden sich wertvolle Dinge'
Das ist alles."

„Da haben wir wohl einen Babyschatz gefunden", tönte der Boss.

„Aber immerhin war da tatsächlich was vergraben …"

„Am besten, wir werfen die Kiste auf den Mühl. Samt Inhalt."

„Nein", rief Grace. „Das dürfen wir nicht tun. Das kleine Mädchen würde sicher weinen."

„Ich denke, das kleine Mädchen ist inzwischen eine große Frau", warf der Kauz ein. „Seht mal auf das Bild mit der Henne. Das ist ja noch in schwarz-weiß."

„Und die anderen Sachen sehen auch ziemlich alt aus", urteilte Schoko.

„Was ist denn mit dem Brief?", frage Prof, der bisher nachdenklich geschwiegen hatte.

Der Kauz holte auch diesen aus seinem Plastikschutz. Der Briefumschlag war oben aufgeschnitten. Seltsamerweise waren bereits zwei Briefmarken darauf geklebt, aber als Adresse stand nur ein einziger Name: „Margit", ohne Straße und Ort geschrieben. Der Kauz holte den Brief aus dem Umschlag und klappte ihn auf. Kurz überflog er das Schreiben, bevor er laut vorlas:

„Liebe Margit!
Ich wollte mich nur kurz bei dir melden. Wir sind gut angekommen und es ist alles in Ordnung hier.
Auf ein baldiges Wiedersehen.
Dein Papa"

„Ein Brief von Papa an Margit", spottete der Boss. „Uninteressant."

Nachdem der Kauz alle Gegenstände aus deren Plastiktüten geholt hatte und diese ausführlich durch alle Bandenmitglieder begutachtet worden waren, legte er sie wieder zurück in die Truhe. „Wegwerfen wäre zu schade", sage er. „Ich verstaue die Kiste auf meinem Dachboden, bis wir wissen, was wir damit anfangen."
„In Ordnung", stimmte der Boss zu. „So machen wir das."
Damit war eine Entscheidung gefallen, obwohl es offensichtlich war, dass der eine oder andere die Truhe gerne an sich genommen hätte. Vielleicht war das Ganze ja doch wertvoller als man dachte …

Kapitel 20

Kaum war Kommissar Langner mit seinem Kollegen Schröderhahn in die Dunkelheit der Pfeffinger Nacht verschwunden, holte Konrad sein Handy hervor.

Gerd war in den Mord verwickelt!

Er suchte den Eintrag im Adressbuch und tippte die Nummer an. Nur zweimal klingelte es, ehe Gerd sich meldete. Konrads Namen mussten ihm wohl im Display seines Telefons angezeigt worden sein, denn er begann sofort, ohne Begrüßung: „Hast du Hannes gefunden?"

„Ebenfalls Hallo! Nein, ich habe ihn nicht gefunden. Dafür gibt es ein anderes Problem."

„Mache dir keine Gedanken, ich habe schon seit zwei Stunden mit Problemen am Telefon und per Mail zu kämpfen."

„Ach ja?"

„Natürlich der Fußball. Eine Sache ist, dass ich vor etwas mehr als einer Woche ein Spiel verlegt habe, auf Wunsch des anderen Vereins. Bei der B-Jugend. Nun kommt mein C-Jugend – Trainer auf mich zu, er habe für den ersten Spieltag am, 17. September, keine Spieler, da die halbe Mannschaft im Schullandheim ist. Er bat mich, das Spiel zu verlegen."

„Kein Ding, nehme ich an."

„Von Wegen. Es handelt sich um denselben Verein, bei dem ich – wie gesagt – vor kurzem einer Verlegung zugestimmt habe, ohne nachzufragen. Die sagen jetzt aber, dass sie Spiele generell nicht verlegen."

„Das ist jetzt nicht gerade entgegenkommend oder gar sportlich."

„Jetzt muss ich mir halt von den Spielern Atteste geben lassen und diese dann einreichen. So wird das Spiel dann hoffentlich verlegt. Man hat ja sonst nichts zu tun ...“

„Hm. Um aber jetzt auf das Problem zu kommen …“, nahm Konrad einen erneuten Anlauf.

„Eine andere Sache heute Abend war noch, dass ich eine Nachricht von einem Vater bekommen habe. Sein Sohn spielt bei uns bei den Bambini, den ganz kleinen.

Der Vater sagte mir, dass sein Sohn ein Angebot eines anderen Vereins hat und dass er wechseln will.“

„Du sagtest doch gerade Bambini. Das sind doch die Kinder, die noch nicht mal in die Schule gehen, geschweige denn können sie ihre Schuhe binden – die meisten zumindest. Und da gibt es ein Angebot?“

„So hat das der Vater geschrieben. Das wird immer verrückter im Fußball. Warte nur, bis mal der erste Profi eine Ablösesumme von über 200 Millionen erzielt.

Tatsache in unserm Fall ist, dass dieser Vater jetzt dreimal in der Woche eine Strecke von 50 Kilometern - einfach - auf sich nimmt, um ins Training zu fahren. Dabei wohnt er direkt hinter unserem Sportplatz.“

„Der kommt nach einem halben Jahr wieder.“

„Möglich – und dann musst du ihn wahrscheinlich auch noch wieder nehmen …“

„Unglaublich! Aber jetzt zu der Sache von mir – oder … hast du noch was?“

„Nur die üblichen Bombardements mit Mails und SMS unzufriedener Väter, die nicht verstehen, wie man so trainieren und aufstellen kann.“

„Na dann, werde ich jetzt deiner Problemsammlung noch ein weiteres hinzufügen.“

„Kannst du morgen das Training nicht machen?“

„Nein, so schlimm ist es auch nicht. Es ist nur: Du stehst unter Mordverdacht!"

Jetzt kam keine Entgegnung seines Schwagers. Konrad hörte deutlich sein Schnaufen. Schließlich gelang es Gerd doch, etwas zu sagen: „Willst du mich jetzt veräppeln. Das ist nicht witzig."

„Leider nein. Gerade eben habe ich mit Joachim Langner geredet. In Truchtelfingen ist ein Mord geschehen und er bringt dich damit in Verbindung."

„Ein Mord!" Gerd Stimme überschlug sich.

„Beruhige dich. Langner ist immer etwas impulsiv und schnell bei der Sache, wenn er sonst nicht weiterkommt. Aber tatsächlich: Man hat heute jemand ermordet. Ich wollte dich auf jeden Fall schon vorbereiten, da er höchstwahrscheinlich gleich bei dir klingeln wird."

„Moment mal. In Truchtelfingen? Heute?

Ich war heute tatsächlich in Truchtelfingen. Wandern. Training für die Albstadt – Challenge am Samstag. Du weißt doch, Lena läuft ja auch mit.

Gleich nach dem Geschäft bin ich los, von Pfeffingen aus. Vorbei am Waldeck, hinauf auf die Langenwand, weiter zum Braunhartsberg und die Mountainbike – Weltcup – Strecke hinunter zur Zollern-Alb-Halle. Auf der anderen Seite, vorbei am evangelischen und katholischen Pfarrhaus, hinauf an den Waldrand und dort dann weiter über den Forstweg zum Schützenhaus Truchtelfingen.

Bei dir bin ich übrigens dann auch vorbeigegangen, habe aber gesehen, dass dein rostiger Citroen nicht da war. Bin dann gleich weiter, über das Rossental zurück nach Pfeffingen."

Gerd redete immer schneller, so aufgebracht war er.

„Dann hat dich bestimmt jemand in Truchtelfingen gesehen, der dich kennt. Erzähle dies ganz einfach dem Kommissar, dann hat sich die Sache schnell erledigt. Und das mit dem rostigen Citroen merke ich mir."

„Meinst du wirklich, die Polizei kommt heute noch … Konrad! Es hat gerade geklingelt."

„Dann mach mal auf und erzähle dem Kommissar alles. Wenn es irgendetwas zu tun gibt, melde dich sofort bei mir."

„Alles klar – Danke!"

Damit hatte Gerd das Telefongespräch beendet. Konrad überlegte, ob er sich gleich auf den Weg zu seinem Schwager machen sollte, um ihn zu unterstützen. Schließlich kam er aber von diesem Gedanken ab. Wenn er jetzt wieder bei Kommissar Langner auftauchen würde, könnte sich dies auch negativ auf die Geschichte und auf Gerd, auswirken.

Er hatte in seinem Wagen sitzend mit Gerd telefoniert und überlegte jetzt, gleich nochmals anzurufen, dieses Mal bei Lena. Damit sie ihn abholt. Das Vertrauen in sein Auto war gerade nicht mehr allzu stark ausgeprägt. Trotzdem versuchte er es nun doch noch einmal, den Wagen zu starten. Prompt sprang der Franzose an und schien zu sagen: „Nun fahr doch endlich los."

Auf der Rückfahrt nach Truchtelfingen, bemerkte Konrad erst, wie müde er war – trotz des Mittagsschlafs. Wahrscheinlich hatten die Ereignisse des heutigen Tages ihn doch mehr mitgenommen, als er angenommen hatte.

Zu Hause war er froh, Lena noch wach anzutreffen. Sie saß mit hochgelegten Beinen auf dem Sofa im Wohnzimmer und studierte ihr Tablet. Bei der Begrüßung erkannte Konrad, dass sie die Streckenführung der Albstadt – Challenge anschaute.

„Stell dir vor: Ich bin heute Abend nochmals fast 15 Kilometer gelaufen. Einen Teil des Weges bin ich mit zwei Frauen zusammen gelaufen. Im Gespräch stellte sich heraus, dass sie am

Samstag auch mitwandern. Da hat man dann schnell ein Thema – war richtig spannend.

Wie war es bei dir heute?"

„Oh – eher ruhiger, bis auf die Tatsache, dass quasi hinter unserem Haus ein Mann ermordet wurde und dass mein Schwager Gerd verdächtig ist."

„Was?"

„Sag bloß, du hast von diesem Verbrechen noch nichts gehört."

„Doch, natürlich. So was spricht sich schnell herum. Wir hatten sogar drei Anrufe, die es brandaktuell der Zeitung verkünden wollten. Einer davon wollte nicht mal Geld für seine Auskunft. Die anderen beiden schon …"

„Habe ich mir schon gedacht, dass ihr das schnell mitbekommen werdet."

„Ja, da können die Schwaben fix sein. Ist aber nicht mein Thema. Ein Kollege wurde darauf angesetzt.

Das andere schockiert mich aber umso mehr: Gerd ist verdächtig?"

„Du kennst ja Kommissar Langner. Tatsache ist aber, dass Gerd am Tatort, beziehungsweise am Fundort der Leiche, vorbeigegangen ist. Er hat auch für Samstag trainiert."

„Hoffentlich kann er alles plausibel erklären.

Hast du übrigens gewusst, dass man zweimal eine Ecke auslaufen muss?"

Konrad war über den abrupten Themenwechsel amüsiert und fragte schließlich: „Welche Ecken denn? Du meinst doch die Challenge?"

„Was sonst! Die erste ist noch ziemlich am Anfang, auf dem Gräbelesberg. Da kommt man von Laufen hoch und anstatt weiter zur Hossinger Leiter zu gehen, muss man erst noch hinaus auf den Berg und wieder zurück.

Die zweite Ecke ist dann fast am Ende, wo du noch ganz zum Zellerhorn gehen musst, anstatt direkt weiter zum Onstmettinger Skilift."

„Nun, du kannst ja auch von Burgfelden direkt wieder nach Pfeffingen hinunter ins Ziel. Das sind dann keine zehn Kilometer und du bist auf jeden Fall die Schnellste."

„Ist mir schon klar. Ich meine ja auch nur …"

„Die Challenge beschäftigt dich mächtig, was?"

„Klar! Ich möchte die 60 Kilometer schaffen. Allerdings wird sehr heißes Wetter vorhergesagt."

„Besser als Dauerregen. Apropos Dauerregen – gibt es eigentlich noch was zum Essen?"

„In der Küche stehen Spagetti. Ich brauchte Kohlenhydrate. Sie sind aber schon kalt und müssen halt noch kurz in die Mikro gesteckt werden."

„Spagetti hört sich gut an." Konrad war schon auf dem Weg in die Küche.

„Du musst mir aber schon noch genauer erzählen, was da los war. Vor allem mit Gerd", rief ihm Lena hinterher.

Mit einem gut gefüllten Teller voller leckerer Spagetti setzte sich Konrad zu Lena ins Wohnzimmer. Ausführlich berichtete er ihr nun, während er sich das Essen schmecken ließ, von seinem heutigen Tag.

Lena verfiel immer mehr in den Bann von Konrads Ausführungen. Hatte sie am Anfang, als Konrad vom Rasenmähen bei seinen Eltern berichtete, noch geschmunzelt, so hing sie zum Schluss an den Lippen ihres Mannes, ohne ihn zu unterbrechen. Als er geendet hatte, rief sie aus: „Das ist ja Wahnsinn! Konrad, Konrad. Wo bist du da nur schon wieder hineingeschlittert. Es sieht mir ganz nach einem neuen ‚Fall' für dich aus. Bitte, sei aber vorsichtig. Sehr vorsichtig!"

„Schon klar."

„Wenn es um Mord geht, hört der Spaß auf." Lena wirkte tatsächlich sehr besorgt.

„Ist mir schon bewusst. Wenn es zu brenzlig wird, gebe ich es auf und lasse die Polizei ihre Arbeit machen. Wobei der neue Assistent von Kommissar Langner, dieser Schröderhahn, nicht gerade den kompetentesten Eindruck auf mich gemacht hat. Lass uns jetzt schlafen gehen.

Zuvor muss ich aber noch kurz, den Namen ‚Kohl' im Zusammenhang mit Albstadt recherchieren. Der Name, der mir heute Abend von Frau Kunkeler genannt wurde. Das ist momentan leider meine einzige Spur …"

Kapitel 21

„Was kann ich dafür, wenn er nicht redet?", herrschte er sie mit aufgerissenen Augen an.

„Dann müssen wir eben noch mehr Druck ausüben. Ein abgeschnittener Finger kann da schon helfen …"

„Bist du verrückt!"

„Je länger er hier unten im Keller ist, desto gefährlicher wird es für uns."

Der Mann und die Frau saßen sich an einem Tisch im Wohnzimmer gegenüber. Der Raum wurde lediglich durch eine schwache Wandlampe, am anderen Ende des Zimmers beleuchtet. Das diffuse Licht, sowie die deutlich nervösen Personen, verbreiteten eine beängstigende Atmosphäre.

„Eigentlich dachte ich am Anfang, das Ganze ist nur ein Spiel", sagte der Mann jetzt.

„Dafür sind wir schon zu weit gegangen."

„Nein. Es ist noch nicht zu spät. Wir lassen ihn einfach wieder frei – setzen ihn irgendwo im Wald aus. Er hat uns noch nicht gesehen oder richtig gehört."

„Ja. Die Idee mit der ‚Stimmen-Verzerr' – App war gut."

„Eben. Er weiß nicht, wo er ist, noch wer wir sind."

„Und wir wissen nicht, was wir wissen wollten!" Die Frau schlug mit der rechten Faust auf den Tisch.

Der Mann zuckte zusammen und senkte den Kopf.

„Hast du verstanden?", kreischte sie förmlich.

Anschließend neigte sie sich langsam, ganz nah zu ihm und flüsterte: „Ich habe bereits gesagt, wir müssen mehr Druck ausüben.

DU musst mehr Druck ausüben!"

Ich hole die Säge und dann zeigst du mir, dass du verstanden hast."

Kapitel 22

Florenz, 1995

Ein kalter Nordwind wehte von den Bergen durch die Gassen von Florenz. Francesco hatte den Kragen seines Mantels aufgestellt und die Wollmütze tief über die Ohren gezogen. Das nahe Weihnachtsfest spiegelte sich auch im Wetter wider. Hätte er seiner Mutter nicht versprochen, sie zu besuchen, so wäre er mit Sicherheit zu Hause in Lucca geblieben.

Endlich hatte er den Arno erreicht. Francesco war mit seinen 38 Jahren schon weit entfernt von der Zeit, als er als kleiner Junge durch die Stadt gelaufen war. Jedoch fühlte er sich jedes Mal in diese Zeit zurückversetzt, wenn er eine der Brücken des Arno überquerte. In der Mitte der Ponte alla Carraia blieb er stehen, lehnte sich über das Geländer und betrachtete versonnen das Wasser des Flusses. Ihm schien es erst gestern gewesen zu sein, als Maria seinen Freund Enrico und ihn gerufen hatte, als die beiden gerade dabei waren, ein Holzschiff zu bauen. „Vater ist niedergestochen worden."

Was war nicht alles passiert in den vergangenen Jahren!

Vor allem vor 20 Jahren, als er – gerade erwachsenen – von Florenz wegging. Der Hof in Marlia bei Lucca hatte es ihm sofort angetan. Der Besitzer war ein strenger, aber gerechter Chef, der gute und ehrliche Arbeit schätzte und belohnte. So war es keine Frage, dass Francesco nach seiner Probezeit eine Festanstellung bekam. Das Beste aber war, dass sein Chef einen Sohn in seinem Alter hatte. Mit Michele verstand er sich sofort prächtig. Allerdings verwendete Francesco auch seine ganze Kraft zum Wohle des Hofes. So verband ihn nicht nur bald eine tiefe Freundschaft mit Michele - von dessen Vater wurde er auch schnell zum Vorarbeiter ernannt. Nun hatte er drei Männer und zwei Frauen zu beaufsichtigen und war für deren Arbeit verantwortlich.

Als der Vater von Michele überraschend verstarb, wurde dieser über Nacht alleiniger Besitzer des riesigen Hofes. Er wählte Francesco als seinen Partner und beteiligte ihn am Ertrag.

Es gab gute und schlechte Jahre, was hauptsächlich vom Wetter beeinflusst wurde. Im Großen und Ganzen lief das Geschäft aber gut.

Vor fünf Jahren hatte Francesco so viel Geld gespart, dass er sich ein Häuschen in Lucca kaufen konnte. Zwar liebte er das Leben auf dem Land, aber seine Zeit in Florenz hatte ihn doch so zum Stadtmenschen gemacht, dass er darauf nicht gänzlich verzichten wollte.

Unregelmäßig, am Anfang oft - später weniger, besuchte er seine Mutter in Florenz. Ihr Lebensgefährte Samuele hatte sich aus dem Staub gemacht. Nun lebte sie alleine, aber weiterhin im Haus ihrer Schwester. Die vagen Versuche ihres Sohnes, bei seinen ersten Besuchen, etwas über seinen leiblichen Vater zu erfahren, hatte seine Mutter immer mit derselben Entschlossenheit abgewehrt. Später hatte Francesco dann nicht mehr gefragt und heute war es kein Thema mehr.

Für seine Mutter war es kein Thema mehr, für Francesco weiterhin. Genauso, wie ihn die Sache des ungelösten Mordes an Enricos Vater noch immer beschäftigte. Diese Dinge trieben ihn um, nur um seine Ohnmacht in beiden Fällen offenzulegen.

Ein heftiger Windstoß riss ihn aus seinen Gedanken. Er schüttelte unmerklich seinen Kopf und setze seinen Weg, zum Hause seiner Tante, fort.

Als er schließlich seiner Mutter gegenüberstand, merkte er sofort, dass etwas anders war als sonst – und er war sich sicher, dass es mit seinem Vater zu tun hatte.

Kapitel 23

Im Gegensatz zu gestern, schlief Lena heute Morgen noch selig, als Konrad - nach einer weiteren unruhigen Nacht - erwachte. Immerhin hatte er trotz allem besser geschlafen als am Tag zuvor. Leise huschte er aus dem Schlafzimmer, um Kaffee zu kochen – er konnte sich ja nicht immer nur bedienen lassen.

Seine Nachforschungen, kurz vor dem Schlafen gehen, den Name Kohl betreffend, waren erfreulich verlaufen. So hatte er zumindest den Eindruck. Nachdem er Telefon – und Stadtadressbuch und natürlich das Internet bemüht hatte, war er auf eine Adresse gestoßen, die höchstwahrscheinlich den Eltern dieses Herrn Kohl gehörte. Zumindest war es die einzige Adresse in Pfeffingen, die passte. Im Internet hatte er gar noch einen Vornamen gefunden: Hans-Peter.

Natürlich hatte ihn die Sache in seiner schlaflosen Phase, heute Nacht, stark beschäftigt. Er hatte verschiedene Theorien in seinem Kopf gewälzt, dabei sich vor allem über den Verbrecher Gedanken gemacht.

War es ein einziger Täter, der für den Mord und das Verschwinden von Hannes verantwortlich war?

Waren es mehrere Täter in beiden Fällen? – sogar unabhängig voneinander?

War gar Hannes in den Mord verwickelt und hatte sein Verschwinden nur vorgetäuscht?

Viele Fragen, für die Konrad keine Antworten kannte, die ihn aber letztendlich doch so erschöpft hatten, dass er schließlich doch noch eingeschlafen war.

In der Küche duftete es bereits nach frischem Kaffee. Konrad hatte den kompletten Raum durchsucht und schließlich auch Brot, Butter und Marmelade auftischen können. Heute Morgen würde es keine Croissants geben.

Er blickte zufrieden auf den gedeckten Tisch, als Lena die Küche betrat.

„Du kommst genau zur richtigen Zeit. Es ist alles bereitet", rief er ihr entgegen.

„Ehrlich gesagt, bin ich mit Absicht noch ein wenig liegen geblieben, damit du das Frühstück machen kannst."

„Wie niederträchtig. Solche Gedanken sind mir fremd."

Lena schmunzelte: „Da bin ich mir nicht ganz sicher …".

Natürlich hatte ihn seine Frau gestern durchschaut. Sie kannte ihn einfach zu gut.

„Heute Morgen habe ich das erste Mal einen leichten Muskelkater", fuhr Lena fort, nachdem sie sich gesetzt und Konrad ihr Kaffee eingeschenkt hatte. „Jetzt trainiere ich fast drei Monate und praktisch im Abschlusstraining bekomme ich noch Muskelkater."

„Das hat nicht unbedingt etwas zu bedeuten. Nur solltest du ab jetzt, bis Samstag nicht mehr trainieren, sondern dich vollständig regenerieren."

„Da spricht der Fußball-Lehrer. Heute Abend ist doch wieder Training?"

„Erinnere mich nicht." Konrad winkte ab und brachte das Gespräch wieder auf die Albstadt – Challenge. „Um 6:00 Uhr ist doch Start – am Samstag. In Pfeffingen."

„Jawohl!"

„Dann geht's rauf nach Burgfelden. Kommt ihr dort am Böllat auch vorbei?"

„Klar, da wird fast immer der komplette Trauf ausgewandert. Vom Böllat geht es dann durch den Ort, Richtung Schalksburg. Anschließend hinab nach Laufen und wieder hinauf auf den Gräbelesberg. Von da aus, weiter auf der Höhe bei Hossingen, danach die Hossinger – Leiter hinunter nach Lautlingen. Beim Tennisheim ist dann die erste Verpflegungsstation. Danach hinauf bis fast nach Meßstetten, wieder auf der Höhe bis zum Mahlesfels oberhalb von Ebingen. Hinunter nach Ebingen und die Hukelturensteige wieder hinauf. Oben weiter bis zum Ebinger Waldheim. Dort ist die nächste Verpflegungsstelle. Auf der Albhochfläche geht es danach weiter, dem Trauf entlang, zum Schützenhaus Tailfingen, von dort Richtung Nägelehaus bei Onstmettingen und zum dortigen Skilift. Danach nur noch mal den Berg hoch auf den Zitterhof und wieder hinunter nach Pfeffingen. Schon hast du die 60 Kilometer geschafft."

„Wow! Du hast die Strecke ja perfekt im Kopf."

„Ich bin sie auch schon komplett abgelaufen, aber natürlich auf Wochen verteilt und noch nie an einem Stück. Teilweise warst du ja auch dabei."

„Klar. Wenn du das aber schaffst, hast du einen Orden verdient. Das ist schon sehr weit und noch dazu bei der zu erwartenden Hitze."

Das Frühstück verlief weiter gemütlich. Leider musste Lena schließlich in die Redaktion aufbrechen, nicht bevor sie ihren Mann jedoch nochmals eindringlich gewarnt hatte, bei seinen „Ermittlungen" vorsichtig zu sein. Konrad hatte ihm von seiner neuen Spur – der Adresse von Herrn Kohl in Pfeffingen erzählt und dass er heute Morgen noch dahin wollte.

Zunächst jedoch begleitete er Lena zu Haustüre und nahm auf dem Rückweg die Tageszeitung mit nach oben. Als er den Lokalteil aufschlug, fiel sein Blick sofort auf die riesigen Lettern auf der ersten Seite. Über eine dreiviertel Seite hinweg, wurde von dem Mord berichtet, der gestern in Truchtelfingen stattgefunden hatte.

So viel zu dem „die Zeitungen informieren" von Kommissar Langner. Konrad hatte geahnt, dass diese Sache wie ein Lauffeuer verbreiten würde.

Der Bericht enthielt jedoch nur Oberflächliches und gar reine Vermutungen. Von der Identität des Toten wurde gar nichts geschrieben. Konrad blätterte schnell weiter und widmete sich den Sportseiten.

Irgendwann hatte er genug Kaffee, Zeitung und Brot konsumiert, um sich auf den Weg nach Pfeffingen zu machen. Er blickte zur Uhr, da er vorher noch unbedingt einen Anruf tätigen wollte. Jetzt – kurz vor 10:00 Uhr - konnte er sicher bei seiner Schwester Marion anrufen, um sich nach Gerd zu erkundigen. Wie es ihm wohl gestern noch mit Kommissar Langner ergangen war?

„Hallo Konrad! Nett, dass du anrufst. Das war eine Aufregung gestern noch."

„Wie war es denn?"

„Na wie wohl? Langner hat einen riesen Aufstand geprobt und Gerd schließlich mit aufs Revier genommen."

„Was? Wirklich?"

„Ja. Man wollte ihn auf Schmauchspuren untersuchen."

„Oh – das ist vielleicht gar keine schlechte Idee, seine Unschuld zu beweisen."

„Im Nachhinein schon …"

„Aber?"

„Nun, es hat halt über zwei Stunden gedauert, bis ich ihn wieder abholen konnte. Man hat nichts gefunden und Gerd konnte der Polizei plausibel machen, dass er nur beim Wandern war. Zudem mit Kopfhörer in den Ohren und lauter Musik. Da hat er natürlich auch nichts gehört."

„Zum Glück! Gut so. Wie ist Langner denn überhaupt auf Gerd gekommen?"

„Das hat der Kommissar genau erklärt: Der Todeszeitpunkt steht wohl exakt fest – genau 16:53 Uhr. Zirka fünf Minuten später hat eine Anwohnerin Gerd gesehen, wie er aus Richtung des Tatorts gekommen ist. Sie war sich mit der Zeit so sicher, da dort die Sendung ‚Hilf mir. Jung, pleite, verzweifelt, …' gerade zu Ende war und die ist angeblich immer um 17:00 Uhr zu Ende.

Mir sagt die Sendung gar nichts."

„Und diese Frau kennt Gerd?"

„Ja genau. Er war einige Tage zuvor auf einem Mannschaftsfoto einer Fußballmannschaft in der Zeitung. Deshalb hat sie ihn erkannt und konnte der Polizei auch sofort den Namen geben."

„Unglaublich …" Konrad schüttelte den Kopf, um seine Fassungslosigkeit zu unterstreichen, obwohl seine Schwester am Telefon diese Geste nicht sehen konnte.

„Zumindest scheint der Fall für Gerd erledigt zu sein."

„Ja. Das ist auch gut so. Wo ist er denn?", wollte Konrad noch wissen.

„Er ist heute Morgen ganz normal zur Arbeit gegangen."

„Das ist auch das Beste. Dann weiß ich Bescheid und kann auch beruhigt sein."

„Ja – wie gesagt. Der Schreck sitzt uns trotzdem noch ziemlich in den Knochen."

„Verständlich. Was machen den die Jungs?"

„Bei denen scheint alles in Ordnung zu sein. Die sind schon draußen bei Freunden. Ich glaube, die bauen sich ein Lager, irgendwo im Wald, solange noch Schulferien sind."

„Alles klar. Grüße an Gerd, Jan und Tim und bis dann!"

Sehr beruhigt, dass der Kommissar von seinem Verdacht, Gerd betreffend, abgekommen war, verließ Konrad das Haus. Schon auf der Straße stehend, hatte er sich immer noch nicht entschieden, mit dem Auto oder dem Rad loszufahren, als sein Handy klingelte. Er blickte aufs Display: Joachim Langner.

„Guten Morgen Herr Kommissar!", nahm Konrad das Gespräch entgegen.

„Morgen. Ich wollte dir nur sagen, dass sich die Sache mit deinem Schwager Gerd Müller zerschlagen hat. Er war zwar fast genau zur Tatzeit am Tatort, kommt aber nicht als Täter infrage. Sonst hätte man ihm noch Schmauchspuren nachweisen können."

„Das ist ja interessant. Vielen Dank!" Konrad wollte zum einen den Unwissenden spielen, zum anderen beim Kommissar „Gut-Wetter" machen. Deshalb fügte er hinzu: „Das war ja eine geniale Idee von dir mit den Schmauchspuren."

Langner schien sich wirklich geschmeichelt zu fühlen, als er antwortete: „Reine Routine."

„Wie hat es sich den zugetragen mit Gerd?", fragte Konrad nach.

„Nun, wir wissen, dass der Mord um 16:53 Uhr geschah. Ungefähr zu dieser Zeit hat eine Zeugin ihn beim Tatort gesehen."

Weil „Hilf mir. Jung, pleite, verzweifelt, …" gerade aus war, dachte Konrad. Laut aber fragte er: „Wieso weiß man denn die genaue Uhrzeit des Mordes? Noch dazu auf die Minute."

„Gute Frage. Ich sehe, du denkst mit. Die Armbanduhr des Opfers ist kaputtgegangen und exakt bei dieser Zeit stehen geblieben. Das kann nur durch den Sturz nach dem tödlichen Schuss geschehen sein."

„Sehr clever!"

„Nicht!

Leider ist dies das einzig Positive. Ich komme gerade zurück von der Befragung der Eltern des Toten. Die konnten mir fast gar nicht weiterhelfen. Vielleicht liegt es ja auch daran, dass die Beruhigungstabletten des Doktors immer noch wirken. Von irgendwelchen komischen Namen haben sie geredet, wegen denen ihr Sohn nach Albstadt gekommen ist. Von Boss, Miss, Grace und Little-Joe. Wir sind doch nicht bei Bonanza."

„Hm   …"

„Jedenfalls werde ich sie nochmals befragen, wenn sie wieder klarer im Kopf sind. Bis dahin ermittle ich weiter in alle Richtungen. Hast du vielleicht noch eine Information für mich?"

„Tut mir leid. Da kann ich dir gar nicht weiterhelfen", entgegnet Konrad, nicht ohne ein schlechtes Gewissen zu bekommen. Aber in Wirklichkeit hatte er ja auch nichts. Im Grunde war alles Spekulation. Außerdem wusste er aus Erfahrung, dass ihm der Kommissar auch nicht immer alles erzählte. Die wichtigen Informationen hielt er meist zurück. „Und übrigens", fuhr er fort. „Mit dem Zeitungsartikel heute Morgen habe ich und meine Frau nichts zu tun."

„Geht klar. Ich kenne den, der das geschrieben hat, diesen … rasenden Reporter, der nie etwas weiß, aber immer viel schreibt. Wir hören uns!" Damit beendete der Kommissar das Gespräch.

Konrad hatte dem Citroen nochmals eine Chance gegeben und wurde nicht enttäuscht. Das Auto tuckerte wie ein Neuwagen nach Pfeffingen, sodass sein Fahrer beinahe euphorisch wurde. Die Adresse, die er anfuhr, lag in der Nähe der Schule. Dort war ein gewisser Bertram Kohl im Telefonbuch eingetragen, der nach Konrads Recherchen der Vater von Hans-Peter Kohl sein musste. Das Haus hob sich weder positiv noch negativ von den anderen Häusern der Straße ab. Auf dem Klingelschild war tatsächlich „Bertram Kohl" zu lesen. Soweit war er schon mal auf dem richtigen Weg.

Konrad hatte überlegt, wie er Herrn Kohl entgegentritt und was er sagen sollte. Schließlich hatte er sich für folgende Variante entschieden, nachdem die Tür geöffnet wurde: „Ist Hans-Peter zu sprechen?"

Erst jetzt trat die Gestalt, die geöffnet hatte aus dem Dunkeln des Eingangs, hinaus ins helle Sonnenlicht. Es war nicht Bertram Kohl. Vielmehr hatte eine Frau, Mitte siebzig, mit Arbeitsschürze und einem Putzlappen in der Hand geöffnet.

„Der ischd grad ganga."

Mit einem Schlag war Konrads Konzept über den Haufen geworfen. „Ist dann Bertram Kohl zu Hause?", fragte er endlich.

„Wär'r, wenn er vor fünf Jahr net gstorba wär."

„Gestorben? Aber auf der Klingel und im Telefonbuch steht doch noch sein Name."

Jetzt betrachtete ihn die Frau misstrauisch. „Send se von dr Behörde? Hoat sie mei Nachbare agrufa? Dia glaubd ja, i kassier no emmer d'Rente vo meim Moa."

„Nein, ich bin nicht von der Behörde und ich glaube auch nicht, dass sie die Rente von ihrem Mann kassieren, obwohl er schon fünf Jahre tod ist."

„Noa isch jo guat."

„Ich wollte nur mit ihrem Sohn Hans-Peter sprechen."

„Der ischd grad ganga."

„Das sagten sie schon. Wohin ist er denn gegangen?"

„Oh – dia Buba. Dia hauts so geheimnisvoll. Er und sei alder Schulfreind. Irgend ebbes laufd do bei dena."

„Er und sein Schulfreund haben es geheimnisvoll? Das müssen sie mir näher erklären!"

Kapitel 24

Ich muss jetzt noch vorsichtiger sein.

Natürlich werden nun Polizei und Zeitung überall herumschnüffeln. So eine große Geschichte passiert bei uns ja auch nur selten – eigentlich nie.

Es war wie eine Befreiung für mich. Der Schuss. Jetzt weiß ich, was ich leisten kann.

Ich bin fähig, Dinge zu tun, die andere nicht können.

Dabei wurde ich als Kind von meinen Eltern immer nur klein gehalten. Es ging mir am besten, wenn ich nicht auffiel. Man hat mir nie etwas zugetraut. Das war mein Vorteil.

Einmal bin ich früher von der Schule nach Hause gekommen. Im Schlafzimmer habe ich lautes Gelächter gehört. Das war seltsam, da meine Mutter um diese Zeit bei der Arbeit und Vater immer alleine zu Hause war. Für den Moment war ich glücklich. Selten habe ich meine Eltern so froh erlebt. Doch dann, als ich direkt an der Tür lauschte, bemerkte ich, dass die Stimme der Frau nicht zu meiner Mutter passte. Ab da wurden die Geräusche aus dem Schlafzimmer zur Qual für mich. Ich legte mich auf die Lauer. Endlich war es ruhig und die Frau verließ das Haus. Es war die Nachbarin.

Am anderen Tag habe ich ihre Katze ersäuft. Man ist nicht auf mich gekommen, dies hätte man mir nie zugetraut.

Ich habe mir einen Plan zu Recht gelegt. An der Munition scheitert es nicht. Mir stehen noch genügend Kugeln zur Verfügung, um mich an allen zu rächen. Jetzt wird niemand mehr verschont.

Kapitel 25

Wären es Konrads Gedanken gewesen, in das Haus von Frau Kohl gebeten zu werden, so hätten sich diese als unrichtig erwiesen.

„I hau grad nass gwischd", hatte ihm die Alte zu verstehen gegeben. „Do geids blos Dabber."

Eigentlich war es Konrad einerlei, wo er etwas über diesen Hans-Peter Kohl erfahren würde, vor dem Haus oder im Haus – und wenn es dann Fußabdrücke auf dem frisch gewischten Boden geben würde, so wollte er sowieso schon gar nicht mehr hinein.

Hauptsache, er würde überhaupt etwas von dieser geschäftigen Schwäbin erfahren.

Des Weiteren wollte er die Frage nach Hans-Peter nicht zum dritten Mal stellen, zumal er die Antwort bereits kannte: „Der ischd grad ganga."

So überlegte er sich angestrengt, wie er seine nächste Frage formulieren solle, um eine halbwegs ergiebige Auskunft zu erhalten.

Doch als Frau Kohl bemerkte, dass der Mann vor ihrer Haustür gar nicht unbedingt über ihren frisch gewischten Boden gehen wollte, zudem doch recht seriös wirkte, begann sie ohne eine Frage gestellt zu bekommen, zu reden: „Dr Hansi ischd schau seid ledschder Woch doa. Uff Bsuch. I hau mia no gwunderd. Aber meischdens ischr bei seim Schulkamrad, der au zufällig do ischd."

„Wohnt er und sein Schulkamerad sonst nicht in Albstadt?"

„Ha noi! Dia wohne elle zwoa auswärts."

„Und warum sind sie jetzt gerade da?"

„Oh – ganz gnau was i des au id. An alder Freind hot se wohl eiglada."

Konrad überlegte. Noch einmal zwei Personen – neben dem Ermordeten - die einer Einladung folgend gerade in Albstadt waren. Sehr rätselhaft. Schnell fragte er weiter, damit die alte Dame nicht ihren Faden verlor: „Wo war der Hansi den gestern Nachmittag, so gegen 17:00 Uhr?"

„Geschd? Do muas i überlega …" Frau Kohl schüttelte ihren Putzlappen, den sie immer noch in der Hand hielt, kräftig aus, sodass Konrad einen Schritt zur Seite machen musste.

„Jedschd hau is!", triumphierte sie schließlich. „Er ischd so um Viere rum komma und hot schau an sau Affa ked. I hau no gseid, er soll a bissle auf dr Sofa liega un sein Rausch ausschlafa. Dr ischd aber glei wieder ganga und erschd Midda in dr Nachd wieder komma."

„Seltsam! Er war also betrunken und ist trotzdem gleich wieder gegangen. Wohin wissen sie nicht zufällig?"

„Ha, i deg hald zu seim Schulkamrad wieder. Vielleichd ischr jo au zu dr Schütza. Do ischr doch drbei."

Als wäre gerade ein Blitz durch sein Gehirn gesaust, zuckte Konrads Kopf nach hinten, die Augen starr auf Frau Kohl gerichtet. „Ihr Sohn war beim Schützenverein?"

„Jo. Do ischr jo no elweil."

Ein aktiver Schütze im Schützenverein! War das Zufall? Konrad versuchte, die tausend Gedanken in seinem Kopf zu ordnen.

„Isch ähna id guat?", erkundigte sich die Frau, die mit Konrads leerem Blick nichts anfangen konnte.

„Nein, nein. Alles in Ordnung.

Wie heißt den der alte Schulkamerad von Hans-Peter?"

„Ha, des ischd dr Martin Baum. Dr Hansi seid aber no Bad zunem."

„Hans-Peter nennt seinen Schulkameraden Bad?"

„Jo! I weis au ned, wa der mid am Waschraum zdua hed."

„Vielleich auch nicht so wichtig", sinnierte Konrad, auf den „Bad" als Spitzname doch auch eher ungewöhnlich wirkte. „Richtig heiß er also Martin Baum?"

„Jo. Se send ind gleich Klass ganga, dia zwoa."

„Wo kann man diesen Martin Baum denn finden?", wollte Konrad jetzt wissen.

„Ha – der wohnd in dr Froschlacha. Do vanna, ofach dr Gosabuckl na."

„Aha. Und wo genau wohnt er in der Froschlacha?"

„Ha ded wo dr Ludwig wohnd. Glei danebed."

Nach diesen Worten schüttelte Frau Kohl nochmals kräftig ihren Lappen aus und drehte sich, um geradewegs im Haus zu verschwinden. „I muas weider macha", sagte sie noch.

Verdutzt über das abrupte Ende des Gesprächs blickte Konrad ihr hinterher. „Danke nochmal!", rief er. „Wiedersehen"

„Ade", grüßte die Alte noch und ward im Haus verschwunden. Dabei murmelte sie noch etwas vor sich hin, das für Konrad klang wie: „Und der ist doch von der Behörde."

Konrad musste nicht lange überlegen, was seine nächsten Schritte betraf. Er wollte auf jeden Fall das Haus dieses Schulkameraden Martin Baum gleich aufsuchen. Schließlich hatte er ja eine detaillierte Wegbeschreibung: „Gosabuckl na; Froschlacha; Haus nebam Ludwig."

Hilfesuchend sah er sich um. Glücklicherweise, erkannte er einen Mann, der, mit seinem Hund, auf ihn zusteuerte.

„Entschuldigung bitte", trat Konrad dem Mann entgegen. Der Hund knurrte, der Mann starrte. „Ich suche den Gosabuckl."

„Hasso aus!" Der Spaziergänger beruhigte zuerst den Hund, bevor er antwortete. „Ich bin nicht von hier. Und schwäbisch verstehe ich schon gar nicht.

Ich meine aber von den Einheimischen schon mal dieses Wort gehört zu haben. Ich denke, es handelt sich dabei um die steile Straße, die da vorne ins Dorf hinunterführt."

„Vielen Dank!", gab Konrad zurück und musterte dabei sein Gegenüber genau. ,Ein komischer Typ', dachte er sich. Das „Einheimische" hat sich fast wie „Eingeborene" angehört. „Haben sie zufälligerweise auch schon mal was von der ,Froschlacha' gehört?"

„Ja, auch das. Wie gesagt, die Straße hinunter. Dann die Hauptstraße überqueren und schon kommen sie direkt dorthin."

„Nochmals danke. Zum Schluss: Kennen sie vielleicht noch einen Herrn Baum?"

„Klar doch. Der wohnt neben dem Ludwig."

Dieser Ludwig muss ja eine recht bekannte Person im Ort sein, dachte Konrad. Der Mann wurde inzwischen von seinem Hund weitergezogen, sodass Konrad nicht einmal einen Gruß loswerden konnte. Dafür, dass er nicht von hier ist, kennt er sich aber gut aus, dachte er noch, während er in seinen Citroen einstieg.

Der Beschreibung folgend, gelangte Konrad schließlich in die Brielstraße. Ob hier die „Froschlacha" war? Nachdem er seinen Wagen geparkt hatte und ausgestiegen war, bot sich ihm sogleich die Gelegenheit sich zu informieren. Ein junger Mann eilte, schnellen Schrittes, die Straße entlang.

„Entschuldigung. Ist das hier die ‚Froschlacha'?"

„Jap."

„Und wo wohnt der Ludwig?"

„Direkt neben den Baums." Dabei zeigte der Mann auf ein Haus, in zirka 50 Meter Entfernung, ohne dabei seinen Schritt zu verlangsamen.

„Danke!", rief Konrad noch hinterher und dachte: Hier scheint ja wirklich jeder, jeden zu kennen. Ein Blick auf das blaue Straßenschild zeigte ihm, dass er sich in der Brielstraße befand. A-ha! Die „Froschlacha" war also die Brielstraße.

Er bewegte sich auf das gezeigte Haus zu und ärgerte sich, dass er nicht noch gefragt hatte, ob es das Haus links oder das rechts, neben dem Haus des Ludwig war, indem Familie Baum wohnte. Diesen Ärger hätte er sich jedoch ersparen können. Just in diesem Moment, traten zwei Männer aus dem Haus, rechts neben dem von Ludwig. Das Alter der Männer war schwer zu schätzen, da beide eine ungewöhnlich große Körperfülle hatten. Auch Hals und Gesicht waren dadurch außergewöhnlich dick, was wiederum dazu führte, dass man die Lebensjahre der Männer nur ungefähr erraten konnte. Konrad schätze ihr Alter auf 30 bis 40 Jahre, was wohl dem tatsächlichen Wert am ehesten entsprach. Zudem war er sich sicher, dass er die gesuchten Hans-Peter Kohl und Martin Baum gefunden hatte. Mit einem Satz hinter einen modernen Reisebus, der am Straßenrand stand, rettete sich Konrad vor deren Blicke. Die beiden hatten jedoch nur kurz in Konrads Richtung geschaut, bewegten sich nun aber entgegengesetzt, die Straße hinunter.

Konrad folgte in sicherem Abstand. Er bemerkte ein Schild an einer Hauswand und wusste nun auch, was der Bus in dieser Straße zu suchen hatte: Hier befanden sich Garagen eines Busunternehmers.

Bald hörten die Häuser auf. Kurz darauf bogen die beiden scharf links ab, der noch jungen Eyach entgegen. Dabei waren die Männer in ein angeregtes Gespräch vertieft, sodass es Konrad leichtfiel, ihnen unbemerkt zu folgen.

Bald allerdings wurde es schwieriger. Hier gab es keine Häuser mehr, noch Büsche oder Bäume, die groß genug waren, sich dahinter zu verbergen.

Konrad wollte kein Risiko eingehen und beschloss vorerst, hinter dem letzten sicheren Strauch, stehenzubleiben. Er vermutete nämlich, dass die Männer zu einer nahen Gartenlaube unterwegs waren, zumindest liefen sie schnurstracks darauf zu.

Tatsächlich! Das alte Gartenhaus war das Ziel der beiden Dicken. Der Abstand von Konrads Versteck zu der Laube waren doch beinahe 100 Meter, sodass er seine Augen schon mächtig anstrengen musste. Viel war jedoch auch nicht zu sehen. Nur, dass der eine ein riesiges Vorhängeschloss öffnete und die beiden dann im Inneren der Laube verschwanden.

Was tun? Konrad wog seine Gedanken hin und her.

Im extremsten Fall hatte Konrad die Mörder von Matthias Kunkeler gefunden, die gleichzeitig die Entführer von Hannes Bürger waren und diesen dort in der Laube festhielten. Dann aber war ein Eingreifen von Konrad, sofort und alleine, zu gefährlich.

Vielleicht waren sie auch nur für eine Tat verantwortlich – was wiederum ein schnelles Eingreifen von Konrad, ebenfalls als zu gefährlich erscheinen ließ.

Vielleicht jedoch hatten die beiden auch gar nichts mit den Fällen zu tun.

Auch das war möglich.

Die Hinweise allerdings waren doch sehr erdrückend. Kohl war gestern zur Tatzeit nicht zu Hause. Er hatte Gelegenheit sich eine Waffe zu besorgen und er war imstande zu schießen - als aktives Mitglied eines Schützenvereins.

Konnte dies alles nur Zufall sein?

Bei einer Sache war sich Konrad jedoch sicher: Die beiden hüteten in ihrer Laube ein Geheimnis.

Aber, welches?

Konrad blickte sich um. Sollte er die Polizei verständigen?

Nein – dazu war die ganze Sache zu unsicher. Dazu fürchtete er den Spott von Kommissar Langner zu sehr. Er musste Beweise auf den Tisch legen können. Schließlich entschloss er sich, nochmals herzukommen, wenn man sich gefahrloser der Hütte nähern konnte.

Heute Nacht, wenn es dunkel war.

Er musste herausfinden, welches Geheimnis in der Gartenlaube verborgen war, bevor er den nächsten Schritt machte oder die Polizei verständigte.

Kapitel 26

Florenz, 2016

September und so heiß!
Von einem makellosen, tiefblauen Himmel sandte die Sonne ihre warmen Strahlen nach Florenz. Mit Francesco befanden sich weitere, beinahe unzählige Menschen auf der Piazza di Santa Maria Novella und überall in der Stadt.
‚Die Wenigsten davon sind Einheimische', dachte Francesco. In der Tat waren alle Nationalitäten und Hautfarben zu sehen. Mit offenen Mündern und gezückten Handys an langen Stangen trieben sie durch die Gassen und Plätze von Florenz. Besonders Asiaten schienen in der Überzahl zu sein. Gruppen mit Kopfhörern in den Ohren folgten Menschen die bunte Regenschirme dem Himmel entgegen streckten. Viele waren zu aufgeregt, um ein Auge für die grandiosen Bauten zu haben, so sehr versuchten sie nicht von der Gruppe getrennt zu werden. Und wenn sie doch einmal einen Blick auf die Basilica warfen, stolperten sie beim nächsten Schritt in die schön angelegten Rosensträucher.
‚Eigentlich witzig', dachte Francesco weiter, wäre der Anlass seines Besuchs in der Stadt kein so trauriger gewesen: Seiner Mutter ging es so schlecht, dass jeden Tag mit ihrem Ableben gerechnet werden musste. Gerade hatte er zwei Stunden an ihrem Bett verbracht, wobei seine Mutter nur etwa fünf Minuten davon in einem Zustand war, der ihr ermöglichte ihren Sohn zu erkennen. Sie hatte darauf bestanden, in ihrer Wohnung zu bleiben und nicht in ein Krankenhaus eingewiesen zu werden. Dreimal am Tag kam deswegen eine Pflegekraft ans Krankenbett, so auch gerade vorher. Die energische Frau hatte Francesco zum Spazierengehen geschickt, da seine Mutter jetzt

Ruhe brauche. Er solle frühestens in drei Stunden wiederkommen.

Widerwillig nur, war er dieser Aufforderung gefolgt. Er hatte seiner Mutter alles zu verdanken. Besonders, dass er jetzt mit 59 Jahren nur noch sporadisch auf dem Hof mithalf. Finanzielle Probleme kannte er nicht mehr. Er packte nur noch seinem Freund Michele zuliebe ab und zu mit an. Dabei aber auch mehr in Form von guten Ratschlägen, als durch körperlichen Einsatz. Weiterhin wohnte er in seinem Haus in Lucca. Er hatte geheiratet und war wieder geschieden worden.

Erst vor wenigen Tagen hatte ihn die Nachricht erreicht, dass es seiner Mutter zusehens schlechter ginge – und nun war er hier, schlenderte mit den Händen in der Hosentasche bei herrlichem Wetter durch diese atemberaubende Stadt und war dennoch zutiefst traurig.

Er ging weiter, ohne unbedingt auf den Weg zu achten, den er wusste, irgendwann würde er beim Dom, der Cattedrale di Santa Maria del Fiore, herauskommen – das war schon früher so gewesen.

Tatsächlich fand er sich alsbald in der Einmündung der Via dei Pecori in den Domplatz. Der Campanile di Giotto schien ihn zu grüßen. Stolz ragte der Glockenturm in den Himmel, bemüht, sich den unablässig klickenden Handys und Fotoapparaten von seiner besten Seite zu zeigen. Auch hier: Menschen über Menschen. Die meisten, demütig gegenüber den gewaltigen Bauten. Bisher hatte Francesco die Stadt und ihre Gebäude als „normal" wahrgenommen. Schließlich kannte der nichts anders. Erst jetzt – die Sorgen um seine Mutter in Kopf – erschlugen ihn die gewaltigen Monumente. Der Dom mit seiner riesigen Kuppel wirkte plötzlich auf ihn, als wäre er nicht von dieser Welt. Er konnte nicht anders. Er musste die Kirche einmal umrunden. Vorbei an den schier endlosen Schlangen von Menschen, die eine Dombesichtigung beabsichtigten. Davor, zwei Polizisten vor einem gepanzerten Fahrzeug, bewaffnet mit Maschinengewehren. Eigentlich lächerlich wenig Schutz, wenn man den Platz mit seinen Menschenmassen betrachtete. Die Straßencafés waren gut gefüllt, die Souvenirläden machten einen leidlichen Umsatz.

Letztendlich verließ Francesco den Domplatz und ging weiter, Richtung Piazza della Signoria. Links und rechts die sündhaft teuren Geschäfte, mit Kleidung, Parfüm, Handtaschen und Schuhen. Auf der Straße, neben den Fußgängern die Kutschen, Taxis und die Radfahrer, die sich teilweise, in rasanter Geschwindigkeit durch die Menge schlängelten.

Auf dem Piazza della Signoria dasselbe Bild wie auf dem Domplatz: Menschen und Monumente. Francesco setzte seinen Weg fort, ohne hier zu verweilen, bis er schließlich auf dem nächsten großen Platz von Florenz stand, dem Piazza di Santa Croce. Auf der gegenüberliegenden Seite, ragte die Basilica die Santa Croce di Firenze in die Höhe. Er ging auf die mächtige Kirche zu. Plötzlich begannen seine Gedanken zu rasen. Er dachte an die vielen Gräber außergewöhnlicher Menschen, die die Basilika beherbergte: So waren dort unter andern Michelangelo und Galileo Galilei begraben. Ferner befand sich in der Kirche ein Kenotaph, ein Scheingrab, des großen Dichters Dante Alighieri, dessen eigentliche letzte Ruhestätte in Ravenna lag.

Letzte Ruhestätte, Gräber - Francesco blicke zur Uhr. Nur wenig über eine Stunde waren vergangen, als er das Bett seiner Mutter verlassen hatte. Drei Stunden hatte die Pflegerin gesagt … Nein! Ein unbeschreibliches Gefühl erfasste ihn. Er musste sofort zurück. Ohne einen weiteren Blick auf die Kirche zu werfen, wandte er sich schnellen Fußes dem Arno entgegen.

Kapitel 27

Die Säge noch in der Hand, kehrte er aus dem Keller zurück. Seine Hände zitterten, obwohl er krampfhaft versuchte, diese Bewegungen zu unterdrücken.

Gerade kam sie rauchend aus der Küche, wo sie sich einen weiteren Wodka eingeschenkt hatte. Hastig drückte sie die Zigarette aus und kam ihm einige Schritte entgegen. „Hat er geredet?"

„Nein", seine Stimme klang heißer. Er konnte ihr nicht in die Augen sehen.

„Was …?". Krachend schlug sie das Glas in ihrer Hand auf das kleine Tischchen, sodass der Wodka überschwappte und sich langsam über die Tischplatte ausbreitete, ehe er auf den Boden tropfte.

„Hast du ihm einen Finger abgesägt?"

„Hör zu – ich kann das nicht …"

„Ach – gib Ruhe! Was für eine Memme bist du denn?" Ihre Worte überschlugen sich jetzt nahezu.

Plötzlich – so explosionsartig ihr Ausbruch gekommen war, so ruhig und sanft sprach sie nun weiter: „Wir müssen es wissen. Verstehst du? Wir gehen jetzt gemeinsam da runter und wenn es sein muss sägen wir ihm die ganze Hand ab."

Sie strich ihm zart über den Kopf. „Er muss uns nur verraten, was wir wissen wollen. Danach können wir ihn meinetwegen laufen lassen."

Obschon er ihr kein Wort glaubte, wirkten diese Worte doch beruhigend auf ihn. Fast war er gewillt, jetzt tatsächlich sofort die Säge zu gebrauchen - als die Haustürklingel die angespannte Atmosphäre zerriss.

„Verdammt …", stieß sie hervor.

„Ich schaue nach", gab er froh – ob der unerwarteten Unterbrechung - zurück und glitt zum Fenster, um den Vorhang vorsichtig zur Seite zu schieben.

Verblüfft raunte er schon nach dem ersten Blick: „Du glaubst nicht, wer da draußen steht!"

Kapitel 28

Nachdem Konrad, auf dem Rückweg von der geheimnisvollen Gartenlaube, seinen Wagen fast erreicht hatte, beschloss er spontan, seiner Schwester einen Besuch abzustatten, obwohl er erst vorhin mit ihr telefoniert hatte. Vielleicht waren auch seine beiden Patenkinder zu Hause. Alle drei hatte er schon geraume Zeit nicht mehr gesehen.

Durch die, kurz vor Mittag, leeren Seitenstraßen Pfeffingens, lenkte Konrad seinen Citroen direkt in die Einfahrt des Hauses seiner Schwester. Er schlug die Autotür extra stark zu, um sich durch das laute Geräusch anzukündigen. Tatsächlich klopfte Marion an die Scheibe des Küchenfensters, winkte und verschwand sogleich, um die Haustüre zu öffnen.

„Hallo Konrad. Irgendwie habe ich mit dir gerechnet."

„Wirklich? Bis vor fünf Minuten habe ich selber noch nicht gewusst, dass ich kurz vorbeischaue."

„Ich kenne dich doch. Da ist doch wieder etwas im Busch bei dir. Es wäre auch zu verwunderlich: Ein Mord in Albstadt und du bist nicht dabei."

„Na ja … irgendwie beschäftigt mich die Sache schon ein wenig."

„Sage ich doch. Jetzt komm erst mal herein."

Schon nach seinen ersten Worten, hatte Konrad ein Wimmern gehört, welches sich jetzt in ein lautes Bellen gewandelt hatte. Pius der Hund der Müllers, hatte Konrad erkannt und stürzte sich nun freudig auf den Neuankömmling. Immer mal wieder war Pius bei Konrad – meist, wenn seine Herrchen mal wieder etwas vorhatten, bei dem Hunde nicht willkommen waren. Nachdem Konrad Pius begrüßt hatte, trottete der Hund gemächlich zurück ins Wohnzimmer und streckte sich auf dem

Teppich aus. Er war nicht mehr der Jüngste und hatte in Menschenalter umgerechnet die Hundert bereits überschritten. Auch deswegen wollte er nicht mehr so viel laufen wie früher, seinen wachen Augen entging dennoch nicht die kleinste Kleinigkeit.

So war es auch Pius, der sich nach einiger Zeit plötzlich erhob und zu wimmern begann. Konrad war mit Marion in die Küche gegangen, da diese gerade dabei war, das Mittagessen vorzubereiten, um ihr über die Vorfälle der letzten Stunden zu berichten. Allerdings nicht alles, seinen Verdacht und seine Schlussfolgerungen behielt er für sich.

„Was hört Pius?", fragte Konrad jetzt, bezogen auf das Wimmern des Hundes.

„Er hört bestimmt die beiden Jungs. Die waren draußen und kommen jetzt zum Essen."

„Pünktlich. Alle Achtung!"

„Das habe ich ihnen auch tausendmal eingetrichtert …".

In der Tat ertönte die Türklingel. „Ich mache schon auf", rief Konrad seiner Schwester zu und war auch schon – gefolgt von Pius – auf dem Weg zur Tür.

„Hallo ihr beiden! Na – überrascht, dass ich da bin?"

„Wir haben doch schon dein Auto gesehen", entgegnete Tim gelangweilt und Jan fügte hinzu: „Dann fährt es also wieder …"

Trotz dieser nicht gerade überschwänglichen Begrüßung war es dein beiden Jungen doch anzusehen, dass sie sich riesig freuten, ihren Patenonkel zu sehen.

Konrad musste lachen. Das letzte Mal, als sie bei Konrad in Truchtelfingen waren und er sie nach Hause fahren wollte, war der Citroen nicht angesprungen. Zum Glück war Lena zu Hause gewesen und Konrad hatte schnell auf ihren Wagen ausweichen können. Aus den Köpfen der Kinder war diese Episode anscheinend noch nicht verschwunden.

„Der läuft wie Vettels Rennwagen. Was macht der Fußball?"

„Zurzeit ist es sehr anstrengend. Vorbereitung auf die Saison", schnaufte Jan.

„Wann geht es dann wieder los?"

„Das erste Punktspiel haben wir am Samstag in einer Woche", antwortete Tim.

„Den Termin merke ich mir. Das schaue ich mir an."

„Super!"

Inzwischen hatte die beiden das Haus betreten und standen ihrer Mutter gegenüber. „Hä …", wollte Marion sagen, wurde aber durch die beiden Jungen unterbrochen, die wie eine Stimme sagten: „Hände waschen!"

Marion nickte und wollte zwei Töpfe auf den Tisch stellen, als sie bemerkte, dass sie darauf keinen Platz hatte. Sie musste zuerst abräumen. Deswegen mussten die Küchenstühle kurzfristig als Untersatz dienen.

Schon waren Jan und Tim zurück und riefen: „Wir haben einen Bärenhunger".

Konrad musste lachen: „Wo treibt ihr euch den gerade herum?"

„Wir bauen ein Lager im Wald", entgegnete Jan.

„Wo denn?"

„In der Nähe der Burgfelder-Steige"

„Wie ist der Baufortschritt? Könnt ihr bald einziehen?"

„Heute Nachmittag müssten wir fertig werden."

„Wir dachten schon, wir bekommen Probleme", warf jetzt Tim ein.

„Probleme?", fragte Konrad.

„Da war heute Morgen ein Wanderer, der so komisch geschaut hat. Er ist dann aber weitergegangen."

„Das war kein Wanderer", fiel Jan ein. „Der hatte eine Kapuze auf und war irgendwie …"

Jan konnte nicht weitersprechen, da seine Mutter ein gellendes „PIUS" von sich gab. Marion stürzte sich auf den Stuhl mit dem Topf, in den der Hund gerade noch seine Schnauze gesteckt hatte. Unschuldig schmatzend blickte Pius auf sein Frauchen. War das nicht für ihn gewesen?

Marion schnaubte. Sie betrachtete den Topf. Erst als ihr Bruder und ihre Söhne in ein vergnügliches Lachen ausbrachen, beruhigte auch sie sich. „Nun gut. Kartoffeln gibt es heute keine. Aber ich habe noch Nudeln."

„Kein Problem, Mama", beruhigte Jan. „Nudeln mag ich eher mehr."

Jetzt musste auch Marion lachen. „Wenn ihr meint …"

Konrad half bei der Beseitigung der Kartoffeln und bemerkte danach: „Ich gehe dann mal und lasse euch in Ruhe zu Mittag essen."

„Du kannst gerne bleiben und mitessen", sagte Marion schnell.

„Nein danke. Jetzt, wo ihr sowieso noch weniger habt. Es war schön, euch mal wieder zu sehen. Spätestens nächsten Samstag sehen wir uns auf dem Sportplatz."

Konrad nickte seiner Schwester nochmals zu, klopfte seinen Patenkindern auf die Schulter und streichelte Pius, um anschließend das Haus zu verlassen.

Er spürte die Blicke seiner Patenkinder, obschon er sich nicht umdrehte. Jetzt kam es darauf an, dass sein Wagen ansprang. Sonst …

beim zweiten Versuch startete der Citroen. „Glück gehabt!" Konrad schaute jetzt zum Küchenfenster nach oben und erblickte tatsächlich Tim und Jan. Übermütig winkten sie ihm zu. Er war schon an der „Alten Schule" in Pfeffingen vorbeigefahren, als ihm der Geruch von gegrilltem Hähnchen in die Nase stieg. Dies wiederum erinnerte ihn, dass er doch einen gewaltigen Hunger hatte und nur aus Höflichkeit bei seiner Schwester auf das Essen verzichtet hatte. Er zog das Lenkrad nach rechts und trat kräftig auf die Bremse. Den Motor ließ er sicherheitshalber laufen, während er sich auf den Weg zu der „Hähnchenbude" machte, an der er gerade vorbeigefahren war. Das Wasser lief ihm im Mund zusammen, als er zum Auto zurückkehrte, in der Hand zwei – noch warme - Tüten, eine mit einem halben Hähnchen, die andere mit Pommes Frites. Sein momentan einziges Ziel war jetzt, schnellstmöglich nach Hause zu kommen, um das leckere Essen noch warm genießen zu können.

Schon als er in Tailfingen beim Thalia – Theater rechts abbog, meinte er das Auto hinter ihm zu kennen. Zwei weitere intensive Blicke in den Rückspiegel gaben ihm Klarheit: Kommissar Langner und sein Kollege Schröderhahn folgten ihm. Als er schließlich beim Bärenkreisel in Truchtelfingen die Hauptstraße verließ, um der Straße Richtung Bitz zu folgen, meinte er seine „Verfolger" loswerden zu können. Aber weit gefehlt: Das Auto des Kommissars nahm dieselbe Strecke.

Damit hatte Konrad nicht gerechnet. Was wollte Langner? Am meisten sorgte er sich aber um die beiden Tüten, die auf dem Beifahrersitz lagen und bis dato immer noch schön warm waren. Als Konrad schließlich die kleine Straße zu seiner Wohnung genommen hatte und auf seinem Stellplatz parkte, war der Wagen des Kommissars noch immer direkt hinter ihm. Beinahe gleichzeitig stiegen Konrad, Langner und Schröderhahn aus.

„Joachim! Was für eine Überraschung", stieß Konrad gut gelaunt hervor, obwohl es ihm ganz und gar nicht nach guter Laune war.

„Jetzt mach mal halblang. Erstens bin ich im Dienst und zweites ermittle ich in einem Mordfall. Beides ist nicht lustig."

„Natürlich. Ich meinte ja auch nur …"

Kommissar Langner fuhr sich mit Daumen und Zeigefinger seiner rechten Hand über seinen Schnauzbart. Eine allzu bekannte Geste für Konrad, welche aber nicht auf den Gemütszustand Langners schließen ließ. Der Kommissar machte sie, wenn er nachdachte oder aber, wenn er unsicher, traurig oder erfreut war.

Schröderhahn hatte indes einen Notizblock und einen Stift gezückt und beides in Arbeitsposition gebracht.

„Wir haben noch Fragen", sagte der Kommissar jetzt. Schröderhahn nickte und bestätigte: „Fragen".

Konrad blicke kurz verwirrt auf den Assistenten, bevor er anbot: „Dann gehen wir doch am besten in meine Wohnung."

„Nein, das wird nicht nötig sein", gab Langner schnell zurück, „wir haben es eilig. Es gibt viel zu tun …"

Konrad nickte und blickte dabei verstohlen zu den beiden Tüten auf dem Beifahrersitz seines Wagens.

„Was weißt du über Hannes Bürger?", der Kommissar kam sofort zur Sache.

‚Ah-ha', dachte Konrad und sagte: „Ich habe es gestern schon erzählt. Er ist verschwunden und mein Schwager Gerd Müller sucht ihn, weil Hannes Jugendtrainer bei ihm ist."

„Ich weiß, ich weiß. Dein Schwager war ja sogar auf der Wache und hat den Vorfall gemeldet. Die Kollegen haben dann sogar im Betrieb von Herrn Bürger nachgefragt …"

„Genau!"

„Und hier bin ich nun nochmals aktiv geworden. Ich habe mit Bürgers Chef gesprochen. Bürger hatte sich per E-Mail in den Urlaub abgemeldet, was anscheinend ganz und gar nicht die übliche Vorgehensweise ist.

Normalerweise gibt es in der Firma Urlaubsantragsformulare, die dann vom Vorgesetzten genehmigt werden müssen.

Es gibt also hier durchaus Ungereimtheiten.

Kurz und gut. Im Zusammenhang mit dem Mord habe ich einen Durchsuchungsbefehl für die Wohnung von Hannes Bürger bekommen – und rate mal, was wir dort gefunden haben."

„Gefunden haben", ergänzte Schröderhahn wieder. Er hatte die ganze Zeit mitgeschrieben und Konrad fragte sich, warum er wohl die Ausführungen seines Chefs zu Papier brachte.

„Ich habe keine Vorstellung, was man in der Wohnung von Hannes Bürger finden kann", antwortete Konrad jetzt auf die Frage des Kommissars und dachte im Geheimen an die rätselhafte Zeitung aus dem Jahr 1994.

„Einen Brief vom ermordeten Matthias Kunkeler!" Dem Kommissar war dieser „Fahndungserfolg" deutlich anzusehen. Seine Augen strahlten und seine Finger fuhren wie wild über den Bart.

„Ein Brief allein, ist doch noch kein Mordmotiv", relativierte Konrad.

„Schon!

Wenn nämlich der Brief im Kochbuch in der Küche versteckt ist und wenn drinsteht, dass er sich zuerst einmal für die Einladung nach Albstadt bedanke und dass Bürger mit dieser Geheimnistuerei aufhören solle und er – Kunkeler – sofort nach Albstadt kommen würde, um einige Dinge klarzustellen." Langner machte eine Pause, um Luft zu holen. „Dann ist dies für mich – zusammen mit der Tatsache, dass der Verdächtige verschwunden ist – sehr wohl ein Motiv."

Konrad konzentrierte sich. Das war wichtig. Er wusste zwar, dass verschiedene Leute - Kunkeler, Kohl und Baum - nach Albstadt eingeladen worden waren, aber nicht von wem.

Bis jetzt!

Hannes Bürger hatte wohl die Einladungen verschickt! Das machte die ganze Sache noch mysteriöser.

„Da bist du sprachlos, was?", der Kommissar war so richtig in Fahrt.

„Sprachlos", kommentierte Schröderhahn.

„Ja", entgegnete Konrad sehr in sich gekehrt, auch weil er an das immer kälter werdende Hähnchen dachte. „Das ist allerdings merkwürdig."

„Siehst du. Darum jetzt nochmal meine Frage: Was weißt du über Hannes Bürger? Weißt du, wo er steckt?"

„Wie ich schon sagte – ich habe keine Ahnung."

„Nun gut. Ich werde ihn jedenfalls sofort zur Fahndung ausschreiben." Langner klatsche in die Hände. „Kommen sie Schröderhahn, wir haben keine Zeit zu verlieren."

Ohne weiteren Gruß verschwanden der Kommissar und sein Assistent in ihrem Wagen. Bereits im Fahren, streckte Langner nochmals seinen Kopf aus dem Fenster: „Denk an den TÜV!", rief er und konnte ein fieses Lachen nur schwer unterdrücken.

,Jetzt denke ich erstmal an Huhn und Pommes und an die Mikrowelle', dachte sich Konrad, innerlich hocherfreut, dass sich ein weiteres Puzzleteil eingefügt hatte.

Hannes Bürger spielte dabei eine entscheidende Rolle.

Kapitel 29

Am anderen Ende von Albstadt

Sie erwartete niemand. Sehr gespannt, deswegen, öffnete Miss die Tür.

Draußen standen Schoko und Bud. Sofort bemerkte Miss, dass etwas nicht in Ordnung war. Die zuerst angedachte flapsige Bemerkung unterdrückte sie. Stattdessen fragte sie nur: „Was ist passiert?"

„Wir kommen zuerst mal rein", entgegnete Schoko. „Sind die anderen schon da?"

„Wie die anderen? Wer soll da sein?"

„Na – der Rest unserer Bande. Ich habe sie alle informiert, dass wir uns sofort bei dir treffen."

Miss blickte fast beängstigt auf Schoko.

„Es tut mir leid, dich habe ich nicht informiert. Ich dachte, wir kommen ja sowieso alle hier her ..."

„Schon gut. Kommt erst mal rein."

Es dauerte nicht lange, bis die Klingel das nächste Mal „fauchte". Schoko und Bud hatten inzwischen im Wohnzimmer Platz genommen. Dort tauchte nun auch Grace auf. Voller Erwartung starrte sie auf Schoko. „Was ist geschehen?"

„Ich erzähle es, wenn wir vollständig sind. Bitte, habe noch kurz Geduld."

Wäre nicht diese Verzweiflung in Schokos Augen gewesen, hätte Grace sicherlich diese Geduld nicht aufgebracht. So aber setzte sie sich schweigend auf einen freien Stuhl.

In den nächsten zehn Minuten trafen noch Conan und – als letzter – der Boss ein.

„Hat sich Little-Joe gemeldet?", fragte Schoko in die Runde, nachdem alle einen Platz gefunden hatten.

„Nein, bei mir nicht", gab Miss zurück und auch der Boss schüttelte den Kopf.

„Das habe ich mir fast gedacht", fuhr Schoko fort. „Dann werde ich euch erzählen, warum ich euch zusammengetrommelt habe."

„Aber – fehlt nicht noch der Prof?", warf Grace ein.

„Gerade um ihn geht es. Er ist tot."

Die Gesichtszüge der Zuhörer erstarrten. Sie mussten sich verhört haben.

„Das kann nicht sein", rief Conan aus.

„Er war doch gestern noch hier - in bester Gesundheit", ergänzte Miss.

„Man hat ihn ermordet …" Schoko beendete seine Worte mit einem lauten Schluchzen.

„Was?" Die Stimme von Boss überschlug sich. „Was ist passiert? Was weißt du?"

Schoko benötigte geraume Zeit, bis er sich wieder so weit im Griff hatte, dass er berichten konnte:

„Ich habe vorhin vergebens versucht den Prof zu erreichen. Auf seinem Handy. Mir war wichtig zu erfahren, ob er Little-Joe angetroffen hatte. Schließlich habe ich es bei den Eltern von Prof versucht. Die Mutter hat mir dann alles erzählt. Ich habe sie am Telefon sehr schlecht verstanden. Ich glaube, sie steht gewaltig unter Schock. Angeblich wurde er erschossen. Eine Kugel in den Kopf. Gefunden hat man ihn gestern Abend in Truchtelfingen."

„Der Mord in Truchtelfingen", rief Miss. „Das war Prof? Es kam heute Morgen ganz groß in der Zeitung. Ich hatte ja keine Ahnung, dass es Prof war, der da …"

„Das ist doch nicht möglich", stammelte Conan. Der Koloss von einem Mann konnte sich seiner Gefühle nicht erwehren. „Wer hat das getan?"

„Angeblich hat die Polizei noch keine Spur", ergriff Schoko das Wort erneut. „Mehr wusste die Mutter leider auch nicht."

Keiner sagte ein Wort, alle waren fassungslos. Die beiden Frauen schluchzten leise vor sich hin und die Männer hielten ihren Blick gesenkt – wohl um die Tränen in ihren Augen zu verbergen.

Erst einige Zeit später, ergriff Bud das Wort: „Was bedeutet dies alles?", fragte er in die Runde. „Prof ermordet und Little-Joe verschwunden. Welcher Fluch lastet auf uns …"

„Höre auf mit diesem Quatsch", maßregelte ihn der Boss. „Hier gibt es keinen Fluch!"

„Trotzdem müssen wir uns Gedanken machen", warf Grace ein. „Das ist doch nicht normal und Zufall schon gar nicht."

„Was dann", herrschte sie Boss an – um gleich darauf, leise fortzufahren: „Entschuldige. Ich bin mit den Nerven am Ende."

„So geht es uns allen." Miss erhob sich, um wenig später mit einer Flasche Wodka und sechs Gläsern aus der Küche zurückzukommen. „Ich denke, wir brauchen jetzt etwas Starkes."

Keinem war zum Trinken zumute – aber keiner schlug den Alkohol aus.

„Wie war denn das nochmal genau? Gestern?", fragte Schoko. „Ich habe so viel Sekt gehabt, dass ich es schon gar nicht mehr weiß. Prof wollte doch Little-Joe aufsuchen, von dem wir herausgefunden haben, dass er in Tailfingen auf Langenwand wohnt. Wie ist er dann nach Truchtelfingen gekommen, wo man ihn gefunden hat?"

„Ja, so war es", entgegnete Conan. „Er hat sich die Adresse und die Telefonnummer von Little-Joe aufgeschrieben und ist dann losgezogen."

„Little-Joe", rief Miss aus. „Dem haben wir das alles zu verdanken. Er hat uns hier zusammengerufen und ist selber aber nicht auffindbar. Er, mit seinem Geschwafel von ‚finanziell ausgesorgt'. Da ist doch etwas faul."

„Was meinst du damit?", frage Grace. „Meinst du Little-Joe hat etwas mit dem Mord zu tun?"

Miss zuckte mit den Schultern. „Ich weiß gar nichts. Ich versuche nur eine Erklärung zu finden."

„Wir sollten nicht spekulieren", gebot daraufhin Schoko. „Das bringt nichts."

„Aber wir sollten auch nicht die Augen verschließen vor der Möglichkeit", sagte Bud.

„Was für eine Möglichkeit?"

„Entweder, dass Little-Joe etwas mit der Sache zu tun hat oder, dass doch ein Fluch auf uns lastet. Vielleicht beides …"

„Halt die Schnauze Bud", fuhr Boss seinen gegenüber an.

„Hallo – hallo …" Schoko sprach mit ruhiger Stimme. „Bitte. Wir haben gerade Prof verloren. Wir sollten uns zusammenreißen."

Die ruhigen Worte gepaart mit der jetzt einsetzenden Wirkung des Alkohols entspannte die Lage.

Als erste ergriff Miss wieder das Wort. Sie schien sich nun wieder beruhigt zu haben, so als hätte es vorhin keine Anschuldigungen ihrerseits gegeben, meinte sie jetzt: „Das mit Prof ist fürchterlich und wer weiß, was mit Little-Joe geschehen ist. Ich habe Angst. Was ist, wenn jemand hinter uns her ist?"

Keiner antwortete.

„Meint ihr, es hat etwas mit der Sache vor 22 Jahren zu tun?", fragte Conan nach einer Weile. „Hatte nicht Prof gestern so eine Andeutung gemacht, bevor er ging. Der Brand war kein Unglück."

„Das hat er wohl gesagt – aber es ist Quatsch", brauste Boss schon wieder auf. „Außerdem: Wer sagt denn eigentlich, dass keiner von uns mit der Sache zu tun hat …"

Diese Äußerung traf die anderen in Mark und Bein. Jeder schien betroffen und zunächst sprachlos. Zuerst reagierte Grace: „Wir sollten uns jetzt nicht gegenseitig Vorwürfe machen. Das bringt nichts …".

Conan schnaufte. So einen Vorwurf wollte er sich nicht gefallen lassen. Erst der Blick der beiden Frauen, ermahnte ihn ruhig zu bleiben.

Es herrschte eine gespenstische Stille. Die Luft war spannungsgeladen. Schließlich meldete sich Schoko mit einem tiefen Seufzer zu Wort: „Da war nochmals etwas Seltsames", warf er ein. „Als ich mit Profs Mutter telefoniert habe. Gerade fällt es mir wieder ein."

„Was denn?", fragte der Boss neugierig und froh, dass wieder geredet wurde.

„Sie hat so eine komische Andeutung gemacht, dass nicht nur die Polizei sich für den Fall interessiere, sondern noch jemand anderes."

„Wer denn?"

„Ein gewisser Konrad Landberg!"

Kapitel 30

Als Konrad – unter seinem Arm die beiden jetzt kalten Tüten -
die Haustüre aufschloss, war es ihm so, als hätte er ein Geräusch
aus der Küche gehört.

Komisch! Er hatte Lenas Auto gar nicht gesehen.

Sofort spannten sich seine Muskeln und seine Augen suchten
nach einer „Waffe", während der die Haustür vorsichtig
anlehnte, um keinen Lärm zu verursachen. Einzig ein Schirm
war im Moment greifbar. So bewaffnet, tappte er auf
Zehenspitzen Richtung Küchentür – als diese gerade geöffnet
wurde. Blitzartig hob er den Schirm nach oben, sodass die beiden
Tüten auf den Boden glitten.

Ein schrilles „Huuchh" war aus der Küche zu hören, bevor Lena
ihre Sprache wiederfand: „Hast du mich aber jetzt erschreckt!"
Sie schnaufte hörbar. „Was machst du denn mit dem Schirm?
Regnet es?"

„Lena!" Konrad benötigte einige Sekunden, um den Schreck und
Lenas schrillen Schrei zu verarbeiten. „Ich habe nur ein Geräusch
aus der Küche gehört, deinen Wagen aber unten nicht gesehen."

„Ach der! Da stand ein riesiger Laster, der dem Nachbarn Holz
lieferte. Ich musste weiter hinten parken."

„Verstehe", gab Konrad nachdenklich zurück.

„Mir scheint, dein ‚Fall' beschäftigt dich schon wieder so sehr,
dass du gerade überall ein Verbrechen witterst."

„Hm. Nein. Aber tatsächlich hatte ich soeben ein Gespräch mit
Kommissar Langner, der jetzt den verschwunden Hannes für
den Mörder hält."

„Und das erzählt er dir?"

„Er hat mich nach Hannes gefragt und dabei eben seine Theorie dargelegt. Übrigens hat Langner einen neuen Assistenten: Schröderhahn – ein komischer Typ."

„Komisch?"

„Nun ja. Eben ein wenig seltsam."

„Jetzt komme erst mal nach Hause. Was sind denn das für Tüten, da auf dem Boden?"

Erst jetzt bemerkte Konrad den Verlust. Schnell legte er den Schirm beiseite und bückte sich nach dem Hähnchen und den Pommes.

„Das ist eigentlich mein Mittagessen. Jetzt allerdings nicht nur kalt, sondern auch vermanscht."

„Das bekommen wir schon wieder hin." Lena nahm ihm die Tüten ab und verschwand in der Küche. „Pommes und Hähnchen – lecker", rief sie. „Bei mir gibt es nur Salat. Wegen der Challenge am Samstag."

„Respekt!"

„Du kannst etwa abhaben, wenn du willst."

„Super, danke. Ich esse gerne gesund und kalorienreduziert."

Es dauerte nicht lange, bis ein klirrendes „Bing" aus der Küche zu hören war. Der Mikrowellenherd hatte Vollzug gemeldet. Kurz darauf erschien Lena mit einem hübsch arrangierten Teller, auf dem sich Pommes, Salat und ein dampfendes Hähnchen befanden.

„Das ist ja sensationell", entfuhr es Konrad und er meinte es tatsächlich so.

„Dafür hast du am Samstag Dienst."

„Bei deiner Albstadt – Challenge?"

„Genau. Wir haben es schon mal besprochen. Du musst mich um halb sechs nach Pfeffingen fahren. Den Tag über in Bereitschaft sein, um mich notfalls irgendwo abzuholen und wenn es gut läuft, am Abend wieder in Pfeffingen bei der Alten Schule auftauchen, wenn ich die Ziellinie überschreite."

„Wenn's weiter nichts ist."

„Da gibt es sogar noch ein Fest. Abends. Mit Livemusik."

„Bestimmt wirst du bis in die Morgenstunden abtanzen, nach den mickrigen 60 Kilometern."

„Das nicht, aber ein Bier werde ich dort trinken. Ein Eiskaltes."

„Das werde ich dann auch machen. Immerhin war ich dann ja den ganzen Tag auf dem Sofa in Bereitschaft."

Lena schmunzelte, deutete dann aber streng auf Konrads Teller.

„So, jetzt aber einen guten Appetit. Sonst wird das Hähnchen wieder kalt."

Lena holte sich ihren Salat und beide genossen ihr Mittagessen. Währenddessen berichtet Konrad von seinen neusten Erkenntnissen im Fall Bürger / Kunkeler. Lena hörte konzentriert und sehr gespannt zu, sodass sie beinahe das Ende ihrer Mittagspause verpasste.

„Räumst du ab? Ich muss los, sonst komme ich zu spät."

„Klar! Bis heute Abend. Es kann allerdings später bei mir werden. Ich habe doch noch Training mit der D-Jugend."

‚Und auch noch etwas Anderes vor' – aber das dachte er nur.

Konrad ließ sich viel Zeit beim Abräumen des Geschirrs. Irgendwie lag das Essen schwer in seinem Magen und er wurde müder und müder. Ein Blick zur Uhr: Viertel vor zwei. Die richtige Zeit, um sich einen Mittagsschlaf zu gönnen.

Kaum hatte er es sich auf dem Sofa bequem gemacht, wurde er jäh aus seiner liegenden Position gerissen. Ein durch alle Glieder dringendes, quietschend, stechendes, unvorstellbar lautes Geräusch ertönte von draußen.

Der Nachbar!

Mit seiner Kreissäge.

Klar – das gerade gelieferte Holz musste verarbeitet werden.

Konrad verweilte noch zwei Minuten, allein, der Lärm wurde immer lauter, statt leiser, wie er erhofft hatte.

An Schlaf war hier nicht mehr zu denken. Dazu das Rumoren in seinem Magen.

Es gab keine Alternative. Er musste weg von hier. In den Wald, wo es ruhig war. Dieser Entschluss wirkte sich positiv auf sein Wohlbefinden aus. Selbst die Müdigkeit war verschwunden, als er sich – in kurzen Hosen und im T-Shirt - auf sein Mountainbike schwang.

Beim Radfahren im Wald konnte er zudem, seinen Gedanken freien Lauf lassen und so seinen „Fall", wie Lena sagte, nochmals detailliert durchdenken.

Konrad nahm die Straße, die nach Bitz führte. Es waren doch einige Höhenmeter zu überwinden, bis er die Hochfläche erreicht hatte. Zum Glück war kaum Verkehr auf dieser Strecke – die Kreissäge seines Nachbarn hörte er aber noch bis er oben beim Schafhaus – Parkplatz angekommen war. Hier nun zweigte er links von der Straße ab, Richtung Truchtelfinger Hütte und Schützenhaus Tailfingen. Eine kleine Straße - am Anfang geteert, später geschottert - führe zunächst zwischen den Wacholderwiesen, hindurch an weidenden Pferden und Kühen vorbei. Danach, in Höhe der Truchtelfinger Hütte, verschwand der Weg im kühlen Wald.

Es war fantastisch. Konrad fühlte sich wunderbar. Nicht zuletzt, da die Strecke jetzt leicht bergab verlief, sehr angenehm nach dem Anstieg zu Beginn.

Beim Finnenpfad, einer mit Rindenmulch aufgefüllter Joggingrunde – sehr angenehm für die Gelenke – entdeckte er bunte Farbkleckse zwischen den Bäumen: Zwei junge Frauen, in ihrer leuchtenden Sportkleidung, joggten vorbei.

Kurz spitzte er, einige hundert Meter weiter, seine Ohren. Ein lautes Motorengeräusch war zu hören und er wähnte sich schon von seinem Nachbarn verfolgt. Es waren jedoch Waldarbeiter mit ihren Motorsägen.

Bald war das Tailfinger Schützenhaus erreicht und kurze Zeit später überquerte er die Straße zwischen Tailfingen und dem Killertal. Hier waren nun mehr Menschen unterwegs. Gekonnt radelte er an Spaziergänger und kinderwagenschiebenden Frauen vorbei, sehr darauf bedacht, sie nicht zu erschrecken. Sogar zwei Radfahrer überholte er – und das, obwohl die beiden mit E-Bikes unterwegs waren.

Nach kurzer Zeit jedoch war er wieder allein auf dem Feldweg und erreichte die Linkenboldshöhle, die allerdings nur an bestimmten Tagen für die Öffentlichkeit zugänglich war. Auf jeden Fall war sie immer am Vatertag, eigentlich Christi Himmelfahrt, offen. Das konnte sich Konrad merken. Die Höhle ist eine sogenannte Horizontalhöhle, da sie nur ein sehr geringes Gefälle aufweist. Sie wurde im Jahre 1761 entdeckt und hat eine Länge von zirka 140 Meter. Der Sage nach hauste hier der Linkenbold - ein Kobold - der unberechenbar und tückisch war.

Konrad fuhr weiter, überquerte die Straße zwischen Onstmettingen und Hausen und erreichte alsbald das Schafhaus und anschließend die Straße, die zum Nägelehaus führte. Kurz überlegte er sich hier, wie er weiterfahren solle, entschloss sich dann schließlich zum Zollersteighof und weiter zum Zeller Horn zu radeln.

Das Zeller Horn war sensationell. Wie oft war er schon hier gewesen? Tausendmal?

Dennoch zog es ihn immer wieder zu diesem Aussichtspunkt am Trauf. Majestätisch ragte die Burg Hohenzollern auf ihrem Bergkegel aus der Landschaft heraus – zum Greifen nahe, so schien es.

Konrad lehnte sein Rad gegen eine der Ruhebänke, griff nach seiner Trinkflasche und setze sich, um bei diesem überwältigenden Ausblick eine Pause einzulegen.

Er hatte sich alle ihm bekannten Fakten zu Hannes Verschwinden und dem Mord an Matthias Kunkeler durch den Kopf gehen lassen. Eigentlich sprach alles dafür, dass für die Taten diese beiden dicken Typen aus Pfeffingen, Hans-Peter Kohl und Martin Baum infrage kämen. Mit großer Wahrscheinlichkeit konnten sie bereits heute Abend überführt werden. Dann nämlich, wenn Konrad Gewissheit hatte, was sich in dieser seltsamen Gartenlaube in Pfeffingen verbarg. Natürlich hatte er auch nochmal daran gedacht, sofort die Polizei zu verständigen. Jedoch – er war sich nicht hundertprozentig sicher. Sobald er Beweise hatte, würde er sofort den Kommissar verständigen. Er würde sich nicht unnötig in Gefahr bringen. Tief im Inneren wusste er selbstverständlich, dass er sich sehr wohl in Gefahr begab. Niemand konnte ahnen, was alles geschehen würde. Besonders bei Menschen, die bereits einen Mord begangen hatten. Wie hatte er neulich gelesen? „Der erste Mord ist der schwierigste. Danach wird es immer einfacher." Nicht wirklich gute Aussichten.

Auch der Gedanke an das Fußballtraining mit den Kindern heute Abend bereitete ihm Kopfschmerzen. Nicht die Kinder allerdings, aber manche Eltern.

Jäh wurde er aus seinen Überlegungen gerissen, durch zwei ankommende Radfahrer, die sich lautstark näherten. Konrad erkannte sie mit einem kurzen Blick über die Schulter wieder. Die beiden E-Bikes - Fahrer, die er vorhin überholt hatte. Gute zehn Minuten nach ihm. Allerdings nicht halb so verschwitzt wie er. Als sie Konrad bemerkten und erkannten, dämpften sie ihre Stimmen um ein Vielfaches. Nur „… der Radprofi von vorher …" und „… Angeber …", konnte Konrad verstehen. Daraufhin musterte er die beiden genauer: Es handelte sich bei den Ankömmlingen um einen Mann und eine Frau jenseits der 60. Beide ohne Helm und in luftiger Sommerkleidung unterwegs, wobei die Frau, aus ästhetischen Gründen, lieber auf kurze Hosen verzichtet hätte. Jedenfalls waren sie nicht von hier. Ihr Dialekt deutete vielmehr auf eine Herkunft aus dem Osten Deutschlands hin.

Eine Weile konnte Konrad Sonne und Aussicht genießen, obwohl er bemerkte, dass die beiden Radfahrer ihm immer wieder heimliche Blicke zuwarfen und daraufhin zu tuscheln begannen. Er begann bereits, sein Äußeres infrage zu stellen, vielleicht hatte er ein grünes Gesicht oder es stand „Mich kann man mieten" auf seiner Stirn, als die Frau sich erhob und entschlossen auf ihn zukam.

„Bleiben sie noch lange?", zischte sie barsch.

„Bitte?"

„Ob sie noch lange hier sitzen?"

„Äh – warum?"

„Ihre Bank ist die schönste und wir wollen auch mal hier Platz nehmen."

Verschiedene Gedanken kreisten in Konrads Hirn. Von „eine Ohrfeige geben" über „E-Bikes in die Tiefe werfen" bis zu „Versteckter Kamera". Jedoch verwarf er alles und entgegnete stattdessen, bemüht freundlich: „Ich wollte sowieso gerade gehen."

Er packte Helm und Trinkflasche und setze sich auf sein Rad.

Triumphierend rief die Frau: „Bank ist frei!", woraufhin sich ihr Ehemann sofort erhob und grinsend näherkam.

Vielleicht doch „E-Bikes in die Tiefe werfen", dachte Konrad und setze sich in Bewegung. Nach wenigen Metern stoppte er abrupt und wandte sich nochmals zurück: „Hier herrschen übrigens thermodynamische Toleranzen. Dabei werden Batterien auf einen Schlag entladen. Achten sie darauf. Wiederschauen." Schmunzelnd trat er in die Pedale, hörte aber noch: „… unsere Räder. Am Ende müssen wir treten …".

Jetzt wurde aus Konrads Schmunzeln ein breites Lachen. „Thermodynamische Toleranzen" – eine herrliche Wortschöpfung. Lange würden sie die „schönere Bank" sicher nicht benutzen. Wegen der Toleranzen ...

Ein Blick auf seinen Fahrrad-Tachometer zeigte ihm, dass er bis jetzt 16,1 Kilometer zurückgelegt hatte. Mit einem weiteren Blick stellte er fest, dass es bereits nach 15:00 Uhr war. Eigentlich hatte Konrad seine Ziele auch erreicht: Ruhe zu haben und nachdenken zu können. Als Zugabe hatte er auch noch das fette Hähnchen und die ebensolchen Pommes Frites „verarbeitet". Daher faste er den Beschluss zurückzufahren. Denselben Weg zwar, was er normalerweise nicht gerne machte, aber er wollte vor dem Fußballtraining noch ein wenig Zeit haben. Vor allem aber waren da noch einige Vorbereitungen für die Zeit nach dem Training zu treffen – wenn er bei der Gartenlaube den „Fall" lösen würde.

Kapitel 31

Florenz, 2016

Noch bevor Francesco das Haus erreicht hatte, wusste er, dass etwas Schlimmes passiert war. Seine Tante stand am Eingang – so als hätte sie auf ihn gewartet. „Komm schnell. Deiner Mutter geht es sehr schlecht. Sie hat nach dir gerufen", warf sie ihm entgegen.

Francesco hastete an ihr vorbei, hinauf in den ersten Stock. Die Pflegerin stand am Bett und fühlte den Puls der Kranken.

„Sie ist nicht bei sich", empfing ihn die Krankenschwester.

In diesem Moment öffnete Francescos Mutter die Augen. Ihr Blick war ungewöhnlich klar und ihre Züge entspannten sich, als sie ihren Sohn gewahrte.

„Bitte – lassen sie mich mit meiner Mutter alleine", sagte Francesco.

Nachdem die Pflegerin die Tür hinter sich geschlossen und Francesco auf dem Bettrand Platz genommen hatte, begann seine Mutter: „Ich werde sterben. Zuvor muss ich aber mein Gewissen erleichtern." Sie hielt inne und nahm die Hand ihres Sohnes. Ihre Finger hatten kaum die Kraft, diese zu halten. „Ich habe dir nicht die Wahrheit über deinen Vater erzählt. Ich konnte es nicht."

Francesco hielt den Atem an. Zum einen, weil ihm seine Mutter so unendlich leidtat, zum anderen, weil er immer schon geahnt hatte, dass sie ihm hier etwas verheimlichte.

„Dein Vater war ein Deutscher", fuhr seine Mutter fort. „Ich habe ihn dort kennengelernt und mich sogleich abgöttisch in ihn verliebt. Im selben Jahr bist du auch zur Welt gekommen, 1957. Es war eine harte, aber schöne Zeit. Wir hatten Arbeit und ein kleines Häuschen. Aber, als du drei Jahre alt warst, habe ich erfahren, dass mich dein Vater betrügt. Mit einer anderen Frau aus unserem Dorf – zehn Jahre älter als ich."

Sie hustete und ließ dabei die Hand ihres Sohnes los.

„Ich hatte so einen Hass auf deinen Vater, dass ich am nächsten Tag meinen Koffer gepackt, dich geschnappt und Deutschland verlassen habe.

Gerade gegen den Strom von Gastarbeitern, die in dieser Zeit von Italien nach Deutschland gekommen sind, bin ich mit dir zurück nach Florenz. Ich wusste, dass ich bei meiner Schwester unterkommen konnte."

Die alte Frau blickte an Francesco vorbei.

„Dein Vater hat Briefe geschrieben, an die Adresse meiner Schwester, weil er wohl gehofft hatte, sie werde sie weiterleiten. Er wusste ja nicht, wo ich war. Ich habe keinen einzigen dieser Briefe geöffnet. Ich habe sie aber auch nicht verbrannt. Sie sind alle im Nachttisch. 1994 hat es aufgehört. Da kam der letzte Brief. Erst über ein Jahr später, kurz vor Weihnachten 1995 habe ich einen Brief von den deutschen Behörden bekommen, dass dein Vater nicht mehr am Leben sei."

Jetzt blickte sie ihrem Sohn direkt in die Augen. Francesco war verbittert – aber konnte er seiner Mutter böse sein – jetzt? Nein!

Er nahm ihre Hand und hauchte: „Das ist in Ordnung. Danke, dass du es mir erzählt hast." Francesco kämpfte mit den Tränen. Dennoch gelang es ihm nach einiger Zeit zu fragen: „Hatte Vater einen Bart?"

„Ja, einen dichten schwarzen Vollbart."

Die Kranke lächelte, ihre Züge entspannten sich, während sie die Augen schloss. Sie schien eingeschlafen zu sein. Allein - Francesco wusste es besser: Seine Mutter war gerade gestorben.

Kapitel 32

Bereits als Konrad das Sportgelände betrat, jagten gut zehn Kinder auf ihn zu.

„Hallo Konrad. Wer spielt am Samstag?"

Diese Frage wurde ihm gut 15 Mal gestellt, nahezu gleichzeitig – eben von jedem Kind ein bis zweimal.

„Es spielen alle. Wir haben doch zwei Mannschaften gemeldet. Gerade darum, dass alle zum Einsatz kommen."

„Spiele ich dann in der ersten oder in der zweiten Mannschaft, wurde sofort gefragt – auch mehrfach.

„Die Einteilung nehmen wir dann am Samstag vor, wenn wir sehen, wer alles da ist."

Erfahrungsgemäß – so zumindest hatte es Gerd gesagt – waren bei den Spielen oft nicht alle Kinder dabei, obwohl sie fest zugesagt hatten.

„Wer wird dann …"

„Stopp!" Konrad musste laut werden, um weitere Fragen zu unterbinden. „Jetzt werden wir erst mal trainieren und dann sehen wir weiter."

Mit dieser Antwort zufrieden, rannten die Kinder davon. Die meisten zu ihren Eltern, die sich bisher Abseits gehalten hatten, um ihnen zu berichten, was der Trainer gesagt hatte.

‚Wahrscheinlich sind sie auch von den Eltern losgeschickt worden, um wegen Samstag zu fragen', dachte sich Konrad.

Überschwänglich freundlich wurde er von den Vätern und Müttern begrüßt. Weswegen Konrad weiter schloss, dass alle wollten, dass ihr Sohn in der ERSTEN Mannschaft spielt.

Vor dem Training hatte er einen ausführlichen Anruf von seinem Schwager Gerd erhalten. Zum einen um ihn fürs Training und für Samstag zu instruieren – zum anderen um sein Leid zu klagen.

Gerd hatte Problem mit dem Trainer seiner F-Jugend – Mannschaft. Die Kinder in dieser Jahrgangsstufe waren im Alter von sieben bis acht Jahren. Mehrere Eltern hatten sich wiederholt beschwert, dass der Trainer kein gutes Vorbild für die Kinder wäre. Er rauche und fluche und trinke bei den Spieltagen immer sein Bier. Natürlich hatten die Eltern recht – das ging ja gar nicht. Gerds Problem war nur, dass der Trainer nicht mit sich reden ließ. Er meinte, er rauche nie während dem Training oder den Spielen, nur vorher und nachher und „Schofsekel" dürfte man doch wohl sagen. Außerdem trinke er jeden Tag sein Bier, also auch an den Spieltagen.

Es ließ sich wohl nicht umgehen, den Trainer rauszuwerfen, hatte Gerd gemeint. Aber: Er hatte keinen Ersatz und Konrad wolle doch nicht auch noch die F-Jugend übernehmen.

Natürlich hatte Konrad dies schnell von sich gewiesen.

Die andere Sache, über die Gerd auch noch berichtet hatte, fand er aber fast noch schlimmer. Zumindest unverschämter. Ein Spieler der E-Jugend - neun Jahre alt, ein Talent, ohne Frage – war angesprochen worden, ob er nicht den Verein wechseln wolle. Man baue eine ganz neue Mannschaft auf, die dann bis zur A-Jugend zusammenbleiben würde. Als Anreiz, wurde dem Jungen wahlweise ein Handy oder die neuste PlayStation versprochen. Darauf hatten weder Gerd noch Konrad eine Antwort. Wenn man schon zehnjährige mit solchen Versprechen aus ihrem Heimatverein weglocken wollte – wozu sollte das noch führen.

Auch der Kampf um Sportplätze und Hallen für Training und Spiel mit den zuständigen Behörden gehörten beinahe zum täglichen Geschäft Gerds. Zudem waren diese Dinge mit Kosten verbunden, was ein weiterer Aspekt war: Selbstverständlich musste Gerd auch den finanziellen Rahmen des Vereins berücksichtigen.

Konrad hatte fast Mitleid mit seinem Schwager gehabt. Um was sich so ein ehrenamtlicher Mitarbeiter im Dienste der Kinder und Jugendlichen alles kümmern musste, beziehungsweise womit er konfrontiert wurde, war teilweise nicht mehr nachvollziehbar.

Und dann dieses Abwerben! Anstatt, dass die Vereine untereinander ein friedliches und ehrliches Miteinander pflegten, machten sie sich das Leben gegenseitig schwer, indem sie sich, noch mehr als auf dem Spielfeld, außerhalb des Fußballplatzes bekämpften.

Konrad hatte – begleitet von den Eltern – den Trainingsplatz erreicht. Er ließ die Kinder zusammenkommen, um das Training offiziell beginnen zu lassen. Er startete mit verschiedenen Fangspielen, die den Kreislauf der Kinder in Schwung und zudem noch Spaß brachten. Nach einem Staffellauf, währenddessen Konrad blitzschnell einen Parcours mit fünf Stationen aufbaute, ließ er die schnaufenden Kinder erst mal eine Trinkpause machen.

Danach verteilte er die heute 21 Kinder – ein Zuwachs von vier – gleichmäßig auf die Stationen. Die aufkeimenden Proteste, wer mit wem zusammen sein wollte, erstickte Konrad im Keim. Bei jeder Station waren unterschiedliche Übungen zu absolvieren, immer mit Ball. Die Eltern band er dabei ein: Jeweils zwei von ihnen bat er eine Station zu beaufsichtigen, damit die Kinder nicht zu übermütig wurden. Die beiden Streithälse-Väter vom letzten Training trennte er dabei räumlich so weit wie möglich. Pech hatte allerdings der Vater, der mit Kamaris Mutter an einer Station Aufsicht hatte – aber: da musste dieser durch.

Die Übungen an den Stationen dauerten zwei Minuten, die Konrad exakt mit stoppte. Es folgten zwei Minuten Pause, ehe die Gruppen jeweils eine Station weiterwanderten.

Konrad erachtete dieses Üben in kleinen Gruppen als äußerst effektiv für die Kinder und durch das „Verantwortung übernehmen müssen" der Eltern, herrschte eine Ruhe auf dem Platz.

Nachdem alle Gruppen alle Stationen durchlaufen hatten, beschloss Konrad kurzfristig, dasselbe nochmals zu machen, jetzt jedoch nur noch mit jeweils einer Minute Übungs- und Pausenzeit.

Danach ordnete er eine abermalige Trinkpause an, in der die Eltern die Stationen unaufgefordert aufräumten.

Da am Samstag beim Turnier mit 7-ner-Mannschaften – ein Torwart, sechs Feldspieler – gespielt wurde und die Anzahl Kinder so perfekt passte, teilte Konrad drei Mannschaften ein. Zwei spielten gegeneinander, während die dritte Mannschaft in dieser Zeit Torschussübungen machte. Nach zehn Minuten war Wechsel. Die Aufsicht für den Torschuss delegierte er wieder an bereitwillige Eltern, sodass er sich um die anderen Mannschaften, beim Spiel, kümmern konnte.

Bisher war Konrad überrascht, wie reibungslos das Training ablief. Er hatte wohl die richtigen Schlüsse aus der letzten Übungseinheit gezogen.

Leider hatte er sich mal wieder zu früh gefreut.

Ein Wettkampf, wenn zwei Mannschaften gegeneinander antreten, weckt wohl bei so manchem Zuschauer unbekannte Emotionen. Noch dazu, wenn es sich bei den Wettkämpfern um die eigenen Söhne handelt.

Sobald das Spiel begonnen hatte, begannen auch die Kommandos der Eltern am Spielfeldrand. Am Anfang noch aufmunternd, mit Bedacht. Mit der Dauer des Spiels jedoch immer lauter und aggressiver. Bald mischten sich auch die Eltern ein, die eigentlich die Aufsicht beim Torschuss haben sollten.

Konrad beobachtete das Ganze mit zunehmender Sorge. Schließlich beendete er das Spiel nach sechs Minuten und rief zur Trinkpause auf – etwas Besseres wäre ihm sehr wohl eingefallen – jedoch, mit Rücksicht auf seinen Schwager, ergriff er keine dieser Maßnahmen.

Nach der Pause holte er die Mannschaft vom Torschuss ins Spiel und schickte dafür eine der beiden anderen Mannschaften zum Torschuss. Dabei gab es auch einen Wechsel bei den beaufsichtigenden Eltern, da jetzt ihre Kinder ja spielten und sie dort dabei sein wollten.

Dieses Mal konnte er fast acht Minuten spielen lassen, bevor er den letzten Wechsel ansagte.

Das letzte Spiel war das Schlimmste. Deshalb war hier bereits nach fünf Minuten Schluss. Hätte Konrad das Spiel noch eine Minute weiterlaufen lassen, wären sich einige Eltern wieder an die Gurgel gegangen.

Er schaute zur Uhr. Eigentlich hätte das Training noch gut zehn Minuten gedauert. Deshalb ließ er die Kinder jetzt noch „Auslaufen wie die Profis", obwohl er in diesem stupiden Laufen, rund um den Platz, keinen Sinn erkennen konnte.

Zumindest konnten die Eltern so wieder „herunterkommen", noch dazu, wissend, dass ihre Kinder jetzt wie die Profis ausliefen.

Nach wenigen Minuten brach Konrad diese Übung ab und verteilte die vorbereiteten Zettel an jeden der Jungen, worauf der genaue Treffpunkt samt Uhrzeit, für den kommenden Samstag stand:

„Treffpunkt: 13:00 Uhr, Sportplatz Obernheim, Auf der Blah!"

Dies war eine Anregung von Gerd gewesen, die sicher sehr praktisch war. So hatten die Eltern etwas Schriftliches in der Hand und konnten sich nicht verhört haben.

Fragen, wer denn nun in welcher Mannschaft – der Ersten oder der Zweiten – spiele, unterband Konrad konsequent. Er verwies dabei auf Samstag, wo die Einteilung vorgenommen werden würde.

Um seine überspannten Nerven wieder zu beruhigen, bewegte sich Konrad – nachdem alle Eltern und Kinder das Sportgelände verlassen hatten – nochmals zurück auf den Platz. Für ihn waren diese Runden, das „Auslaufen wie die Profis", jetzt genau das richtige.

Außerdem war es noch nicht dunkel genug.

Kapitel 33

Die Nacht hatte sich über Pfeffingen gelegt und war beinahe so schwarz, wie Konrads Kleidung. Er trug eine dunkle Jogginghose und einen schwarzen Rollkragenpullover – trotz der fast noch 20 Grad. Eigentlich war dieser Aufzug eher lächerlich. Deswegen hoffte er inständig, dass ihn niemand sehen würde. Derjenige hätte mit Sicherheit sofort die Polizei verständigt. Auf der anderen Seite, war dies aber auch eine nahezu perfekte Tarnung, um sich ungesehen der Gartenlaube nähern zu können.

Nicht wie heute Vormittag von der Brielstraße – der Froschlacha – her näherte er sich dem Häuschen, sondern von der anderen Seite. So zumindest war sein Plan. Er hatte seinen Wagen hinter der Bushaltestelle an der Straße nach Margrethausen abgestellt, dort dann dieselbe überquert und bewegte sich jetzt gerade auf einem schräg abwärts führenden Weg, Richtung Eyach. Das Schild „Privatweg – Durchgang verboten", musste er für dieses Mal ignorieren. Im Internet, auf dem Satellitenbild von Pfeffingen hatte er entdeckt, dass hier eine kleine Brücke über den Bach führte. Die mächtige, schön renovierte „Alte Mühle", ragte unten aus der Dunkelheit hervor, wobei das Fachwerk gut zu erkennen war. Im Haus selber brannte in verschiedenen Zimmern noch Licht. Doch dies interessierte Konrad nicht. Er wünschte sich nur, dass keine Hunde hier ihr Revier verteidigten.

Schnell war er unten beim Haus angekommen und hatte die Brücke jetzt direkt auf seiner rechten Seite. Für das friedliche Plätschern der Eyach hatte er im Moment ebenso wenig übrig, wie für das zweite „Durchgang verboten" – Schild. Er huschte über die Brücke und beeilte sich, am anderen Ufer hinter einem Strauch, erst einmal Schutz zu suchen. Konrad lauschte in die Nacht. Es war nichts zu hören. Seine Augen hatten sich mittlerweile an die Dunkelheit gewöhnt, sodass er auch die Umrisse der Gartenlaube ganz gut erkennen konnte, obwohl sie bestimmt noch über 100 Meter entfernt war.

Da – gerade war ihm, als hätte er einen, wenn auch schwachen, Lichtschein aus der Laube wahrgenommen. Sofort wurde seine Anspannung nochmals höher. Möglicherweise stand er kurz davor, einen Mord aufzuklären, ebenso, wie eine Entführung zu beenden. Wieder kamen ihm Zweifel, ob seines Alleingangs. Hätte er nicht doch die Polizei verständen müssen?

Konrad schüttelte diese Gedanken ab. Jetzt war höchste Konzentration gefordert. Er überprüfte nochmals sein Handy, ob es tatsächlich auf „stumm" geschaltet war – danach setzte er sich in Bewegung. Ein wenig gebückt und sehr langsam, damit er auf jedes unerwartete Geräusch umso schneller reagieren konnte.

Bald hatte er sich der Hütte so weit genähert, dass er sich sicher sein konnte, dass es im Inneren eine schwache Beleuchtung gab. Ganz deutlich, konnte man dies am oberen Rand der Tür erkennen, die nicht ganz in den Rahmen passte, vielmehr einen schmalen Schlitz dazwischen frei ließ, aus dem schwaches Licht drang. Konrad umrundete die Hütte, im Sicherheitsabstand von zehn Schritten, einmal komplett. Sie war zirka vier Meter lang und ebenso breit. Gebaut aus Holz. Nur auf einer Seite waren Öffnungen, nämlich die besagte Tür und gleich daneben ein Fenster, welches von Innen gänzlich durch einen dicken, undurchsichtigen Vorhang verdeckt war. Die übrigen drei Seiten der Hütte hatten weder Fenster noch Türen.

Plötzlich meine Konrad ein Geräusch aus der Laube gehört zu haben. Ein Seufzen vielleicht oder ein Quietschen. Jedenfalls duckte er sich blitzschnell und versuchte nicht zu atmen, um noch besser hören zu können. Das Geräusch wiederholte sich. Nun war er sicher, dass sich jemand in der Hütte befand. Hannes Bürger womöglich - oder die beiden Mörder oder alle drei?

Es gab nur eine Möglichkeit, dies herauszufinden. Er musste sich näher an die Hütte heranwagen. Vorsichtig, um selber keine Geräusche zu machen, schlich sich Konrad an. Jetzt konnte er die Hütte mit der Hand berühren. Er war sich bewusst, dass jederzeit eine Pistole auf ihn gerichtet werden konnte.

Abermals lauschte er – nichts.

Wenn er nur einen Blick nach innen werfen könnte.

Nochmals umrundete er die Laube. Jetzt allerdings ganz nahe. Irgendwo musste das Holz doch morsch sein, die Dielen verzogen.

An der hinteren Wand wurde er fündig. Hier schien tatsächlich ein kleines Holzstück abgebrochen zu sein, was einen flüchtigen Blick in die Hütte durchaus erlauben könnte. Allein, der Schlitz war direkt unter dem Dach, in zirka zweieinhalb Meter Höhe. Unmöglich zu erreichen – es sei denn, man hätte eine Leiter.

Heute Morgen hatte Konrad bereits bemerkt, dass sich einige Holzstapel hier in nahem Umkreis befanden. Akkurat gesägtes Holz, zu ebensolchen Stapeln aufgeschichtet und mit einer Folie bedeckt, damit das Holz trocknen konnte. Wo Holz gesägt und bearbeitet wurde, gab es doch sicher auch einen Spaltklotz!

Konrad entfernte sich so leise von der Hütte weg, wie er sich genähert hatte und bewegte sich auf die dunklen Holzstapel in der Nähe zu, von denen immerhin die Konturen zu erkennen waren. Die Dunkelheit machte die Suche nicht einfach. Kurz gar überlegte er, die Lampe seines Handys zu aktivieren, verwarf diesen Einfall aber sofort wieder. Dies war einfach zu gefährlich. Man hätte ihn so schon von weitem sehen können.

Jetzt wurde der Boden unter seinen Füßen weicher. Sägemehl!

Er wähnte sich auf der richtigen Spur. Tatsächlich entdeckte er – sogar zwei – Spaltklötze. Zum Glück, den der größere wäre nicht zu transportieren gewesen. Den kleineren jedoch konnte Konrad gut hochheben und sich über die Schulter legen. Er war zwar relativ schmal, aber doch gut 80 Zentimeter hoch. Das müsste funktionieren.

Je länger die Strecke zurück zur Gartenlaube dauerte, desto schwerer wurde der Klotz auf Konrads Schulter. Glücklicherweise hatte er nicht mehr weit. Allerdings galt es jetzt sehr vorsichtig und vor allem leise zu agieren. Langsam ließ er den Klotz, bei der Hütte, zu Boden sinken. Direkt unterhalb der Spalte. Mehrmals rüttelte er daran, um sich des sicheren Standes zu vergewissern.

Jetzt aber kam die schwierigste Übung: Wie sollte er – vor allem geräuschlos – auf diesen Spaltklotz steigen. Schließlich wählte er die Variante, zuerst mit dem Knie auf den Klotz zu steigen, danach den anderen Fuß nachzuziehen. Für diese Technik war der Klotz aber fast wieder zu schmal. Jedoch – es gelang! Konrad hielt sich an der Hauswand fest und versuchte gleichzeitig, das Holz unter seinen Händen nicht knacken zu lassen.

Langsam drückte er seine Beine durch, bis sein Kopf direkt in Höhe des Spalts war.

In der Tat war es ihm nun möglich, ins Innere der Hütte zu schauen. Was er dort zu sehen bekam, ließ den Spaltklotz unter seinen Füßen bedenklich wackeln – so groß war seine Überraschung. Erst als er seinen Stand wieder ausbalanciert hatte, wagte er einen zweiten Blick. Die Hütte bestand aus nur einem Raum. Dort befand sich rechts ein Tisch und zwei Stühle und links ein altes Sofa. Auf diesem lagen die beiden Dicken, Hans-Peter Kohl und Martin Baum, nackt, in inniger Umarmung, sich leidenschaftlich küssend.

Konrad zog seinen Kopf zurück und blinzelte. Danach blickte er ein drittes Mal durch den Spalt. Seine Sicht war hervorragend, er konnte die ganze Hütte überblicken. Drinnen hatte sich jedoch nichts verändert. Die beiden Dicken ja – aber keine Spur von Hannes Bürger. Wie schon in der Wohnung von Hannes, als er die Zeitung entdeckt hatte, holte Konrad sein Handy hervor. Er überzeugte sich, den Blitz abgeschaltet zu haben, zudem nochmals, ob der Ton aus war und drückte anschließend dreimal auf den Auslöser seiner Handykamera. Kurz überzeugte er sich, ob er einigermaßen gut durch den Schlitz getroffen hatte und bemerkte, dass ihm dies tatsächlich gelungen war.

Jetzt galt es nur noch genauso leise von dem Klotz zu steigen, wie er ihn erklommen hatte. Auch das gelang problemlos, wobei er sicher war, dass die beiden da drinnen sich nicht durch irgendwelche Geräusche stören lassen würden. Er trug den Spaltklotz wieder zurück und wählte danach, für seinen Rückweg, einen großen Bogen um die Gartenlaube.

Das war erstaunlich und nicht zu erwarten!

Konrad musste seine Gedanken zunächst ordnen, wollte aber Pfeffingen schnellstmöglich verlassen.

Erst auf Langenwand, steuerte er den Parkplatz beim Festgelände an, wechselte seinen schwarzen Rollkragenpullover gegen ein helles T-Shirt und holte sein Handy hervor.

Er betrachtete die Bilder von eben, so als müsse er sichergehen, ob dies alles Wirklichkeit war.

Schon nach kurzer Zeit verfestigte sich die Meinung, dass seine Annahme, die Mörder von Matthias Kunkeler sowie die Entführer von Hannes Bürger gefunden zu haben, als unwahr herausstellte. Eine Frustrationswelle umnebelte seinen Kopf. Es war eine Sackgasse gewesen und er wollte am liebsten alles schnellstmöglich vergessen. Nur gut, dass er die Polizei nicht verständigt hatte – was für eine Blamage wäre das gewesen. Es war ihm sogar so, als höre er das spöttische Lachen von Kommissar Langner.

Aber was bedeutete dies auf der anderen Seite? Wer hatte Kunkeler umgebracht – wer Bürger entführt – und warum?

Schließlich gab er sich einen Ruck. Er würde jedenfalls weitermachen, weiter bohren. So schnell gibt man nicht auf. Außerdem formte sich der Gedanke in seinem Kopf, dass ihm die Bilder der beiden Dicken noch gute Dienste erweisen würden.

Kapitel 34

Ich war im ersten Augenblick geschockt.
Da gibt es jemand, der herumschnüffelt: Konrad Landberg.
Was will dieser Mensch? Was hat er mit der Sache zu tun?
Ich habe sofort recherchiert. Zugegebenermaßen war meine
Panik riesig. Aber ich bin schlau. Nicht so idiotisch, wie alle
denken.
Ich habe in kurzer Zeit sehr viel herausgefunden. Jetzt bin ich
wieder ganz ruhig. Landberg wohnt in Truchtelfingen, ist
verheiratet. Leider hat er keine Kinder. Das ist schade – denn
über die Kinder kann man die Menschen am besten treffen.
Aber ich habe weitergesucht. Er hat eine Schwester in Pfeffingen
- und die hat Kinder.
Perfekt!
Ich werde Konrad Landberg ruhigstellen, indem ich mich um die
Kinder seiner Schwester „kümmere". Ich kann mit der Pistole
umgehen, das habe ich bewiesen.
Meinen Eltern wäre es damals egal gewesen, wenn man mir
etwas angetan hätte. Aber bei normalen Menschen ist das
anders.

Kapitel 35

„Vom Onstmettinger Skilift aus sind es noch zirka eineinhalb bis zwei Stunden. Aber wenn du dort mal bist, dann schaffst du auch noch den Rest."

Lenas Begeisterung für die morgige Challenge, die 60 Kilometer – Wanderung „Rund um Albstadt", war ungebrochen. Und das, obwohl sie schon wieder auf dem Sprung zur Arbeit war. Sie wollte heute früher anfangen, um dementsprechend möglichst schnell Schluss machen zu können. Heute Abend würde sie sich voll und ganz auf das Event am Samstag vorbereiten.

Konrad dagegen gelang nur ein schläfriges Blinzeln. Er war nicht mal dazugekommen, Lena vom gestrigen Tag und natürlich auch von seiner Nacht in Pfeffingen zu berichten. Nur ganz kurz hatte er sie auf den neusten Stand gebracht.

„Und übrigens", sagte Lena, bereits in der Tür stehend. „Heute Abend gibt es Spagetti. Ich brauche Kohlenhydrate."

„Wer braucht das nicht? Obwohl – für einen Samstag auf dem Sofa, würde auch Knäckebrot genügen."

„Witzbold …" Lena verabschiedete sich mit einem Handkuss.

Selbst das Geräusch der zugemachten Wohnungstür war für Konrad heute Morgen schon zu laut. Er hatte schlecht geschlafen – ja fragte sich gar, ob er es überhaupt getan hatte. Ein Kaffee würde fürs Erste sicher weiterhelfen, dachte er sich und war froh, die fast volle Kanne zu sehen, die Lena schon aufgesetzt hatte.

Jedoch benötigte er zwei Tassen, um seinen Kreislauf wieder so in Schwung zu bekommen, dass er ans Frühstück und an seine Morgenzeitung denken konnte.

Ein leckeres Brot mit Butter und Marmelade, dazu der Artikel über die neusten Erkenntnisse im Truchtelfinger Mordfall, halfen ihm, vollends wach zu werden.

Allerdings waren die Erkenntnisse im Zeitungsartikel nicht wirklich neu. Noch immer stocherten die Reporter – und anscheinend auch die Polizei - im Dunkeln. Dies wiederum gab Konrad den letzten Kick. Jetzt war er wieder voll und ganz motiviert, dem Rätsel auf die Spur zu kommen.

Was hatte er?

Einen hochgradig Verdächtigen, der es jetzt nicht mehr war – oder doch? Jedenfalls hatte Hans-Peter Kohl auch andere Geheimnisse zu hüten. Ganz ausgeschlossen war eine Beteiligung am Mord an Matthias Kunkeler jedoch nicht. An der Entführung von Hannes Bürger wohl auch nicht – sicher war jedoch, dass sich Hannes nicht in dieser Gartenlaube in Pfeffingen befand.

Plötzlich durchfuhr ein schrecklicher Gedanke Konrads Kopf: Was, wenn Hannes ebenfalls umgebracht worden war? Konrad war richtiggehend aufgewühlt. So ganz und gar von der Hand zu weisen war diese Idee nämlich nicht. Mit einem Mal hatte es Konrad sehr eilig. Den letzten Rest des Marmeladebrotes verschlang er ebenso schnell, wie er seine vierte Tasse Kaffee hinunterschluckte. Dabei war offensichtlich ein Brotkrümel in seine Luftröhre gelangt und er musste fürchterlich husten. Dies wiederum überzeugte ihn, doch nicht blind in etwas hineinzulaufen, vielmehr ein gewisses Maß an Gelassenheit an den Tag zu legen.

In aller Ruhe räumte er die Küche auf und legte sich dabei seine nächsten Schritte zurecht. Zuerst würde er Hans-Peter Kohl in Pfeffingen aufsuchen. Die Bilder von gestern Abend erschienen ihm als ein ausreichendes Argument, um Kohl einige Informationen zu entlocken.

Konrad war gerade dabei das Haus zu verlassen, währenddessen er versuchte die Chancen einzuschätzen, ob sei Citroen startete oder eben nicht, als er seine Schwester Marion bemerkte. Sie rannte förmlich aufs Haus zu, in ihrem Schlepptau Pius, der Hund.

Das Tier wedelte mit dem Schwanz und Marion schnaufte: „Gut, dass ich dich gleich erwische. Du musst dich um Pius kümmern."

„Was ist passiert?", fragte Konrad sorgenvoll.

„Ach – nichts Schlimmes. Ich habe nur einen Anruf aus meinem Geschäft bekommen und muss schnell dahin. Es kann drei Stunden dauern, aber auch acht. Gerd ist ebenfalls unterwegs und kommt vor heute Abend nicht nach Hause – und den Jungs kann ich den Hund nicht geben. Da weiß ich nicht, wer chaotischer ist von den drein."

„Und was ist mit den beiden Jungs? Wo sind sie?"

„Im Wald, bei ihrem Lager. Ich habe ihnen Essen und Trinken mitgegeben. Die sind versorgt bis heute Nachmittag."

„Das kommt jetzt schon ein wenig überraschend …", wollte Konrad einwerfen, seine Pläne für den Tag im Hinterkopf – aber seine Schwester fiel im rasch ins Wort: „Schön, dass du Pius übernimmst. Heute Nachmittag kannst du ihn dann nach Pfeffingen bringen. Du hast ja einen Schlüssel."

„Ja schon …"

„Du hast doch heute frei –, oder?"

„So gesehen …"

„Jetzt muss ich aber los. Vielen Dank nochmal!"

Da war es wieder! Ein weiterer Beweis: Konrad war einfach zu gutmütig.

Jetzt stand er da, mit einer Leine in der Hand, an deren anderen Ende ein Hund befestigt war, und schaute seiner Schwester hinterher, die im schnellen Tempo davonbrauste.

Kurz überlegte er, wieder ins Haus zurückzugehen, entschied sich jedoch schnell um.

„Gut Pius! Ich muss mal eben einen Mord – oder zwei Morde, aufklären. Du kannst mir dabei helfen. Komm mit."

Er führte den Hund zum Auto und ließ ihn einsteigen. Sofort legte sich Pius auf den Rücksitz. Konrad nickte zufrieden. Zuerst mal eine Runde Gassi gehen. Das würde ihm Gelegenheit geben, seine Pläne nochmals detailliert zu überdenken. Vielleicht war das gar nicht schlecht so.

Erst als er bereits losgefahren war, fiel im auf, dass der Citroen sofort beim ersten Versuch gestartet hatte. Gutes Auto!

Gleich die erste Abzweigung in Pfeffingen, aus Tailfingen herunterkommend, bog Konrad rechts ab. Vor dem ehemaligen Gasthaus „Waldeck" stellte der den Wagen ab. Er wollte den schönen Weg oberhalb des Waldecks entlang spazieren, auch um die herrliche Aussicht über Pfeffingen, Margrethausen und sogar Lautlingen zu genießen. Den Hund ließ er von der Leine, da Pius zum einen über keinen besonders ausgeprägten Jagdinstinkt verfügte – zum anderen auch schon einige Jahre auf dem Buckel und somit seine Sturm- und Drangzeit längst hinter sich gelassen hatte. Außerdem war Konrad der Meinung, man müsse jedem Lebewesen auch seine Freiheiten lassen.

Oberhalb der letzten Häuser von Pfeffingen und unterhalb von Naupen, schlenderte Konrad dahin. Pius folgte ihm – meist jedoch war es umgekehrt. Immerhin blieb der Hund – doch nahezu – auf dem Weg und schnüffelte nicht im angrenzenden Wald. Die Sonne strahlte warm aus einem makellosen, blauen Himmel. Im Moment war Konrad sogar froh, dass ihn seine Schwester – quasi – zu diesem Spaziergang genötigt hatte.

Als schließlich der Weg in den Wald hineinführte, beschloss Konrad umzukehren.

Es gab noch einiges zu erledigen!

Auf halbem Weg zurück, beschloss er kurzerhand, rechts hinunter nach Pfeffingen zu gehen. Er überquerte eine Wiese und stand schnell auf der Straße mit dem schönen Namen „Unter Naupen". Von hier aus war es nicht mehr weit zum Elternhaus von Hans-Peter Kohl.

Er klingelte und rechnete damit – wie gestern – wieder Kohls Mutter gegenüberzustehen, die ihren Putzlappen vor ihm ausschüttelte. Zu Konrads Überraschung öffnete aber Hans-Peter Kohl selber. Bekleidet in kurzen Hosen und einem T-Shirt, welches sich straff über einen stattlichen Bauch spannte, machte

Kohl den Eindruck als wäre er gerade geweckt worden. Gähnend schnaufte er: „Ja?"

„Guten Morgen, Herr Kohl. Landberg ist mein Name. Konrad Landberg. Hätten sie kurz Zeit für mich? Ich würde gerne mit ihnen reden."

„Um was geht es denn? Zeit habe ich keine …"

„Des ischt der vom Amt!" Eine schrille Stimme ertönte plötzlich aus den Tiefen des Hauses. Kohls Mutter reckte ihren Kopf am massigen Körper ihres Sohnes vorbei und zeigte mit dem Finger auf Konrad.

„Ich bin von keinem Amt", entschuldigte sich Konrad und kam sich dabei äußerst seltsam vor.

„Jedscht hotr au no an Suchhund dbei!" Die Stimme der alten Frau überschlug sich beinahe.

„Wie gesagt: Ich bin nicht vom Amt und das ist auch kein Drogensuchhund." Konrad deutet auf Pius, dem die ganze Szene auch sichtlich eigenartig erschien.

„Ich habe es bereits erwähnt", mischte sich jetzt auch Hans-Peter Kohl wieder ein, „ich habe keine Zeit!"

„Trotzdem würde ich sie bitten, sich einige Minuten zu nehmen. Es dauert bestimmt nicht lange. Außerdem würde ich ihnen gerne einige Bilder zeigen, die gestern Nacht in einer Gartenlaube in ‚dr Froschlacha' aufgenommen wurden."

Kohls Kinn klappte nach unten. Es tat Konrad leid, ihn dermaßen unter Druck setzten zu müssen. Aber – anders kam er anscheinend nicht weiter.

„Und es dauert nur kurz?", fragte Kohl nach einer gefühlten Ewigkeit.

„Versprochen!"

„Gut. Warten sie. Ich bin gleich bei ihnen."

Konrad nickte. Das war schon mal geschafft!

Kohl verschwand im Haus, wobei ihm seine Mutter hinterherrief: „Abr nonts underschreiba!"

Fünf Minuten später tauchte Kohl wieder auf. Er hatte sich eine Jeanshose angezogen und anscheinend auch seinem Gesicht einige Wassertropfen gegönnt.

„Gehen wir ein Stück", sagte er.

Die ersten Meter liefen sie schweigend nebeneinander her. Endlich fragte Kohl: „Wollen sie mich erpressen? Wollen sie Geld?"

Daran hatte Konrad überhaupt keinen Gedanken verschwendet.

„Nein", antwortete er kurz, aber bestimmt. „Die Sache ist die: Ich bin auf der Suche nach Hannes Bürger. Der ist nämlich verschwunden und keiner weiß, wo er ist." Konrad machte eine Pause.

Kohl sah in ungläubig an. Damit hatte er wohl nicht gerechnet.

„Dann ist die Sache mit dem Mord an Matthias Kunkeler dazu gekommen", fuhr Konrad fort. „Ich bin kein Erpresser – noch von der Polizei. Wie gesagt: eigentlich möchte ich nur wissen, wo Hannes Bürger ist."

„Äh ... sind sie Privatdetektiv?"

„Nein. Auch nicht. Aber vielleicht eine Art Ermittler. Und privat auch."

„Und sie wollen mich nicht erpressen?"

„Ich möchte nur einige Informationen von ihnen. Das ist alles."

„Und die Bilder? Haben sie überhaupt welche?"

Konrad kramte sein Handy hervor und zeigte Kohl eines der Bilder. Er hielt dabei das Handy gerade so weit von Kohl entfernt, dass dieser gerade noch erkennen konnte, was da abgebildet war. Abermals fiel sein Kinn nach unten – dieses Mal gar deutlicher als vorhin.

„Und sie wollen nur ein paar Informationen?"

„Genau"

„Kommen sie."

Inzwischen hatten sie die Grundschule erreicht. Kohl wandte sich auf den Pausenhof, der jetzt – in den Schulferien – wie ausgestorben war. Dort setzte er sich auf eine Treppe und winkte Konrad neben sich.

„Also", seufzte Kohl. „Was wollen sie wissen?"

„Nun, als erstes …"

„Moment. Was geschieht mit den Bildern, wenn ich ihnen jetzt Auskunft geben?"

„Die lösche ich. Das müssen sie mir glauben."

Kohl nickte stumm, was Konrad als Aufforderung auffasste, nun seine Fragen zu stellen.

„Was machen sie in Albstadt? Dasselbe gilt für ihren Freund, Herrn Baum und die anderen Mitglieder der Bande?"

Kohl wirkte überrascht. „Sie wissen von der Bande?"

Als Konrad stumm blieb, fuhr Kohl fort: „Wir, das heißt die Bande – tatsächlich – wurden aufgefordert nach Albstadt zu kommen." Kohl sah auf.

Konrad ermutigte ihn mit einem Augenaufschlag, weiterzuerzählen, was er schließlich – beginnend mit einem tiefen Seufzer – tat: „Jeder von uns hat einen Brief bekommen. Darin stand als Kernaussage: ‚… wenn wir es klug anstellen, hat ein jeder von uns finanziell ausgesorgt …'. Die Aussicht auf schnellen Reichtum – wissen sie … alle sind gekommen."

„Wer hat sie eingeladen? Von wem stammen die Briefe?"

„Von Little-Joe!"

„Wer ist Little-Joe?"

„Na eben Hannes Bürger."

„Der Verschwundene?" Konrad spielte den Überraschten, obwohl er bereits von Kommissar Langner erfahren hatte, dass Hannes wohl die Einladungen verschickt hatte. So wurde diese Sache immerhin bestätigt.

„Genau der!", rief Kohl aus. „Erst lotst er uns durch merkwürdige Versprechungen nach Albstadt und dann ist er selber gar nicht da.

Aber sie sagten ja, er wäre verschwunden. Das erklärt natürlich vieles, macht das Ganze aber auch nochmals seltsamer.

„Wer sind die anderen Mitglieder der Bande?"

„Das darf ich ihnen nicht verraten. Das haben wir uns geschworen, damals vor 22 Jahren. Wir reden uns untereinander auch heute noch nur mit unserem Spitznamen an."

„Herr Kohl", Konrad wurde jetzt deutlich. „Ein Klick von mir und das Bild von ihnen und Baum landet bei der Polizei."

„Moment. Schon gut. Wenn das meine Mutter erfährt, engagiert sie einen Auftragskiller."

„Also?"

„Da ist wie gesagt Little-Joe, Hannes Bürger."

Kohl stand der Schweiß auf der Stirn.

„Mich nennt man Schoko. Martin Baum wird Bud genannt"

„Bad"

„Bitte?"

„Ach nichts – weiter …" Konrad war gerade eingefallen, dass Kohls Mutter von einem Bad gesprochen hatte. Manchmal liegt das deutsche und das englische eng beieinander – Aussprache - technisch zumindest, obschon mit einer ganz anderen Bedeutung.

„Dann haben wir noch unseren Anführer, Bernd Lehner, Boss genannt.

Natürlich der verstorbene Matthias Kunkeler, der Prof.

Und auch noch Conan, der eigentlich Sebastian Kramer heißt."

„Sind das alle?"

„Nein, da sind noch die beiden Mädchen – jetzt Frauen:

Elvira Schröder, alias Grace und zum Schluss Miss, deren Name Tamara Schlosser ist."

Jetzt horchte Konrad auf. Tamara Schlosser. Der Name war ihm bekannt. Aber ja! - das war die Frau aus Hannes Wohnung. Seine Freundin.

„Und das sind jetzt alle? Acht Personen?" Konrad hatte vorsorglich einen Zettel und einen Stift mitgenommen und sich die Namen notiert.

„Ja, das sind alle."

„Hat sich die Bande schon mal getroffen, hier in Albstadt?"

„Ja. Zweimal sogar."

„Und da waren alle anwesend – außer Hannes, Little-Joe?"

„Beim ersten Mal schon, beim zweiten Mal hat der Prof gefehlt."

„Und wo fanden die Treffen statt?"

„Bei Miss, in Onstmettingen."

Konrad machte sich auch hierzu einige Notizen und fragte anschließend weiter: „Was genau ist vor 22 Jahren passiert? Der Brand."

Kohl zuckte zusammen. Dieses Thema schien ihn stark zu berühren.

„Wir waren Kinder - damals. In den Sommerferien. Dabei haben wir Bekanntschaft mit dem Kauz gemacht. Einem komischen Typen, der in einer Hütte im Wald wohnte. Zuerst haben wir uns vor ihm gefürchtet – dann aber sind wir richtige Freunde geworden. Eines Tages, am Ende des Sommers, stand die Hütte des Mannes in Flammen. Der Kauz ist dabei umgekommen. Mehr gibt es da nicht. Es war schrecklich genug."

Konrad spürte förmlich, dass nicht mehr aus Kohl herauszubekommen war. Wobei er sich sehr sicher war, dass ihm Kohl etwas verheimlichte – und zwar in Bezug auf den Brand. Immerhin hatte er einiges erfahren. Er reichte ihm die Hand. „Danke, Herr Kohl! Sehen sie …" Konrad holte sein Handy hervor und löschte vor den Augen von Hans-Peter Kohl die Bilder der gestrigen Nacht. Dieser nickte dankbar. Sein T-Shirt war komplett durchgeschwitzt.

„Eine letzte Frage noch: Was meinen sie – wo ist Hannes Bürger?"

„Little-Joe? Keine Ahnung!" Ohne sich nochmals umzublicken, verließ Kohl den Schulhof und schlürfte den Weg zurück, den sie gekommen waren. Dabei hinterließ er einen nachdenklichen Konrad. Jetzt galt es die einzelnen Leute der Bande genauer unter die Lupe zu nehmen. Eine Mammutaufgabe, die Zeit drängte.

Dass er heute Nacht noch ein Bild von Kohl und Baum vom Handy auf seinen Computer überspielt hatte, war Konrads

Geheimnis. Noch konnte er nicht ausschließen, dass Kohl und Baum nichts mit dem Mord zu tun hatten.

Wo war eigentlich Pius? Die Befragung Kohls hatte Konrads ganze Aufmerksamkeit erfordert. Dabei hatte er den Hund ganz vergessen.

„Pius" Konrad versuchte es erst in normalem Tonfall, anschließend lauter: „PIUS".

Im Gebüsch, gleich neben der Treppe raschelte es. Kurz darauf trabte Pius zwischen den Sträuchern hervor. Der Hund hatte es sich im Schatten bequem gemacht.

„Komm Pius, wir gehen weiter", forderte Konrad seinen Gefährten auf, als sein Handy klingelte. Ein Blick auf das Display zeigte ihm, dass es sein Schwager Gerd war, der anrief.

„Hallo, Gerd", nahm Konrad das Gespräch entgegen.

„Konrad. Du glaubst nicht, was ich gerade erfahren habe …"

Kapitel 36

Wieder kehrte er mit der Säge in der Hand aus dem Keller zurück. Dieses Mal jedoch waren seine Gesichtszüge entspannt – sogar ein leichtes Grinsen konnte er nicht unterdrücken.

„Er hat geredet!", triumphierte er, als er die Küche betrat. Die Jalousien waren geschlossen, trotz des strahlenden Wetters draußen. Das schwache Licht der Deckenlampe beleuchtete den Raum kaum, sorgte aber für unheimliche, dunkle Schatten. Berge von Teller und Gläser auf dem Spültisch sonderten einen modrigen Geruch ab. Dazu kam der Gestank von kaltem Rauch.

Sie trat ihm entgegen und legte ihre Hand auf seine linke Wange. „Siehst du, du kannst es doch. Hat er geschrien?"

„Es war nicht nötig, die Säge zu gebrauchen. Er hatte verstanden, dass ich es ernst meine. Ich glaube, er hat sich sogar vor Angst in die Hosen gemacht."

Fast enttäuscht wandte sie ihren Kopf zur Seite, ehe sie sich zu einem Lächeln zwang, während sie ihm die Säge aus der Hand nahm. „Wo ist es?"

„Es ist verrückt. Du wirst es nicht glauben, aber irgendwie ist er ja auch verrückt."

„Wo?", herrschte sie ihn an.

„Im Felsenmeer. Mitten im Wald, zwischen Burgfelden und Lautlingen."

Ungläubig schüttelte sie den Kopf. „Weißt du die genaue Stelle?"

„Ja. Er hat es mir exakt beschrieben!"

Sie spielte mit der Säge in ihren Händen, indes ihr Blick starr auf die Küchentür gerichtete war.

„Lassen wir ihn jetzt frei?", wagte er, nach geraumer Zeit, zu fragen.

„Bist du übergeschnappt? Solange wir nicht wissen, ob er die Wahrheit gesagt hat, bleibt er da unten im Keller.

Es gibt wohl nur eine Möglichkeit, um herauszufinden, ob er uns nicht angelogen hat: Wir müssen dahin! Und zwar du und ich – und das augenblicklich."

„Aber jetzt ist es zu gefährlich – zu auffällig. Wir haben schönes Wetter und das Felsenmeer gehört zu einem Traufgang – Wanderweg."

„Und wenn schon!" Ihre Gesichtszüge verwandelten sich in eine fürchterliche Fratze. „Wir sind einfach auch Wanderer – und vergiss nicht: Wir haben eine Waffe."

Kapitel 37

Konrad war sprachlos.

Das, was ihm sein Schwager Gerd gerade über das Telefon mitgeteilt hatte, gab der ganzen Sache eine andere Wendung.

„Hallo Konrad!", rief Gerd ins Telefon, „Bist du noch da?"

„Ja, ja – sicher. Kannst du das nochmals erzählen?"

„Das ist der Hammer – was?

Also nochmals: Ich war gerade in unserer Werkstatt im Geschäft. Da arbeitet, Willi, den du ja auch kennst. Wenigstens vom Sehen. Wille hört sich selber gerne reden – weiß aber auch immer die neusten Neuigkeiten und kennt jeden und jede. Wir haben zuerst übers Wetter, danach über die Albstadt – Challenge und dann über Fußball geredet. So sind wir auf Hannes gekommen und eben auf Tamara Schlosser, die Freundin von Hannes. Du erinnerst dich: In der Wohnung von Hannes – die Frau, die du zu Boden geworfen hast."

„Ja, natürlich …"

„Gut. Sie sagte doch, sie wäre die Freundin von Hannes und mache sich große Sorgen um ihn."

„Stimmt"

„Nun: Willi meint, dass sie auf gar keinen Fall die Freundin von Hannes ist."

„Ist er sich da ganz sicher?"

„Hundertprozentig! Willi kennt die Nachbarin von Tamara Schlosser und sie selber übrigens auch. Darüber hinaus kennt er auch Hannes sehr gut. Sicher ist, dass sie KEIN Paar sind, noch jemals eins waren."

„Das ist ja wirklich …"

„… der Hammer! Was?"

„Ja!" Konrad legte sein Handy nachdenklich an sein anderes Ohr.

„Ich dachte, ich gebe dir gleich Bescheid. Vielleicht hilft es ja, Hannes zu finden." Ein gewisser Stolz war in Gerds Stimme unüberhörbar.

„Allerdings … hat Willi sonst noch etwas gesagt?"

„Außer, dass die Schlosser eine ‚falsche Schlange' ist, nicht."

„In Ordnung Gerd. Danke für deinen Anruf. Das muss ich mir jetzt erst mal durch den Kopf gehen lassen."

„Dachte ich mir schon. Bis dann Konrad und viel Glück!"

Konrad setzte sich auf dieselbe Stufe, auf der er schon vorhin mit Hans-Peter Kohl gesessen hatte.

Was hatte dies nun zu bedeuten?

Wenn es stimmte – und davon musste er ausgehen – hatte Tamara Schlosser gelogen. Aber was wollte sie dann in Hannes Wohnung? Woher hatte sie den Schlüssel?

Er zog seinen Notizzettel von eben hervor und suchte nach Tamara Schlosser. „Miss" war ihr Spitzname. Bei ihr zu Hause hatten die beiden letzten Treffen der Bande stattgefunden. Konrad hatte sogar die genaue Adresse in Onstmettingen von Kohl erhalten.

Im Gebüsch nebenan raschelte es. Pius hatte das Ganze zu lange gedauert. Er hatte es sich wieder im Schatten bequem gemacht.

Konrad wog seine Möglichkeiten ab. Welcher Schritt wäre jetzt der sinnvollste? Eigentlich gab es da nichts zu überlegen. Er musste nach Onstmettingen zu Tamara Schlosser und herausfinden, warum sie gelogen hatte.

Schnellen Schrittes machte sich Konrad, zusammen mit Pius auf den Weg, zurück zum Auto. Der Hund hatte nun genug Auslauf gehabt und war sicher froh, sich bald ausstrecken zu können. Als Konrad den Eingang vom Haus seiner Schwester aufschloss, kratzte Pius schon mit den Vorderfüßen an der Tür. Keine Frage, er wollte hinein und seine Ruhe haben. Konrad überprüfte noch, ob er genügend Wasser in seinem Napf hatte und füllte frisches nach. Sofort machte sich der Hund über das Wasser her, um anschließend zum Wohnzimmersofa zu traben und darauf Platz zu nehmen.

„Das darfst du – glaube ich – eigentlich nicht", sagte Konrad. „Aber solange du alleine zu Hause bist …"

Konrad hatte es eilig. Irgendetwas trieb ihn an, sofort nach Onstmettingen zu Tamara Schlosser zu fahren. Über sein Handy rief er den Stadtplan ab, um die Adresse zu kontrollieren, die ihm Hans-Peter Kohl gegeben hatte. Zum Glück reagierte sein Citroen anschließend so, wie ein Auto zu reagieren hatte, wenn man den Schlüssel im Zündschloss drehte: Es sprang an. „Schon eine ganze Weile funktioniert das wie bei einem normalen Wagen – fast unheimlich", dachte Konrad.

Er wählte den Weg über die Onstmettinger Straße hinauf auf den Berg, vorbei am Zitterhof und wieder hinab zum Stichwirtshaus. In Onstmettingen endlich, parkte er seinen Wagen gut 100 Meter vor dem Haus von Frau Schlosser. Er meinte, dass es wohl besser wäre, wenn er sich - etwas unauffälliger – zu Fuß dem Haus nähern würde. Noch hatte er das Gebäude nicht erreicht, als er ein lautes Knallen einer zugeschlagenen Haustür hörte. Das Geräusch kam direkt von Tamara Schlossers Haus. Zum Glück für Konrad parkte nur gut zehn Meter weiter ein kleiner Lieferwagen, hinter dem er sich geschickt verbergen und doch das Schlosser – Haus beobachten konnte.

Vor der Garage des Hauses, stand ein schwarzer BMW, auf einer breiten Einfahrt. Vor dem Wagen stand ein Mann, den Konrad noch nie gesehen hatte. Eine Frau, nämlich die, die gerade die Türe zugeknallt hatte, näherte sich dem Mann.

Kein Zweifel – das war Tamara Schlosser. Konrad erkannte sie sofort. Immerhin hatte er sie zu Boden gerissen und war direkt auf ihr zum Liegen gekommen.

Die beiden schienen in großer Eile zu sein. Im Nu waren sie eingestiegen und der BMW auch schon davon gebraust. Konrad rettete sich mit einem schnellen Schritt weiter hinter den Lieferwagen, um nicht gesehen zu werden.

Zur Sicherheit notierte sich Konrad das Kennzeichen des Autos. Warum er sich versteckt hatte, wusste er selber nicht so richtig. Eigentlich hätte er Frau Schlosser doch einige Fragen stellen wollen. Ein komisches Gefühl jedoch hatte ihn davon abgehalten. Irgendetwas stimmte hier nicht. Mit dieser Einsicht und der gebotenen Aufmerksamkeit näherte er sich dem nun verlassenen Haus. Zumindest dachte er dies. Natürlich war nicht auszuschließen, dass noch eine oder mehrere Personen im Gebäude waren. Um das herauszufinden, beschloss er, ganz einfach zu klingeln. Nach dem dritten Versuch und einer gebührenden Wartezeit, nach der immer noch niemand geöffnet hatte, kam er zu dem Schluss, sich die Sache etwas genauer anzusehen. Er bewegte sich ums Haus herum und warf in jedes Fenster, an dem er vorbeikam, einen genauen Blick. Hinten angekommen, stand er nun auf einer Terrasse und hatte bisher nichts Auffälliges bemerkt – noch irgendjemand im Haus gewahrt.

Was sollte er machen?

Letztendlich siegten seine Neugier und die Idee, dass er im Haus doch etwas oder jemanden Bestimmtes entdecken könnte.

Er trat einige Schritte vom Haus weg, auf den Rasen und blickte sich um. Nach weiteren fünf Schritten konnte er das Dach einsehen.

Tatsächlich!

Dort oben gab es ein Dachfenster, welches einen Spalt geöffnet war. Wahrscheinlich das Bad. Aber wie sollte er da hochkommen?

Konrad schaute sich um, während er sich langsam weiterbewegte. Eine Leiter wäre gut. Die fand er nicht, dafür aber eine Garnitur, bestehend aus einem Tisch und zwei Bänken, so wie sie in Bierzelten oft aufgestellt waren. Die Teile lehnten an der seitlichen Hauswand und waren zusammengeklappt. Das aber war kein Problem – dafür einen Versuch wert. Er blickte in alle Richtungen und hielt den Atem an, um besser lauschen zu können. Weder war etwas Besonderes zu sehen, noch war ein auffälliges Geräusch zu hören. Zum Glück war der Garten hinter dem Haus sehr dicht eingewachsen und von außen schwer einzusehen.

Er klappte die Beine des Tisches und einer Sitzbank auseinander und ließ sie einrasten. Deutlich zu laut, wie er meinte – jedoch war ansonsten weiterhin nichts zu hören. Konrad stellte die Bank auf den Tisch und bestieg daraufhin beides. Sehr wackelig zwar, aber es müsste genügen, um sich nach oben schwingen zu können. Zum Glück war die Dachrinne stabil und die Ziegel trocken. Das Fenster – gut einen Meter breit – ließ sich problemlos öffnen. Wie vermutet, war es das Fenster des Badezimmers. Konrad glitt, mit den Beinen zuerst, hinein und kam auf dem Deckel der Toilette zu stehen.

„Gut, dass der Deckel zu war", dachte er noch, als er vollends durchs Fenster schlüpfte. Er sah sich um: Waschbecken, Badewanne und eine Dusche. Dazu ein weißer Badezimmerschrank.

„Nun gut", dachte Konrad, „jetzt werden wir uns mal etwas genauer umsehen."

Tamara Schlosser kramte in ihrer Handtasche, während der schwarze BMW Onstmettingen bereits hinter sich gelassen hatte. Plötzlich schlug sie mit ihrer linken Faust dem Fahrer des Wagens kräftig auf die Brust, so stark, dass dieser laut aufschrie.

„Aua - was ist denn los?"

„Ich habe die Pistole vergessen", rief Tamara.

Der Fahrer benötigte einige Sekunden, um sich von der Nachricht, aber vor allem vom Schlag zu erholen. „Das ist doch gleichgültig. Die brauchen wir jetzt nicht."

„Und ob wir die brauchen", fauchte Tamara zurück. „Los! Fahre sofort zurück. Wir müssen die Waffe holen."

„Aber …"

„Nichts aber. Da vorne kannst du wenden."

Widerwillig lenkte der Fahrer den schwarzen BMW auf den Feldweg, wendete geschickt und brauste kurz darauf wieder zurück nach Onstmettingen.

Konrad hatte sich im oberen Stockwerk umgesehen und war jetzt auf dem Weg ins Erdgeschoss. Bisher hatte er nicht das entdeckt, wonach er Ausschau hielt.

Er suchte Hannes Bürger!

Das Erdgeschoss war nahezu dunkel. In der Küche gar waren alle Jalousien heruntergezogen und es roch unangenehm. Jedoch – auch hier war Hannes nicht zu finden, noch sonst irgendetwas Überraschendes.

Dann blieb nur noch der Keller. Auf dem Weg dahin, fiel Konrads Blick auf eine kleine Kommode, auf der das Telefon stand. Daneben lag ein kleiner Notizblock. Im Vorbeigehen, meinte er seinen Namen darauf, gelesen zu haben. Er stoppte und sah sich den Block genauer an. Tatsächlich! Da stand:

Konrad Landberg, Truchtelfingen.

Gerd Müller, Pfeffingen.

Unter Gerds Name war noch seine Handynummer und seine Straße samt Hausnummer notiert.

Sehr merkwürdig.

Plötzlich fiel ihm ein, dass Tamara Schlosser sich Gerds Handynummer notiert hatte, als sie in Hannes Wohnung aufeinandergetroffen waren. Auch Konrad hatte ihr seinen Namen genannt. Die zusätzlichen Informationen, wie Ort und Straße, musste sie wohl später recherchiert und hinzugefügt haben. Konrad versuchte gerade eine Erklärung dafür zu finden, als er vor dem Haus ein Motorengeräusch hörte. Wohl ein Auto, welches vorbeifuhr. Dies jedoch riss ihn aus seinen momentanen Gedanken und erinnerte ihn daran, warum er eigentlich hier war.

Nämlich, um Hannes Bürger zu finden!

Er hatte bereits vorhin im Treppenhaus den Weg nach unten gesehen. Gerade wollte sich Konrad auf den Weg dahin machen, als er ein Geräusch an der Haustüre vernahm. So als würde jemand den Schlüssel hineinstecken. Er konnte nicht weiter, also weder nach oben noch nach unten. Schon wurde die Tür geöffnet. Er war verloren …

Kapitel 38

Florenz, 2016

Francesco fühlte sich seiner Mutter verpflichtet, die Briefe seines Vaters erst nach der Beerdigung zu öffnen.
Jetzt war es soweit. Vorgestern wurde seine Mutter zu Grabe getragen.
In gewisser Hinsicht hatte er Angst, die Briefe einzusehen. Was würde ihn erwarten? Er war ja selber schon ein alter Mann – ergab es da noch Sinn, in der Vergangenheit zu graben?
Das Sterbezimmer seiner Mutter war unverändert. Bedächtig öffnete er das hohe Fach des Nachttisches. Nur ein einziger Gegenstand befand sich darin: ein Schuhkarton aus Pappe.
Er nahm ihn an sich und öffnete den Deckel – tatsächlich: Darin lagen Briefe, allesamt adressiert an seine Tante, darunter, der Name seiner Mutter und versehen mit deutschen Briefmarken.
Francesco schätze die Anzahl auf 30 bis 40 Briefe. Das würde passen, von 1960 bis 1994, jedes Jahr einen. Am Datum des Poststempels konnte er leicht die zeitliche Reihenfolge feststellen.
Der erste Brief datierte aus dem Jahre 1960, dem Jahr also, indem seine Mutter, zusammen mit ihm, Deutschland den Rücken gekehrt hatte. Damals war er drei Jahre alt gewesen.
Francesco nahm auf dem unbequemen Stuhl im Eck Platz und legte die Briefe auf den kleinen runden Tisch daneben. Zögerlich öffnete er den ersten Brief mit seinem Taschenmesser. Eine zusammengefaltete Din-A4 Seite befand sich im Umschlag. Sie war auf beiden Seiten beschrieben. Die Schrift war leidlich zu lesen, aber sowohl die Rechtschreibung, als auch die Grammatik war fürchterlich schlecht.

Nach dem ersten Absatz hatte Francesco aber bereits eine Erklärung dafür: Da sein Vater wusste, dass seine Mutter nur schlecht die deutsche Sprache beherrschte, er aber von ihr schon so viel Italienisch gelernt hatte, dass er sich in der fremden Sprache ausdrücken und sie auch verstehen konnte, hatte sich sein Vater entschlossen, die Briefe auf Italienisch zu schreiben. Erst jetzt wurde es Francesco bewusst, dass im anderen Fall, es ihm gar nicht möglich gewesen wäre, die Briefe zu lesen. Er konnte kein Deutsch.

Einen Brief nach dem anderen nahm er sich vor. Manche Absätze musste er mehrfach lesen, um den Sinn zu verstehen. Allmählich entstand eine Vorstellung in seinem Kopf, wie sein Vater gewesen war. In jedem Brief bat er seine Frau um Verzeihung für seinen Fehler. Die andere Frau bedeutete ihm gar nichts. Er liebte nur Francescos Mutter. Er flehte sie an, wieder zu ihm zurückzukommen.
Mitte der Siebziger Jahre ging es ihm wohl ganz schlecht. Er hatte zu trinken begonnen, verlor zuerst seine Arbeit, danach sein Haus. Anfang der achziger dann, schien er sich wieder gefangen zu haben. Er trank nicht mehr und bewohnte jetzt wohl wieder ein eigenes kleines Häuschen.
Schließlich der letzte Brief aus dem Jahre 1994!
Sein Vater hatte sich mit dem Alleinsein arrangiert. Umso erfreuter schien er aber dennoch gewesen zu sein, als er eine Gruppe Jugendlicher, fast noch Kinder, kennengelernt hatte, die mittlerweile fast jeden Tag bei ihm zu Hause waren. Jedoch zeigte sich bereits nach wenigen Tagen, dass ein Mitglied dieser Gruppe sehr auffällig war. Vielleicht nicht für andere, auf jeden Fall für ihn war es eindeutig, dass hier eine starke Schizophrenie vorherrschte. Allmählich wurde ihm klar, dass diese Person einen regelrechten Hass gegen ihn entwickelt hatte, der von Tag zu Tag schlimmer wurde und ihm regelrecht Angst einjagte. Er konnte er sich nur so erklären, dass er als Eindringling angesehen wurde und jetzt mehr im Mittelpunkt stand als jedes

andere Mitglied der Gruppe. Ohne Fragen – hier konnte man von Wahnvorstellungen sprechen.

Als er schließlich das persönliche Gespräch suchte, wurde er angefaucht: „Ich bringe dich um und vernichte dein Haus. Verschwinde endlich aus unserem Leben."

Francesco war geschockt – sein Vater schien es auch gewesen zu sein, als er diese Sätze zu Papier brachte. Mit einem Gruß an seine geliebte Frau hatte er diesen Brief danach beendet.

Das war sein letzter gewesen.

Francesco schnellte in die Höhe und riss den Sekretär seiner Mutter auf. Bei schriftlichen Dokumenten hatte sie stets eine gute Ordnung gehalten. Nach kurzer Zeit fand Francesco, was er gesucht hatte: die Mitteilung der deutschen Behörde zum Tode seines Vaters. Der Brief war in Deutsch verfasst. Dennoch versuchte Francesco das Todesdatum seines Vaters zu finden. Tatsächlich gelang ihm dies schließlich. Er war sich sicher, dieses Datum konnte nur der Tag sein, an dem er gestorben war.

Der Todestag war drei Tage später, nachdem sein Vater seinen letzten Brief abgeschickt hatte.

Kapitel 39

Die einzige Möglichkeit, die Konrad hatte, war, zurück ins Wohnzimmer zu hasten. Er hörte Schritte im Flur und warf sich im selben Moment mit einem gewaltigen Satz hinter die Wohnzimmercouch. Mit den Händen – wie bei Liegestützen - versuchte er den Schwung abzufangen, um keine Geräusche zu verursachen.

Nun lag er ausgestreckt auf dem Boden und wagte es nicht zu atmen. Die Schritte kamen näher – rasch. Plötzlich hielt die Person abrupt inne – hatte sie ihn entdeckt? Nach einer gefühlten Ewigkeit bewegte sie sich weiter. Endlich konnte Konrad sie sehen. Es war Tamara Schlosser, die zurückgekommen war. Gut, dass die ganze Wohnung so schlecht ausgeleuchtet war. Das Licht im Wohnzimmer einzuschalten, hatte sie zum Glück unterlassen. Sie lief geradewegs in die Küche. Dort nun knipste sie die Beleuchtung an. Konrad hörte, wie ein Schrank geöffnet und wieder geschlossen wurde. Alsbald erschien Tamara Schlosser wieder in der Küchentür. In der Hand hielt sie eine Pistole, die sie sorgfältig begutachtete, bevor sie das Licht in der Küche wieder löschte. Danach war sie nicht mehr zu sehen, so als hätte sie sich in Luft aufgelöst.

„Das ist meine letzte Stunde", dachte Konrad, als er Frau Schlosser weder sah, noch ihre Schritte hören konnte. „Jetzt hat sie mich entdeckt."

Doch wiederum nach einer gefühlten Ewigkeit, waren - weiter entfernt - Schritte zu hören. Konrad vermutet sie im Flur und tatsächlich wurde die Haustüre kurze Zeit später zugeschlagen. Obwohl die Angst immer noch in seinen Knochen steckte und er am liebsten liegengeblieben wäre, erhob sich Konrad und schlich zum Fenster. Er musste es genau wissen, ob Tamara Schlosser wieder weg war. Den Vorhang minimal bewegend, konnte Konrad die Einfahrt einsehen. Dort stand der schwarze BMW von vorher, am Steuer der unbekannte Mann. Gerade stieg Frau Schlosser ein, woraufhin der Wagen sofort losfuhr.

Konrad sank auf die Knie und wartete, bis das Zittern nachließ. Das war knapp. Was wäre gewesen, wenn die Frau hinter das Haus gegangen wäre und die Bank, auf dem Tisch stehend, bemerkt hätte?

Zusätzlich beschäftigte ihn allerdings die Tatsache, dass Tamara Schlosser eine Pistole hatte.

War der Mörder von Matthias Kunkeler nun gefunden?

Alles deutet darauf hin – aber was hatten die beiden vor?

Wer war der Mann?

Wo wollten sie hin mit der Pistole?

Immerhin war sie so wichtig, dass sie extra nochmals zurückgekommen waren, um die Waffe zu holen. Oder hatte sich etwas ereignet, was das Vorhandensein einer Pistole erforderte?

Allmählich ließ das Zittern nach und er beruhigte sich zusehends. Schließlich war er soweit, seinen Plan von vorhin weiterzuverfolgen: Er wollte den Keller inspizieren.

Die Treppe war steil und von unten trat ihm ein modriger Geruch entgegen. Insgesamt, so hatte er den Eindruck gewonnen, war das ganze Haus doch sehr stark vernachlässigt.

Die Stufen mündeten in einen kleinen Flur, in dem der Putz von den Wänden bröckelte. Drei Türen waren von hier aus zu sehen. Konrad untersuchte einen Raum nach dem anderen und traf dabei auf einen Abstellraum, einen Heizraum mit Zentralheizung und stinkenden Öltanks und einem Raum in dem eine Waschmaschine und ein Wäschetrockner standen. Nirgendwo jedoch bemerkte er etwas Ungewöhnliches.

Schon wollte er wieder zurück ins Erdgeschoss steigen, als ihm eine Sache merkwürdig vorkam: Der Flur und die drei Räume waren viel zu klein für den Grundriss des Hauses. So wie es Konrad von außen abgeschätzt hatte, war das Haus bestimmt zwölf Meter lang und zehn Meter breit. Hier fehlten gute vier auf vier Meter.

Mit diesem Gedanken, ging er daran, den Flur und die Räume nochmals und dieses Mal genauer, zu untersuchen.

Im Heizraum war außer einer in die Jahre gekommene Heizung und zwei mit Spinnweben übersäten, fast leeren Öltanks nichts zu entdecken. Im nächsten Raum gab es gar noch mehr Staub und Dreck. Dies rührte sicher auch von dem Wäschetrockner her, welcher die Flusen der Wäsche stetig im Areal verbreitete. Aber auch hier war ansonsten nichts Auffälliges zu sehen.

Schließlich bemerkte Konrad im letzten Zimmer, einem Abstellraum, vor einem alten, hässlichen Schrank, leichte Schleifspuren auf dem Boden. So als wäre das Möbelstück mehrmals hin und her geschoben worden. Er rüttelte am Schrank und stellte sofort fest, dass dieser relativ leicht zu verschieben war. Offensichtlich war er leer. Dahinter tauchte eine Türe auf, in welcher ein Schlüssel steckte.

„Jetzt wird es interessant", dachte Konrad, als er den Schlüssel vorsichtig anfasste. Zwei Umdrehungen nach links und er konnte die Tür öffnen.

Kapitel 40

Ich hätte nicht gedacht, dass es so einfach wird!
Schon seit einiger Zeit habe ich das Haus der Familie Müller, der Schwester von diesem Landberg, beobachtet.
Gerade eben hat die Frau mit einem Hund das Haus verlassen und ist weggefahren. Sehr schnell. Die hatte es eilig und wird so schnell sicher nicht zurückkommen. Kurz davor haben sich die beiden Kinder – zwei Jungen – auf den Weg gemacht. Richtung Wald.
Die Kinder sind also alleine im Wald!
Ich werde ihnen folgen und das tun, was zu tun ist. Ganz sicher wird dann dieser Landberg nicht weiter herumschnüffeln.

Kapitel 41

Normalerweise – so sagt man - breitet sich eine wohltuende Ruhe im ganzen Körper aus, wenn man die Dorfgrenze von Burgfelden erreicht. Dieses Gefühl der Unbekümmertheit verstärkt sich nochmals, steigt man schließlich aus seinem Wagen und atmet die unverbrauchte Luft des höchst gelegenen Albstädter Ortsteils ein.

Hier, auf über 900 Meter Höhe, scheint die Welt noch in Ordnung zu sein. Vielleicht liegt dies auch daran, dass nur eine einzige Straße in dieses zirka 300 Seelen Örtchen führt, die allerdings an schönen Tagen und besonders am Wochenende von Menschen aus nah und fern stark beansprucht wird. Naturliebhaber aus den Großräumen Stuttgart, Reutlingen und Tübingen finden hier die Ruhe, die sie in den Städten oftmals vergebens suchen.

Dies alles jedoch traf nicht auf die beiden Personen zu, die gerade das Ortsschild von Burgfelden – von Pfeffingen kommend – passiert hatten. Seit seine Beifahrerin die Pistole geholt hatte, war die Nervosität des Fahrers ins beinahe Unerträgliche gestiegen.

„Nicht so schnell", herrschte sie ihn an. „Wir müssen ja nicht gleich jedem Idioten auffallen."

Im Ort herrschte Tempo 30. Eine Geschwindigkeit, die er exakt um diesen Wert überschritten hatte. Abrupt trat er auf die Bremse und verlangsamte die Fahrt auf die vorgeschriebene Geschwindigkeit.

Der Ort wirkte wie ausgestorben. Erst als sie den Heersberg - Parkplatz fast erreicht hatten, waren Wanderer zu sehen, die strammen Schrittes und gut gelaunt ihrer Wege gingen.

Er lenkte den Wagen auf besagtem Parkplatz schließlich in die erste freie Bucht.

„Bist du verrückt?" Ihre Stimme überschlug sich fast. „Denkst du, ich möchte Ewigkeiten zu Fuß gehen? Fahr weiter, in den Wald hinein."

„Aber … da ist gesperrt. Die Durchfahrt ist nur für landwirtschaftliche Fahrzeuge gestattet."

„Dann sind wir das halt. Auf geht's. Weiter!"

Beinahe war ihm so, als suche sie nach der Pistole in ihrer Handtasche. Dabei waren ihre strengen Worte, Befehl genug für ihn. Er lenkte den BMW weiter bis ans Ende des schlauchartigen Parkplatzes und fuhr dort auf dem schmalen, aber geteerten Weg weiter. Nach einigen Metern machte die Straße eine 90 – Grad Kurve nach links. Rechts war nun der steil abfallende Trauf zu sehen, links ein Spielplatz mit Grillstelle. Gerade als der Weg den Wald erreicht hatte und jetzt leicht anstieg, bog der Wagen nach rechts, auf einen Forstweg, ab. Der Fahrer kannte sich gut aus in der Gegend, was sein Unbehagen aber keinesfalls verschwinden ließ.

„Wir fahren, bis es rechts nach unten ins Felsenmeer geht", bestimmte Tamara Schlosser, der die Gegend ebenfalls bekannt war.

Die Fahrt ging jetzt mitten durch den Wald. Es rumpelte stark, da der geschotterte Forstweg mit vielen Schlaglöchern, in allen Größen, gespickt war. Endlich deutet Tamara Schlosser auf eine Stelle, weiter vorne, von der ab ein Weg rechts nach unten führte. Ein gelbes Wanderwegschild an dieser Stelle, zeigte, dass dies der Pfad zum Felsenmeer war.

Der Fahrer lenkte das Auto möglichst weit vom Forstweg weg in den Wald hinein.

„Stopp!", rief Tamara Schlosser. „Sonst stecken wir am Ende noch fest und kommen nicht mehr raus."

Der Pfad führte steil nach unten. Selbst den dichten Bäumen gelang es nicht, die Hitze des Tages gänzlich fernzuhalten.

Schnaufend und schwitzend kamen ihnen vier Wanderer entgegen, die mit einem herzhaften „Grüzi" grüßten. Wohl Schweizer. Die beiden schaffte es gerade noch mit dem Kopf zu nicken, ein Wort kam nicht über ihre Lippen. Der Mann, weil er so nervös war, die Frau in Gedanken bei dem, was sie gleich in ihren Händen halten würde.

Nach weiteren Metern tauchte schließlich erneut ein gelbes Schild auf, welches den Weg zum Felsenmeer wies – nach links. Geradeaus ging der Weg ebenfalls weiter. Hier konnte man das Felsenmeer umgehen, da dieses am Ende doch recht steil war und eine gewisse Trittsicherheit erforderte.

Nach nur wenigen Schritten, wurde deutlich, woher diese Passage ihren Namen hatte: Sowohl riesige Felsen als auch kleinere Steinbrocken säumten den schmalen Pfad zu beiden Seiten. Blickte man durch die schattigen Bäume über dieses Areal, konnte man sich mit einiger Fantasie durchaus in einem Meer aus Felsen wähnen. Die meisten Steine waren mit einem zartgrünen Moos überzogen, welches ab und an mystisch leuchtete, schaffte es ein Sonnenstrahl durch die dichten Bäume. Kaum hatte man die ersten Felsen passierte, fühlte man sich in eine andere Welt versetzt. Niemand würde sich wundern, wenn plötzlich ein Fabelwesen zwischen den Steinen auftauchen würde.

„Wo ist es nun?", fragte Tamara Schlosser und signalisierte dabei ihre Ungeduld, indem sie die Arme nach außen und die Handflächen nach oben bewegte.

„Gleich da vorne. Dort wo der Baumstamm über den Weg liegt, müssen wir links. Hinter den riesigen Felsen."

Schlosser antwortete mit einem antreibenden Schütteln der Hände.

Gerade hatten sie den erwähnten Baumstamm erreicht, waren Stimmen zu vernehmen. Ein wanderndes Paar mit Hund kam ihnen entgegen. Tamara Schlosser und ihr Begleiter traten zwei Schritte neben den Pfad und gaben sich den Anschein, als bewunderten sie die fabelhafte Umgebung. Sie überwanden sich sogar, dem freundlichen „Hallo" der Wanderer ein „Guten Tag" zu entgegnen. Als das Pärchen außer Sicht war, wandten sie sich nach links, weg vom Wanderweg. Hinter dem großen Felsen angekommen, blickte sich der Mann um.

„Na?", zischte Tamara Schlosser.

„Moment …". Er sah sich nach allen Richtungen um, bis sein Blick schließlich an einem umgeknickten Baumstamm hängen blieb. „Da hinüber", deutete er, während er sich gleichzeitig in Bewegung setzte.

Am besagten Baumstamm angekommen, ließ er seinen Blick erneut rundherum schweifen. Schließlich bewegte er sich weiter, jetzt wieder mehr in Richtung des Wanderwegs. Aber nur kurz. Er hielt inne und begann jetzt laut zu zählen, während er übermäßig große Schritte – jetzt wieder weg vom Wanderweg – machte.

„… elf, zwölf." Abrupt blieb er stehen und tastete mit seinen Blicken krampfhaft den Boden ab.

„Da!", sein Aufschrei war so laut, dass ihn Tamara Schlosser zur Ruhe mahnte. Leiser, viel leiser sagte er: „Da müssen wir graben!" Dabei zeigte er mit dem zitternden Zeigefinger seiner rechten Hand auf den Waldboden vor ihm.

„Da musst DU graben", entgegnete Tamara Schlosser. Dabei öffnete sie ihre Handtasche und tastete nach der Pistole.

Kapitel 42

Vorsichtig öffnete Konrad die Tür. Er war sich im Klaren darüber, dass ihn hier alles erwarten konnte: von einem leeren Raum, bis hin zum Fund einer Leiche.

Das erste, was er bewusst wahrnahm, hatte mit der Sauberkeit des Raums zu tun. Hier schien alles aufgeräumter zu sein als im Rest des Hauses.

Dann sah er das Bett und einen Mann, der darauf lag.

Zu Konrads großer Erleichterung blinzelte ihn der Mann verwundert an – eine Leiche würde er schon mal nicht finden. Er betrachtete den Gefangenen, der einen relativ entspannten und sogar gepflegten Eindruck machte.

Obwohl er ihn nicht persönlich kannte, bestand kein Zweifel – es war Hannes Bürger!

„Herr Bürger!", ergriff Konrad erleichtert das Wort. „Alles in Ordnung mit ihnen?"

„Ja, ist es. Aber verwundert bin ich doch: das erste Mal ohne Maske und ohne Stimmenverzerrer!"

„Ich habe mit den Personen, die sie hier festhalten, nichts zu tun. Im Gegenteil: Ich komme, um sie zu befreien."

Bürger war jetzt doch sichtlich überrascht. Erst allmählich gelang es ihm, Worte zu finden: „Es wird jetzt tatsächlich höchste Zeit, dass ich wieder hier rauskomme. So sehr mich die Sache am Anfang amüsiert hatte …".

Jetzt war Konrad erstaunt. „Amüsiert?". So ganz konnte er den Gedanken Bürgers nicht folgen.

„Kommen sie", forderte Konrad ihn auf. „Wir müssen weg von hier." Dabei schaute er sich nochmals genauer im Raum um. Im hinteren Bereich – abgetrennt durch einen Vorhang, der von der

Decke bis zum Boden reichte – war eine Toilette und ein kleines Waschbecken. Das Zimmer war tadellos aufgeräumt und auch sauber.

Hannes Bürger erhob sich schwerfällig vom Bett. Danach schüttelte er Decke und Kopfkissen auf, legte beides sorgfältig zurück auf die Schlafstätte und strich die Decke noch glatt. Konrad, der schon hinausgetreten war, konnte nicht verstehen, was dies nun wieder zu bedeuten hatte. Er fasste Bürger am Arm und schob in sanft, aber bestimmt, aus dem Raum. Anschließend schloss er die Tür und schob den Schrank wieder davor.

Konrad wollte auf jeden Fall das Haus schnellstmöglich verlassen. Zu sehr beunruhigte ihn der Gedanke an die Pistole in der Hand von Tamara Schlosser. Er hatte Hannes Bürger schon fast durch die Haustüre geschoben, als dieser aufbegehrte: „Halt. Man hat mir meinen Geldbeutel, mein Handy und meine Schlüssel abgenommen. Die möchte ich wiederhaben."

„Die bekommen sie auch wieder. Nur jetzt nicht. Wir haben keine Zeit …"

„Aber …"

„Bitte kommen sie!" Konrad faste jetzt mit beiden Händen an die Schultern von Bürger und schob ihn endgültig zur Haustüre hinaus. „Wir müssen noch kurz hinters Haus", gebot Konrad draußen.

Mit wenigen Griffen hatte er die Bank und den Tisch, über die er eingestiegen war, zusammengeklappt und wieder an ihren Platz getragen. „So – jetzt aber los."

Erst als die beiden Männer in Konrads Wagen angekommen waren und er die Türen von innen verriegelt hatte, wich die Anspannung von ihm.

Er hatte Hannes Bürger gefunden.

Großartig!

Er lebte und war tatsächlich festgehalten worden. Allerdings hatte sich Konrad die ganze Sache doch etwas anders vorgestellt. Vor allem kam ihm das Verhalten von Bürger merkwürdig vor. Oder hatte dieser einen „Dachschaden", wie sein Vater sagen würde.

„Ich muss mich zunächst einmal vorstellen. Mein Name ist Landberg. Konrad Landberg. Mein Schwager Gerd sucht sie schon seit Montag."

„Gerd? Unser Jugendleiter?"

„Genau der. Er hat mich gebeten, bei der Suche zu helfen."

„Ja klar. Die D-Jugend mit dem VR – Cup am Wochenende."

„Genau gesagt, ist der schon morgen. Heute haben wir Freitag."

„Richtig. Irgendwie bin ich ein wenig durcheinander."

Nicht nur ein wenig, dachte Konrad, sagte aber: „Sie müssen mir jetzt unbedingt erzählen, wie sich alles zugetragen hat. Gerd war ja sogar schon bei der Polizei und wollte sie als vermisst melden …"

„Polizei!", fuhr Bürger auf. „In gar keinem Fall …"

„Dann würde ich aber wirklich vorschlagen, sie erzählen mir die Geschichte – und zwar von Anfang an. Vergessen sie nicht: Ich habe sie gerade befreit."

Hannes Bürger sah ihn nachdenklich an. Er kratze sich mit beiden Händen am Kopf. „Zuerst noch etwas Anderes: Was ist mit meiner D-Jugend?"

„Ich habe sie zweimal trainiert."

„Sie. Was? Ach so! Ich kenne sie natürlich vom Namen her. Sie sind ja auch ein alter Fußballer. Dann ist ja alles in Ordnung. Ich würde vorschlagen, wir duzen uns. Ich bin der Hannes."

„Und ich bin der Konrad."

Die beiden schüttelten sich die Hände, wobei Konrad den Verdacht nicht loswerden konnte, dass bei Bürger etwas nicht stimmte.

Dennoch oder gerade deswegen forderte er ihn nun nochmals auf: „Also Hannes, dann leg mal los. Erzähle!"

„Nun gut. An allzu viel kann ich mich gar nicht mehr erinnern. Jedenfalls war es Sonntag, gegen Abend. Ich kam direkt vom Sportplatz, wo ich ein Spiel der Aktiven angeschaut habe. Als ich aus dem Auto steigen wollte, hat man mir ein Tuch aufs Gesicht gepresst. Von da ab weiß ich nichts mehr. Zu mir gekommen bin ich dann in dem Raum, aus dem du mich gerade rausgeholt hast. Es hat dort fürchterlich ausgeschaut – und gestunken."

„Diesen Eindruck hatte ich aber vorhin nicht."

„Ja schon. Ich habe auch aufgeräumt. Geschrubbt und geputzt. Lappen, Scheuermittel und Wasser waren ja vorhanden."

„Du hast in deinem Gefängnis erst mal geputzt?"

„Klar. Was ist da so ungewöhnlich? In diesem Mief konnte ich es einfach nicht aushalten."

Konrad betrachtete Hannes genau. Er wollte ausschließen, dass dieser ihn auf den Arm nahm. „Und weiter?", forderte er ihn schließlich auf.

„Man hat mich gut behandelt. Ich bekam zu essen und zu trinken."

„Und was wollten die Entführer von dir?"

„Nichts. Eigentlich gar nichts."

Konrad platze der Kragen. Es war offensichtlich, dass Hannes längst nicht alles berichtete, ja wahrscheinlich sogar die Unwahrheit sagte. „Denkst du eigentlich, das Ganze ist ein Spiel?", herrschte er Hannes an, wobei seine Augen gefährlich funkelten.

„Wie, ein Spiel …" Hannes war sichtlich überrascht, ja beinahe verängstigt, ob Konrads massiver Gestik.

„Ich suche dich jetzt schon mehrere Tage und habe auch schon einiges herausgefunden. Alles hat mit eurer Kinderbande vor mehr als 20 Jahren zu tun. Damals nannte man dich Little-Joe."

Hannes wich erschrocken zurück. Wie konnte Landberg davon wissen?

„Hast du im Entferntesten eine Ahnung, was in den letzten Tagen vorgefallen ist?" Konrad attackierte weiter.

„Was ist denn vorgefallen?" Bürger gab sich wieder etwas kämpferischer.

„Matthias Kunkeler, der Prof, ist tot. Er wurde ermordet."

Jetzt schienen alle Dämme bei Hannes Bürger zu brechen. Ungläubig starrte er Konrad an. Kurz darauf entlud sich seine Anspannung in einem Schlag, mit der Faust, auf das Armaturenbrett von Konrads Citroen.

Danach sank er in sich zusammen und begann unkontrolliert den Kopf zu schütteln.

Nach einiger Zeit wimmerte er leise: „Das ist nicht wahr …"

„Doch es ist wahr! Leider." Konrads Stimme ließ keinen anderen Schluss zu, als der, dass er die Wahrheit sagte. Dies schien Hannes nun auch zu begreifen. Konrad legte nach: „Darum muss ich alles wissen. Du musst mir alles sagen. Es ist wichtig."

Bürger nickte. „Wie ist er gestorben?"

„Man hat ihn mit einer Pistole erschossen."

Wieder wimmerte Hannes, dieses Mal, lauter. Schließlich erhob er seine Stimme: „Ich bin daran schuld. Ich habe sie alle hierher geholt."

„Hannes", unterbrach ihn Konrad, jetzt wieder sanfter. „Bitte ganz von Anfang an."

Bürger nickte kaum merklich.

„Es begann vor 22 Jahren. Im Sommer. Ich wurde als letztes Mitglied in die Bande ‚Die Furchtlosen' aufgenommen. Insgesamt waren wir acht Personen. Jeder von uns hatte einen Spitznamen. Ich wurde Little-Joe genannt. Wir streiften durch Pfeffingen und Burgfelden, hauptsächlich waren wir aber im Wald. Dort haben wir uns ein Lager gebaut. Genau da war es auch, wo wir den Kauz kennengelernt haben. Einem alten Mann – so zumindest kam uns dies damals vor – der in einer Hütte im Wald wohnte. Zunächst fürchteten wir uns, schnell schlossen wir aber Freundschaft mit dem eigentümlichen Mann.

Eines Tages entdeckten wir alle zusammen einen ‚Schatz'. So dachten wir zumindest. Es war eine Truhe, in der sich allerlei Dinge befanden. Jedoch nichts Außergewöhnliches oder Wertvolles. Der Kauz nahm die Truhe schließlich in Verwahrung und deponierte sie auf dem Dachboden seines Hauses.

Und dann kam dieser schreckliche Tag: Wir hatten uns erst gerade bei unserem Lager getroffen und beschlossen, dem Kauz einen Besuch abzustatten. Als wir das Haus erreicht hatten, bemerkten wir, dass es brannte. Flammen schlugen bereits aus den Fenstern und der Tür. Wir waren alle zu Tode erschrocken und konnten uns nicht einmal bewegen. Nur einer, Prof, rannte los. Hinunter nach Pfeffingen. Einige Zeit später hörten wir die Sirenen der Feuerwehr. Mittlerweile stand das komplette Haus lichterloh in Flammen. Wir mussten weit zurückweichen, so heiß war es. Der Feuerwehr gelang es später, den Brand zu löschen und einen Übergriff der Flammen auf den Wald zu verhindern. Das Haus jedoch und alles, was sich darin befunden hatte, waren verbrannt.

Der Kauz war nirgends zu sehen. Erst später erfuhren wir, dass er im Haus gewesen war und elendig verbrannte, während wir draußen gestanden waren."

Bürger hielt inne. Noch immer schienen ihn die Erinnerungen an die damaligen Ereignisse zutiefst zu erschüttern.

„Wie war der Brand ausgebrochen?", fragte Konrad nach geraumer Zeit.

„Es war ein Unfall. So zumindest war die offizielle Aussage der Polizei und der Feuerwehr."

„Und was meinst du?"

„Ich hatte keinen Grund, irgendetwas anderes zu vermuten. Bis ich dann vor kurzem eine Antwort von Prof auf meine Einladung bekommen habe. Er wollte ‚einige Dinge aufklären'. Das kam mir schon irgendwie merkwürdig vor."

„Die Einladung - genau", nahm Konrad den Faden wieder auf. „Warum hast du alle nach Albstadt eingeladen?"

„Das hat mit der Truhe zu tun."

Konrad spitzte seine Ohren. „Inwiefern?"

„Ich sagte doch gerade, dass der Kauz die Truhe in seinem Haus abgestellt hatte und dass im Haus alles verbrannt war."

„Ja."

„So dachte ich – so dachten wir alle. Vor drei Monaten allerdings ist meine Großmutter gestorben. Sie hatte bis zuletzt in ihrem Häuschen in Pfeffingen gewohnt. Vor etwa drei bis vier Wochen habe ich damit begonnen, ihr Haus auszuräumen, um es anschließend zu verkaufen. Dabei habe ich auf dem Dachboden einen Koffer gefunden, der mir unbekannt war. Als ich ihn öffnete, traf mich fast der Schlag. Darin befand sich die Truhe, die wir vor 22 Jahren gefunden hatten und die eigentlich verbrannt sein sollte. Mit im Koffer lag ein Brief, ohne Adresse und Absender.

Der Brief war vom Kauz. Kurz vor seinem Tod geschrieben. Darin stand, dass er sich die Truhe nochmals genau angesehen und er etwas Sensationelles entdeckt habe. In seinem Haus wäre die Truhe nicht sicher, so habe er sie in einen alten Koffer gesteckt und sie bei seiner ehemaligen Nachbarin in Sicherheit gebracht.

Anscheinend hatte der Kauz eine Zeit lang neben meiner Großmutter gewohnt und ein außergewöhnlich gutes Verhältnis zu ihr gehabt. Wahrscheinlich hat meine Großmutter den Koffer vergessen oder ihm keine Bedeutung zugedacht. Jedenfalls hat er – samt Truhe – 22 Jahr lang auf dem Dachboden meiner Oma gelegen."

„Und was ist dieses ‚Sensationelle' in der Truhe?"

„Darüber habe ich auch lange gegrübelt. Als ich nicht weitergekommen bin, habe ich dies zum Anlass genommen, die ganze Bande von früher nochmals zusammenzutrommeln. Besonders vom Prof erhoffte ich mir eine Idee, was den so Wertvolles an der Truhe dran sein sollte. Ich habe die Einladung so verfasst, dass sie fast nicht ablehnen konnten zu kommen. Leider hat man mich dann einen Tag vor dem geplanten Treffen entführt."

„Hatte jemand eine Ahnung, um was es bei der Einladung eigentlich ging?"

„Nein. Das heißt …"

„Wer?"

„Miss natürlich. Sie wohnt ja noch in Albstadt und mit ihr habe ich telefoniert, ob wir das Treffen nicht bei ihr zu Hause machen könnten. Ich hatte mal gehört, dass sie ein recht großes Haus hat, während ich nur eine kleine Wohnung habe. Sie hat mich dann aber solange ausgefragt, bis ich ihr endlich von der Truhe und dem Brief des Kauz erzählt habe."

„Das Haus aus dem ich dich gerade herausgeholt habe, gehört Miss – Tamara Schlosser."

„WAS?"

„Du wusstest es nicht?"

„Nein natürlich nicht. Ich wusste schon, dass sie in Onstmettingen wohnt, aber wo genau …"

Konrad musterte den Mann auf seinem Beifahrersitz nochmals sehr genau. Immer mehr bekam er den Eindruck, dass Bürger doch sehr naiv zu sein schien, zumindest bei einigen Dingen. Ungeachtet dessen, fuhr Konrad fort zu fragen: „Warum nun, hat man dich entführt? Wegen der Truhe?"

„Ja", Hannes wirkte fast verlegen.

„Hat dich Tamara Schlosser unter Druck gesetzt?"

„Nein. Es war ein Mann, der immer zu mir gekommen ist. Er trug immer einen schwarzen, langen Mantel und eine Maske auf dem Kopf. Außerdem hat er nie selber gesprochen, sondern nur über sein Handy mit so einer komischen Stimme."

„Ein Stimmenverzerrer, wohl …", mutmaßte Konrad.

„Er war aber sonst sehr nett. Hat mir regelmäßig Essen und Trinken gebracht und natürlich immer nach der Truhe gefragt."

„Und? Hast du verraten, wo sie ist?"

„Nein! Ich habe sie gut versteckt. Ich wollte ein Event, eine Schatzsuche, daraus machen, wenn endlich alle beisammen waren."

„Du hast nicht gesagt, wo die Truhe ist?"

„Nein – bis auf vorhin …"

Konrad zuckte innerlich zusammen. Deshalb waren Tamara Schlosser und ihr Begleiter wohl unterwegs.

„Du hast es dem Mann gesagt?"

„Ja. Ich bekam plötzlich fürchterliche Angst. Bisher dachte ich immer, es wäre ein Spiel. Aber als er mit der Säge gekommen ist …"

„Der Säge?"

„Er wollte mir einen Finger oder gleich die ganze Hand absägen."

Konrad schluckte. „Wo ist das Versteck?"

„Ich habe die Truhe im Felsenmeer, bei Burgfelden, vergraben."
Die Zusammenhänge wurden jetzt immer klarer für Konrad.
Nun hatte er auch eine Erklärung, warum er und Gerd auf
Tamara Schlosser, in der Wohnung von Hannes, gestoßen
waren. Sie war im Besitz des Schlüssels von Hannes und hat nach
der Truhe gesucht. Ganz schön raffiniert, dachte Konrad. So
schnell eine Ausrede parat zu haben. Von wegen ‚Freund von
Hannes'.
„Noch eins", begann Konrad wieder. „Ich habe dich – wie gesagt
– gesucht und war auch in deiner Wohnung in Tailfingen."
„Wie bist du da hineingekommen?"
„Sie stand offen", entgegnete Konrad wahrheitsgemäß, ließ aber
das ‚... beim ersten Mal ...' weg. „Dort bin ich Tamara Schlosser
begegnet."
„Was hat Miss in meiner Wohnung zu suchen?"
„Nun – aller Wahrscheinlichkeit nach, die Truhe."
„Ach so. Ja."
„Ich habe in deiner Wohnung eine Zeitung aus dem Jahre 1994
gefunden. Auf dem Küchentisch. Was hat es damit auf sich?"
„Die gehört mir. Ich habe sie aufgehoben. Dort wird von dem
Brand von damals berichtet. Nach dem Fund der Truhe habe ich
alle Dinge von früher wieder hervorgekramt."
Sicher war Tamara Schlosser nochmals in der Wohnung und
hatte die Zeitung verschwinden lassen. So zumindest waren jetzt
Konrads Schlussfolgerungen. Bestimmt, damit keine
Verbindung zu früher hergestellt werden konnte – von wem
auch immer. Außerdem hatte sie aller Wahrscheinlichkeit nach
aus Hannes Wohnung, von seinem PC, die E-Mail an seine Firma
geschrieben und verschickt, dass er Urlaub genommen habe.
Die Frage war jetzt nur: Wer war der Begleiter von Tamara
Schlosser und hatten diese beiden Hans-Peter Kunkeler auf dem
Gewissen?

„Du musst jetzt sofort zur Polizei gehen und Anzeige erstatten." Konrad hatte nach einigem Nachdenken wieder das Wort ergriffen.

„Zur Polizei? Nein. Auf gar keinen Fall. Das Ganze war doch nur ein Scherz. Wie ich schon sagte."

„Ein Scherz, bei dem man dir einen Finger absägen wollte …"

„Das hätte er nie gemacht."

Konrad stutze: „Wer hätte das nie gemacht?"

Ein überlegenes Lächeln legte sich auf das Antlitz von Hannes Bürger: „Ich kenne den Mann mit der Maske doch!"

Kapitel 43

Florenz, 2016

Als Francesco an den Uffizien vorbei, Richtung dem Palazzo Vecchio schritt, waren ihm die Kunstschätze, die sich hinter diesen Mauern verbargen, völlig gleichgültig. Die Gemälde von da Vinci, Michelangelo, Botticelli oder Caravaggio interessierten ihn jetzt nicht. Seine Gedanken kreisten alleine um die Briefe seines Vaters, die er in seine Umhängetasche gesteckt, bevor er das Haus seiner Tante fluchtartig verlassen hatte.
Noch nie war er seinem Vater so nahe gewesen, wie jetzt. Nachdem nun seine Mutter bestätigt hatte, dass sein Vater einen schwarzen Vollbart gehabt hatte, erklärten sich die Bilder in seinem jungen Kopf von einem ebensolchen Mann. Dies war sein Vater gewesen, der sich im Unterbewusstsein des kleinen Francesco festgesetzt hatte.

Bald hatte er den Piazza della Signoria erreicht. Vor der David – Statue von Michelangelo stehend, erinnerte er sich daran, wie er als 18 – jähriger hier gesessen und zum ersten Mal den David mit anderen Augen betrachtet hatte. Immer mehr Erinnerungen, die immer weiter zurückgingen, kamen in ihm hoch. Zuletzt musste er an seinen Freund Enrico denken und an dessen Vater, der ermordet wurde.
War es möglich, dass ihn dasselbe Schicksal ereilt hatte?
War sein Vater ebenfalls ermordet worden?
Dem letzten Brief seines Vaters nach zu urteilen, erschien dies zumindest möglich zu sein. Er musste versuchen, den Brief der deutschen Behörde – den er ebenfalls eingesteckt hatte – übersetzten zu lassen.

Francesco blickte über den Platz, bis sein Blick an einer Reisegruppe hängen blieb, ganz in seiner Nähe. Die Reiseführerin sprach Deutsch – so viel konnte er mit Sicherheit sagen.

Gerade entließ sie die Gesellschaft, damit diese mit ihren Handys und Kameras Bilder machen konnten. Francesco war schnell und erreichte sie, noch bevor sie sich eine Zigarette anzünden konnte.

„Entschuldigen sie bitte. Ich bin in Not und brauche ihre Hilfe. Meine Mutter ist gerade gestorben. Genauso wie mein Vater schon vor langer Zeit. In Deutschland. Ich habe hierzu einen Brief aus Deutschland, den ich nicht lesen kann. Können sie mir bitte helfen?"

Die Frau wollte Francesco zuerst abwimmeln. Als sie jedoch diese tiefe Traurigkeit in seinen Augen bemerkte, nahm sie ihm das Schreiben ab. Sehr schnell gab sie den Brief zurück.

„Hier steht drin, dass ihr Vater bei einem Unfall ums Leben gekommen ist. Das war im Jahre 1994, in Albstadt, in Deutschland."

„Wie ist er gestorben?"

„Er ist verbrannt. Sein Haus hatte Feuer gefangen und er war nicht mehr herausgekommen. Wie hier steht, konnte weder er noch das Haus gerettet werden."

„Und weiter?"

„Nichts weiter. Das ist alles. Es tut mir leid."

Mit einem dankbaren, aber zutiefst melancholischen Nicken wandte sich Francesco ab. Sein Kopf hämmerte. Seine Gedanken rasten wie wild. Er kämpfte mit Tränen – allerdings waren es keine Tränen der Trauer, sondern des Hasses. Jetzt stand für in eindeutig fest, dass sein Vater ermordet worden war. Genauso wie der Vater von Enrico.

Den Mörder von Enricos Vater hatte man nie gefunden und somit nie zur Rechenschaft gezogen.

Bei seinem Vater würde das anders sein.

Sein Vater würde gerächt werden!

Es würde ein Rachefeldzug sein – das war er seinem Vater, seiner Mutter und Enrico schuldig.

Raschen Schrittes lief er weiter, um die Vorbereitungen zu einer Reise nach Deutschland zu treffen.

Kapitel 44

Jan und Tim Müller, die beiden Patenkinder von Konrad, hatten sich mit ihrem Freund Jonas getroffen und waren auf dem Weg zu dem fast fertigen Lager, zwischen Pfeffingen und der Tailfinger Langenwand, am Waldrand. Der Vierte im Bunde, Christoph, war heute nicht dabei. Seine Eltern hatten Urlaub und er verbrachte den Tag mit ihnen im „badkap", Albstadts Freizeitbad mit etlichen Attraktionen, wie Wellenbad, Rutschen und vieles mehr.

So mussten heute die letzten Arbeiten am Lager zu dritt gestemmt werden.

Dies tat der Stimmung aber keinen Abbruch – insbesondere nicht bei Jonas, der hatte immer gute Laune. Hauptsächlich jedoch waren Jan und Tim guten Mutes. Sie hatten heute den ganzen Tag Zeit und mussten nicht zum Mittagessen nach Hause kommen, da ihre Mutter kurzfristig zur Arbeit gerufen worden war. Dafür hatten sie leckere Vesper in ihren Rucksack eingepackt bekommen.

Gerade unterhielten sie sich, wie sie das Dach am besten befestigen könnten.

„Dafür gibt es ja mich", triumphierte Jonas. Dabei zog er einen Hammer und eine Packung Nägel aus seinem Rucksack.

„Du weißt doch, dass wir nicht nageln dürfen", gab Jan zu bedenken.

„Da könnten wir Schwierigkeiten bekommen", fügte Tim hinzu.

„Quatsch. Es sind ja nur acht Nägel. An jeder Ecke zwei. Dann hält unsere Dachkonstruktion wenigstens und wir müssen nur noch Äste und Zweige darüberlegen."

Die beiden Brüder sahen sich schweigend an und zuckten schließlich mit den Schultern.

„Ihr müsst wissen", fuhr Jonas fort, „Ich habe den Hammer unter Einsatz meines Lebens aus der Werkstatt meines Vaters geholt. Wenn der das mitbekommt, ist der Teufel los."

Jan und Tim brachen in ein unbändiges Lachen aus. Jonas hieß mit Nachnamen Teufel.

Kurze Zeit später hatten sie ihr Lager am Waldrand, unterhalb des Kornbergs erreicht. Das Wetter war prächtig, die Sonne schien warm und nach einem kurzen Rundgang um ihre „Baustelle", hatten sie festgestellt, dass alles noch so war wie gestern. Man wusste ja nie, ob feindliche Banden oder der Förster herumschlichen.

„Darauf müssen wir erst mal einen trinken", rief Jonas und holte drei Capri-Sonnen aus seinem Rucksack.

Die drei Freunde ließen sich im Gras nieder und steckten frohgelaunt den Halm in die Tüte.

Eine ganz in Schwarz gekleidete Gestalt spähte hinter einem Busch hervor, in Richtung des Waldes. Die Gestalt lag flach ausgestreckt auf dem Boden und hätte sie jemand beobachtet, wäre diese Situation demjenigen mehr als seltsam – ja beinahe bedrohlich – vorgekommen. Jedoch war niemand in der Nähe und so konnte die Gestalt ungesehen zum nächsten Busch eilen. Die drei Jungen, die von der Gestalt beobachtet wurden, ahnten nichts. Ein satanisches Grinsen legte sich auf das Gesicht der Gestalt.

„Jetzt aber an die Arbeit", mahnte Tim. Auch die beiden anderen hatten leergetrunken und schwangen sich begeistert auf.

„Ihr haltet den dicken Ast und ich nagle", kommandierte Jonas und griff dabei zum Hammer seines Vaters.

„Pass aber auf deine Finger auf, sonst stellt dein Vater unangenehme Fragen", scherzte Jan.

Erstaunlich schnell verschwand kurze Zeit später der erste Nagel in Ast und Baum. Jonas verstand sein Handwerk.

Er rüttelte am Ast, bevor er zum nächsten Nagel griff.

Schneller als gedacht waren die vier Äste rund um das fast quadratische Lager an den vier Bäumen, welche dasselbe begrenzten, befestigt. Somit war also die Unterkonstruktion für das Dach bereits fertiggestellt.

„Jetzt müssen wir nur doch das Dach decken – und schon ist unser Haus fertig", frohlockte Jonas.

„Genau", entgegnete Jan. „Am besten, wir schwärmen aus und schauen uns nach geeignetem Material um. Da liegen ja viele Äste auf dem Boden herum."

„So wird es gemacht. Jawohl!" Jonas salutierte wie ein Soldat.

Zwar hatte die Gestalt nicht damit gerechnet, dass es drei Kinder sein würden, sondern nur zwei. Aber das war gleichgültig. Umso größer würde der Aufschrei sein – umso tiefer der Schock sitzen.

Was machten sie jetzt? Die Gestalt konnte ihr Glück kaum fassen. Die Kinder trennten sich und gingen, jeder für sich alleine, in den Wald hinein. Jeder in eine andere Richtung. Kurz überlegte die Gestalt, dann wandte sie sich nach links. Dem Kind hinterher, welches sich am weitesten in den Wald hinein zu entfernen schien.

Kapitel 45

„Du kennst den Mann?" Konrad konnte nicht glauben, was Hannes gerade gesagt hatte.

„Logisch!"

„Wer ist es?" Allmählich verlor Konrad die Lust, Hannes alles aus der Nase ziehen zu müssen. Zudem plagte ihn ein ungutes Gefühl, seit er das Haus von Tamara Schlosser verlassen hatte. Jedoch konnte er nicht sagen, was dies ausgelöst hatte, ja nicht einmal, was ihm eigentlich Sorgen bereitete.

Hannes setzte zum Sprechen an, bewegte dann aber nur die Unterlippe und sagte nichts – wohl um die Spannung zu erhöhen. Konrad schäumte innerlich. Sein Vater würde jetzt sage: „Dem sollt ma ons and Backa no haua."

„Nochmal Hannes: Wer ist es? Es ist wichtig."

„Der Boss!"

„Was? Du meinst Bernd Lehner?" Inzwischen waren Konrad die Spitznamen und Namen der Bandenmitglieder so bekannt, dass er den Boss sofort zuordnen konnte.

„Genau der. Aber bitte: Boss! Wir dürfen nur den Kampfnamen sagen."

Konrad ignorierte den letzten Satz von Hannes und fragte weiter: „Bist du dir ganz sicher?"

„Ja klar. Seine Figur und wie er sich bewegt hat. Dazu diese Geste, wenn er sich umdreht. Da wackelt er immer leicht mit dem Kopf."

„Und warum hast du ihn nicht darauf angesprochen?"

„Wie gesagt: Ich dachte, es wäre ein Scherz und wollte den Spaß nicht verderben."

„Hm …" Konrad bemühte sich, die neue Information einzuordnen. „Sind den … äh … Miss und Boss ein Paar?"

„Das wäre mir neu. Aber ich habe beide schon ewig nicht mehr gesehen. Der Boss wohnt ja nicht mal mehr in Albstadt."

Konrad überlegte, wurde aber wieder aus seinen Gedanken gerissen. Irgendetwas Unangenehmes nagte in seinem Unterbewusstsein.

„Meinst du, die beiden haben die Truhe gefunden?", fragte er schließlich weiter.

„Das denke ich schon. Ich habe es ja ganz genau beschrieben. Außerdem habe ich sie nicht tief vergraben."

„Und was war nochmal genau in dieser Truhe drin?"

Hannes zuckte mit den Schultern und wollte gerade etwas Ausweichendes erwidern, als Konrad ihm, in strengem Ton, zuvorkam: „Was war in der Truhe?"

Eingeschüchtert, lehnte sich Hannes in den Beifahrersitz zurück.

„Na gut. Eigentlich weiß ich es noch ganz genau, da ich die Truhe ja erst vor kurzem in den Händen gehalten habe. Drin waren:

ein Holzwürfel, ein Ring mit einem funkelnden Stein, ein Briefumschlag, eine Halskette, ein Bild einer Henne mit Küken und ein Zettel mit einer handschriftlichen Notiz."

„Was stand auf dem Zettel und im Brief?"

„Auf dem Zettel stand: ‚In dieser Kiste befinden sich wertvolle Dinge'."

„Und im Brief?"

„Liebe Margit!

Ich wollte mich nur kurz bei dir melden. Wir sind gut angekommen und es ist alles in Ordnung hier.

Auf ein baldiges Wiedersehen.

Dein Papa"

„Du kennst die Texte auswendig?" Konrad war jetzt doch leicht überrascht.

„Was meinst du, wie oft ich den Brief und den Zettel gelesen habe, nachdem ich die Truhe wiedergefunden hatte?
Ich wollte doch herausfinden, was der Kauz gemeint hat, als er schrieb, er habe etwas ‚Sensationelles' entdeckt."

„Sind der Ring und die Halskette vielleicht wertvoll?"

„Nein. Die habe ich mir ganz genau angeschaut. Steine auf Ring und Kette sind aus gefärbtem Glas. Die Kette und der Ring selber aus Blech. Ganz sicher!"

„Hm …". Wieder grübelte Konrad. Es ergab keinen Sinn. Er konnte hier keinen klaren Gedanken fassen. Zu sehr wurde er immer wieder von diesem seltsamen Gefühl abgelenkt.

Schließlich fasst er einen Entschluss: „Bist du dir immer noch sicher, dass du nicht zur Polizei gehen willst?"

„Auf gar keinen Fall", brauste Hannes auf. „Das ist ausgeschlossen."

„Gut. Dann fahre ich dich jetzt nach Hause. Kommst du überhaupt in deine Wohnung?"

„Ja. Ich habe einen Ersatzschlüssel bei der Nachbarin deponiert."

„Dann los …"

Konrad startete den Citroen, blickte sich nochmals zum Haus von Tamara Schlosser um und gab schließlich Gas.

Der Wagen tuckerte auf der Straße von Onstmettingen nach Tailfingen und erreichte gerade die Abzweigung zum Tailfinger Natur - Bad. Das Schwimmbad war gut besucht und bis ins Auto hört man das freudige Quietschen der Kinder.

Plötzlich verlangsamte Konrad die Geschwindigkeit.

„Was ist denn los?", frage Hannes Bürger.

„Mir ist gerade etwas eingefallen", entgegnete Konrad und gab wieder Gas.

Die Kinderstimmen hatten ihm auf die Sprünge geholfen. Jetzt endlich wusste er, was ihn die ganze Zeit beschäftigt hatte: der Zettel mit den Adressen von ihm und seinem Schwager Gerd im Haus von Tamara Schlosser!

Konrad musste an seine Patenkinder denken und dass diese alleine waren – im Wald!

Was, wenn Schlosser und der Boss den Kindern etwas antun wollten?

Warum notierte man sich sonst so deutlich die genaue Adresse seines Schwagers?

Was, wenn sie die Truhe nicht gefunden hatten und jetzt auf irgendwelche absurden Gedanken gekommen waren? Immerhin hatten sie schon einmal jemand entführt.

Konrads Fragen rasten durch seinen Kopf. Beinahe so schnell beschleunigte er jetzt seinen Wagen. Die steile Jahnstraße hinauf auf die Langenwand, drückte er das Gaspedal bis zum Anschlag durch. Innerlich ärgerte er sich über sein altes Auto, welches trotz des durchgedrückten Gaspedals nicht mal 50 km/h erreichte. Immerhin lag er so innerhalb der Geschwindigkeitsbegrenzung.

„Was ist denn plötzlich los?", rief Hannes – jetzt schon das dritte Mal.

Konrad antwortete auch dieses Mal nicht. Er wollte Hannes loswerden, das heißt zu Hause abliefern und dann so schnell als möglich nach Pfeffingen fahren. Gerade hatte er seinen Schwager Gerd über das Handy erreicht und von ihm erfahren, wo die Kinder ihr Lager bauten. Gerd war etwas verwundert, vermutete schließlich aber, dass Konrad den Kindern einfach einen Besuch – zusammen mit Pius dem Hund – abstatten wolle. Mehr hatte Konrad auch nicht gesagt – er wollte seinen Schwager nicht beunruhigen.

Vor dem Haus von Hannes Bürger angekommen, drängte Konrad seinen Beifahrer beinahe aus dem Wagen und rief nur noch: „Ich habe es eilig …".

Je mehr sich Konrad mit der Vorstellung beschäftigte, dass seine Patenkinder vielleicht in Gefahr waren, desto deutlicher wurde es ihm, dass er sich nicht täuschte.

Kapitel 46

Es war Tim, der sich Links gehalten hatte und jetzt bereits relativ tief in den Wald hineingestiegen war. Das Gelände führte steil nach oben und immer wieder rutschte er auf dem weichen Waldboden aus. Leider hatte Tim bisher nur wenig passende Äste für das Lager gefunden.

Plötzlich hörte er hinter sich ein deutliches Knacken.

„Komisch", dachte er sich noch. „Die anderen sind doch viel weiter rechts unterwegs."

Er strengte sich an, etwas zu sehen oder zu hören, jedoch war nichts Auffälliges zu bemerken. Also bewegte er sich weiter in den Wald hinein, immer nach geeignetem Material, für das Dach des Lagers, Ausschau haltend.

Wieder ein Knacken – diesmal viel näher.

Schnell wandte sich Tim um und bemerkte eine Gestalt, die schnell hinter einem Baum verschwand. Soweit er sehen konnte, trug die Gestalt einen schwarzen Pullover.

„Ob dies der Förster ist?", schoss es ihm durch den Kopf. „Weil wir mit Nägeln gearbeitet haben." Tim wusste im Moment nicht, was er machen sollte. Weglaufen oder mit der Gestalt reden? Aber wo war dieser schwarze Mann jetzt?

Da – unvermittelt, tauchte die Gestalt wieder auf. Tim wurde es jetzt richtig mulmig. Außerdem: was hielt der Mann da in seiner Hand? Es sah aus wie eine Pistole – aber das konnte ja nicht sein …

Wieder drückte Konrad das Gaspedal durch. Dieses Mal allerdings ging die Fahrt deutlich schneller. Die Straße führte bergab. Er befand sich auf dem Weg zwischen Tailfingen und

Pfeffingen. Kurz vor der Ortsgrenze von Pfeffingen – auf Höhe der ehemaligen Gaststätte „Waldeck", dort wo er vorhin noch mit Pius spazieren gegangen war – bremste er den Citroen ab. Die Reifen quietschten. Gerade noch rechtzeitig verlangsamte der Wagen die Geschwindigkeit, sodass Konrad nach links in einen Feldweg einbiegen konnte, ohne sich mit dem Auto zu überschlagen. Nach wenigen Metern, zweigte der Radweg nach Tailfingen, links ab. Konrad hielt sich dagegen geradeaus, auf dem geschotterten, aber holprigen Forstweg. Die Straße führte am Waldrand, oberhalb von Pfeffingen, entlang. Hätte er die Muse gehabt nach rechts zu sehen, wäre ihm ein wundervoller Blick auf Pfeffingen und dahinter Margrethausen gegönnt gewesen, die beiden schönen Albstädter Stadtteile, welche sich malerisch ins Eyachtal einschmiegten.

Diese Ruhe hatte er jedoch nicht. Vielmehr ging sein Blick nach links, hinauf zum Waldrand. Wo genau das Lager der Kinder war, wusste er nicht. Das hatte ihm Gerd nicht sagen können.

Er zwang sich, seine Geschwindigkeit zu verringern, um nicht am Lager vorbeizurauschen.

Tatsächlich!

Hinter einem riesigen Ahornbaum blinkte etwas Rotes hervor. Konrad stoppte den Wagen, stieg aus und rannte Richtung Waldrand.

Es war ein Rucksack. Mit dem nächsten Blick sah er das fast fertige Lager. Nur die Dachabdeckung fehlte noch.

Unerwartet tauchte eine Gestalt aus dem Unterholz auf: Jan, sein Patenkind.

„Hallo Jan, alles in Ordnung bei euch?"

„Klar, wieso nicht. Was machst du denn hier?" Jan war sichtlich überrascht, seinen Patenonkel zu sehen.

„Um ganz offen zu sein", entgegnete dieser, „Ich bin mal wieder auf Verbrecherjagd und vermute irgendetwas hier in der Nähe."

„Wau …"

„Ist dir etwas oder jemand aufgefallen?"

„Nein. Nach wem suchst du denn?"

„Wenn ich das so genau wüsste … wo ist denn Tim?"

„Der ist noch im Wald. Jonas auch. Wir suchen Äste für unser Lager."

In diesem Moment war ein Rascheln zu hören, verursacht durch Jonas, der gerade jetzt aus dem Wald trat.

„Guten Tag", grüßte dieser. „Sind sie der Förster?"

„Nein, ich bin …"

„Ach ja! Jetzt sehe ich erst richtig. Der Onkel von Jan und Tim."

„Ganz genau."

„Da haben wir ja nochmal Glück gehabt", schnaufte Jonas mit einem vielsagenden Blick auf Jan.

„Weißt du wo Tim ist?", fragte Konrad außergewöhnlich hastig.

„Na im Wald. Wir suchen …"

„Wo genau ist er denn?"

Jonas und Jan deuteten mit der Hand nach links, in den Wald hinein. In diesem Moment wurde es den beiden Jungen klar, dass das ganze kein Scherz, vielmehr eine sehr ernste Angelegenheit war.

„Ihr bleibt hier", befahl Konrad, so streng er konnte. „Am besten, ihr setzt euch in meinen Wagen." Mit diesen Worten warf Konrad seinem Patenkind Jan den Autoschlüssel zu. „Macht es einfach. Ich erkläre es dann später …".

Ohne sich nochmals umzudrehen, verschwand Konrad im Wald, in die angegebene Richtung.

Konrad hastete so schnell wie es das steile Gelände zuließ durch den Wald.

Vielleicht war ja alles nur Einbildung und die Kinder würden ihn anschließend für verrückt erklären. Vielleicht bestand gar keine Gefahr, weder von Boss noch von Miss noch von sonst jemand.

„TIM" Konrad Stimme hallte laut durch den Wald. „T III M".

Kurz stoppte er, um zu lauschen – nichts.

Nach wenigen Schritten weiter durch den Wald, nochmals dasselbe: Rufen und Lauschen.

Da!

Er meinte, eine Stimme gehört zu haben. Nochmals sein Ruf: „TIM"

„Hier"

Konrad wandte sich leicht nach links. In der Tat. Dort bemerkte er sein Patenkind. In der Hocke, an einen Baum gelehnt.

Konrad sprintete los. „Tim ... alles in Ordnung?"

„Ja. Aber ..."

„Was?"

„Ich muss zugeben, dass ich schon ein wenig Schisse hatte. Da war ein Typ. Ganz in Schwarz gekleidet, mit einer schwarzen Kapuze. Der kam auf mich zu."

„Und?"

„Dann hörte er dich schreien und steckte seine Pistole weg."

„Pistole!"

„Danach ist er dort hinunter verschwunden." Tim deutet den Wald hinab, entgegengesetzt der Richtung, aus der Konrad gerade gekommen war.

Dieser zuckte kurz – sollte er die Verfolgung aufnehmen? Schließlich siegte sein Verstand. Was sollte er gegen einen Bewaffneten ausrichten? – und vor allem: er musste sich zunächst einmal um sein Patenkind kümmern.

„Jetzt komme erst mal mit. Zurück zu eurem Lager. Ich fürchte, ich habe Jan und Jonas einen großen Schrecken eingejagt."

„Dann bin ich ja wenigstens nicht alleine."

Die beiden Kinder hatten sich tatsächlich ins Auto gesetzt, sogar die Türen von innen verriegelt. Konrad und Tim setzten sich dazu. So behutsam als möglich, erklärte Konrad nun die wesentlichen Hintergründe seiner Aktion von eben, immer darauf bedacht, den Kindern keinen Schreck einzujagen. Die Jungen hörten mit offenen Mündern zu und konnten gar nicht glauben, dass sie ein Teil eines richtigen Kriminalfalls waren.

Konrad endete mit den Worten: „Ich fürchte nur, dass ihr heute nicht mehr hier im Wald bleiben könnt. Wenn der Typ wirklich vielleicht sogar der Mörder ist, dann ist es einfach zu gefährlich für euch. Er könnte durchaus nochmals zurückkommen. Mein Vorschlag wäre, ihr geht alle zu Jan und Tim nach Hause und verbringt den Tag dort. Trotz des schönen Wetters."

Er hatte nicht abschätzen können, wie die Kinder auf diesen Vorschlag reagieren würden. Auf jeden Fall machte er sich auf massiven Widerstand gefasst. Doch – genau das Gegenteil war der Fall. Die drei stimmten Konrads Idee bereitwillig zu. Wahrscheinlich war der Schock doch größer gewesen, als sie nach außen hin zugeben wollten.

„Wir holen nur noch unsere Rucksäcke", sagte Jan.

„Und unser Werkzeug", fügte Jonas hinzu und meinte damit den Hammer seines Vaters.

Als die Kinder alle Dinge beieinander und wieder in Konrads Wagen Platz genommen hatten, sagte dieser: „Als Ausfallentschädigung, fahren wir jetzt noch kurz beim Bäcker vorbei und ihr sucht euch etwas Süßes aus. Was meint ihr?"

„Das ist eine gute Idee", antwortete Jan.

„Unsere Capri-Sonne ist auch leer", ergänzte Jonas.

„Meinetwegen", gab Konrad zurück, „aber ein Mofa kaufe ich euch nicht auch noch."

Erst als Konrad die Kinder zu Hause abgesetzt hatte, fand er Zeit, das gerade erlebte zu rekonstruieren. War ihm hier der gesuchte Mörder entwischt? War es dieser Boss, Bernd Lehner, gewesen? Oder war es am Ende jemand ganz anderes?

Hier tauchten Hans-Peter Kohl und Martin Baum wieder in seinem Kopf auf. Hatten die beiden - oder einer davon - doch etwas mit dem Mord zu tun?

Jedenfalls hatte er Tim nochmals ausführlich zu dieser seltsamen, schwarzen Gestalt im Wald befragt. Leider konnte der Junge ihm keine weitere Auskunft oder gar eine Beschreibung geben. Nur, dass „… der Mann irgendwie komisch …" war, hatte Tim behauptet.

In einer Sache jedoch, war sich Konrad ganz sicher: Alles hatte mit der Bande und den Geschehnissen vor 22 Jahren zu tun.

Konrad beschloss daher, jedes Bandenmitglied nochmals genauer unter die Lupe zu nehmen – und natürlich war da auch noch diese geheimnisvolle Truhe. Auch damit würde er sich beschäftigen müssen.

Kapitel 47

Irgendwie irritierte ihn dieser Landberg noch immer. Diese Orientierungslosigkeit sollte allerdings schon bald um ein Vielfaches gesteigert werden. Doch dies ahnte Hannes Bürger jetzt noch nicht.

Zunächst war er doch ein wenig erleichtert, nicht mehr in diesem Loch sitzen zu müssen. Das hatte er Konrad Landberg zu verdanken – immerhin. Dieser hatte ihn befreit und nach Hause gefahren. Ein ganz schlechter Mensch konnte er also nicht sein.

Aber ein Lügner!

Es war einfach unmöglich, dass Prof tot war. Noch dazu ermordet. Das alles hatte Landberg sicher nur gesagt, um ihn zu schockieren und zu erreichen, dass er alles erzählte. Hannes musste eingestehen: Dies hatte Landberg geschafft. Er war sehr wohl schockiert gewesen von dieser Nachricht.

Jetzt war wieder alles gut. Er war zu Hause und konnte morgen mit seiner D-Jugend zum VR-Cup Turnier fahren. Eigentlich war dies seine einzige Sorge gewesen – dass er das Turnier verpasste. Die Entführung war nur ein Spiel gewesen. Da war sich Hannes ganz sicher. Es hatte ihn amüsiert, wie sich der Boss angestellt hatte. Nur als dieser mit der Säge aufgetaucht war, hatte er doch ein mehr als mulmiges Gefühl bekommen. Sicher würde sich der Boss und Miss bald melden. Sobald sie die Truhe gefunden hatten. Dann konnten sie gemeinsam rätseln, was es damit auf sich hatte.

Hannes hatte das Haus erreicht und suchte nach dem Klingelknopf seiner Nachbarin. Bisher hatte er noch nie klingeln müssen – bisher hatte er auch immer einen Schlüssel gehabt. Gut, dass er seinen Ersatzschlüssel bei ihr hinterlegt hatte.

Noch heute würde er den richtigen Schlüssel und die anderen Sachen in Onstmettingen abholen. Das war sicherlich lustig. Was wohl Boss und Miss sagten, wenn sie bemerkten, dass er nicht mehr im Keller war?

Endlich hatte er das kaum leserliche Türschild seiner alten Nachbarin gefunden, als vier kräftige Hände sich um seine Unterarme und Schulter legten.

„Polizei. Sie sind festgenommen!"

Hannes schrie vor Schrecken auf, sein Körper war erstarrt. Er wagte es kaum, sich umzublicken. Schließlich tat er es doch. Zwei kräftige Männer – ziemlich jung – hielten ihn fest. Er fühlte sich wie in einem Schraubstock eingeklemmt.

„Beine auseinander", herrschte jetzt der Mann auf Hannes rechter Seite. Dabei schlug er ihn mit dem Fuß gegen seine Schuhe. „Arme nach oben", befahl der Mann weiter.

Hannes blieb keine andere Wahl, als zu tun, wie ihm geheißen wurden. Auch das Abtasten seines Körpers musste er über sich ergehen lassen.

Die ganze Aktion gipfelte darin, dass seine Hände wieder heruntergerissen und hinter seinem Rücken verschränkt wurden. Danach spürte er nur den kalten Stahl und hörte das Einrasten der Handschellen, die ihm angelegt wurden.

Hannes schnaufte laut, bis er endlich wieder soweit bei sich war, dass er etwas sagen konnte: „Was macht ihr denn?"

Die beiden Männer nahmen ihn in die Mitte, führten ihn Richtung Straße, entgegneten jedoch kein Wort.

Es dauerte keine zwei Minuten, bis sich ein Auto mit hoher Geschwindigkeit näherte. Mitten auf der Straße bremste der Wagen und zwei Männer stiegen aus: Kommissar Langner und sein Gehilfe Horst Schröderhahn.

„Wir waren in der Nähe", rief Langner schon von weitem. „Gut, dass ihr mich gleich angerufen habt." Jetzt hatte er die drei erreicht. „Wen haben wir denn da?", fragte der Kommissar süffisant, sich jetzt an Hannes wendend. „Herr Bürger! Es freut mich, sie zu sehen."

„Um was geht es den eigentlich? Wer sind sie?"

„Oh – Verzeihung." Langner griff in seine Tasche und zückte seinen Dienstausweis. „Hauptkommissar Langner, Polizei Albstadt. Ich verhafte sie wegen des dringenden Verdachts, Hans-Peter Kohl ermordet zu haben."

„Prof!?"

„Zum Anstoßen haben sie wohl keinen Grund."

„Ich meinte Prof, Hans-Peter Kohl eben. Nicht prost."

„Wie auch immer. Abführen!" Das letzte Wort hat der Kommissar beinahe geschrien.

Die beiden jungen Kollegen Langners führten Hannes Bürger zu einem in der Nähe parkenden Wagen und schoben ihn auf den Rücksitz.

„Sehen sie Schröderhahn! Also hatte ich doch den richtigen Riecher, hier zwei Leute zur Überwachung der Wohnung zu platzieren."

Kommissar Langner strahlt übers ganze Gesicht.

„Notieren sie Schröderhahn: Mörder gefasst. Fall abgeschlossen!"

Kapitel 48

Ich habe versagt.

Auf der ganzen Linie. Es war dieser Landberg. Er hat mich total aus dem Konzept gebracht. Ich habe für einen kurzen Moment die Nerven und damit die Kontrolle verloren.

Beinahe hätte ich den ersten Jungen gehabt …

Wieso ist Landberg im Wald aufgetaucht? Er konnte doch nicht wissen … dies muss eine Lehre für mich sein. Beim nächsten Mal bin ich vorbereitet – und, dass ich Schießen kann, habe ich ja schon bewiesen.

Aber es zeigt mir, dass dieser Landberg ein gefährlicher Gegner ist.

Ich MUSS ihn ausschalten!

Wenigstens hat er mich nicht erkannt. Niemand erkennt mich. Niemand nimmt mich wahr. Das war schon früher so. Besonders damals in der Abschlussklasse, als mich dieser Angeber – unser Klassensprecher - einfach ignoriert hat.

Es ging darum, die Aufgaben für die Verabschiedung mit Zeugnisübergabe zu verteilen. Wir wollten als Klasse gut dastehen und hatten uns ein tolles Programm überlegt. Die ganze Klasse fieberte dieser Veranstaltung entgegen. Der Klassensprecher hatte die Organisation übernommen und den einzelnen Schülern ihre Aufgaben zugeteilt.

Nur mir nicht.

Mich hat er einfach vergessen.

Dafür habe ich ihn bestraft. Ich habe ihm Schmerzen zugefügt – vielmehr seiner geliebten Schildkröte. Ich habe sie mir einfach aus dem Gehege in seinem Garten geholt und sie zur

Hauptstraße getragen. Dort habe ich gewartet, bis ein großer Lastwagen angerollt kam …

Genauso mache ich es mit Landberg und allen anderen – ich bestrafe sie.

Kapitel 49

Nach diesen ereignisreichen Stunden, beschloss Konrad erst einmal nach Hause zu fahren. Immerhin war es schon knapp nach 13:00 Uhr. Sein Magen knurrte.

Etwas erstaunt registrierte er, dass Lenas Wagen schon da war. Ach ja – sie hatte heute früher zu arbeiten begonnen, um sich heute Nachmittag für die morgige Albstadt – Challenge ausruhen und vorbereiten zu können.

Wie erwartet, fand er sie auf dem Balkon, unter dem Sonnenschirm, auf einer Liege.

„Schön, dass du auch kommst", begrüßte Lena ihn mit diesem bezaubernden Lächeln, welches Konrad so sehr an ihr liebte. „Setze dich doch zu mir auf den Balkon. Frischen Kaffee gibt es auch."

Dem konnte Konrad nicht widerstehen. Nachdem er sich eine Tasse eingeschenkt, zudem im Kühlschrank noch Käse und dazu Brot gefunden hatte, ließ er sich neben Lena nieder.

Erst jetzt konnte Lena ihren Mann genauer betrachten. „Du siehst nicht gut aus! Irgendwie müde", bemerkte sie.

„Hm … vielleicht"

„Erzähle! Was hast du wieder erlebt? Hast du den Mörder? Wie vielen Leuten hast du das Leben gerettet?"

„Eigentlich … bisher nur vier."

Lena erhob sich aus ihrer Liege. „Was?"

„Genau gesagt, habe ich nur dreien – wahrscheinlich – das Leben gerettet. Jan und Tim und ihrem Spielkameraden. Den Vierten habe ich nur befreit."

„Konrad – bitte!"

„Es ist alles in Ordnung. Am besten, ich erzähle dir im Detail, wie mein Morgen so gelaufen ist."

Konrad nahm nochmals einen kräftigen Bissen von seinem Käsebrot, dazu einen Schluck Kaffee, bevor er begann, Lena zu berichten.

Sie unterbrach ihn kein einziges Mal. Erst als er geendet hatte, rief sie aus: „Du musst unbedingt zur Polizei gehen!"

„Das habe ich Hannes Bürger auch geraten – denn sonst kommt die Polizei zu ihm. Wie ich Joachim Langner kenne, schaut er bestimmt ab und zu in Hannes Wohnung vorbei."

„Mir geht es vor allem um die Kinder. Hannes ist mir egal, der scheint ja ‚nicht von dieser Welt' zu sein."

„Da könntest du recht haben.

Leider jedoch habe ich zu wenig in der Hand. Eine Gestalt im Wald … das reicht nicht für die Polizei. Besonders nicht für Kommissar Langner."

„Aber er hatte eine Pistole, wie Tim gesagt hat."

„Auch das reicht nicht. Der Junge könnte sich ja etwas ‚einbilden'. Außerdem hat der Kommissar sich schon auf seinen Mörder festgelegt: auf Hannes."

„Und was willst du jetzt machen?"

„Jetzt werde ich mich aufs Bett legen und mir die ganze Sache durch den Kopf gehen lassen."

„Was – du willst schlafen?"

„Nicht schlafen – nachdenken."

„Konrad. Wie ich dich kenne, bis du spätestens nach einer Minute im Land der Träume."

„Du hast ja recht. Ich fürchte, heute geht es noch schneller – aber: Ich brauche eine kurze Auszeit. Danach geht es umso besser weiter."

„Wenn du meinst. Die Kinder sind ja in Sicherheit."

„Genau. Also bis später. In der Ruhe liegt die Kraft." Damit drückte er Lena einen dicken Kuss auf den Mund und machte sich auf den Weg in sein Bett – zum Nachdenken. Erst dabei fiel ihm auf, dass sein Nachbar heute gar nicht sägte.

Hier sollte sich Konrad jedoch gewaltig täuschen. Immerhin gönnte ihm der Nachbar gut eine halbe Stunde Schlaf, bevor er sich daranmachte, sich mit noch mehr Brennholz für den Winter einzudecken. Selbst Lena war diese Kreissäge zu laut. Gerade als Konrad aus dem Schlafzimmer treten wollte, trat sie ein.
„Bei dem Krach hältst du es nicht aus, auf dem Balkon. Ich hole mir meine Kopfhörer und höre Musik."
„Dann musst du aber laut aufdrehen."
Konrad schenkte sich den letzten Kaffee ein und schaltete den Computer an. Er holte seine handschriftlichen Notizen hervor und legte sich einen DIN A4 Block zurecht. Nun begann er die Namen und Spitznamen der Banden – Mitglieder untereinander aufzuschreiben:

Hannes Bürger, Little-Joe
Matthias Kunkeler, Prof
Sebastian Kramer, Conan
Bernd Lehner, Boss
Hans-Peter Kohl, Schoko
Martin Baum, Bud
Tamara Schlosser, Miss
Elvira Schröder, Grace.

Anschließend strich Konrad den Namen von Prof durch. Das war zwar makaber, so fand er, aber es entsprach der Wirklichkeit. Dahinter schrieb er: „Opfer". Irgendwie erinnerte ihn dies an einige Filme, die er gesehen hatte, wo der Mörder auf seiner Todesliste nach und nach die Namen der Ermordeten durchstrich.

„Hoffentlich muss ich nicht noch einmal jemand aus der Liste streichen", dachte Konrad, „Oder sonst jemand!"

Den Kopf auf der linken Hand gestützt, den Stift in der rechten beugte sich Konrad über die Liste. Nach kurzem Überlegen setzte der den ersten Namen, Hannes Bürger, in Klammern. Diesen konnte man als Täter ziemlich sicher ausschließen. Nicht zuletzt, weil er zum Tatzeitpunkt in einem Keller im Onstmettingen gefangen war – aber auch darum, da er unmöglich heute Morgen im Wald bei den Kindern gewesen sein konnte. Außerdem war sein Gemüt ein zu schlichtes, um einen Mord begehen zu können. Vielleicht war er aber einfach auch nur zu gut für diese Welt – zu leichtgläubig … was auch immer. Blieben also noch sechs Namen.

Kohl und Baum hatte er bereits kennengelernt. Die beiden schienen zwar ein anderes Geheimnis zu hüten, aber: hatten sie auch einen Mord begangen?

Schließlich waren da noch der Boss, Bernd Lehner und Frau Schlosser – die Entführer von Hannes und ganz bestimmt keine Unschuldigen. Doch – war ihnen auch ein Mord zuzutrauen? Und warum?

Überhaupt war das Motiv eine zentrale Frage, auf die Konrad bisher noch keine Antwort gefunden hatte.

Am wenigsten wusste Konrad über Sebastian Kramer, Conan genannt und über Elvira Schröder, deren Spitzname Grace war.

Dies wollte Konrad jetzt schnell ändern und gab Kramers vollständigen Namen in die Suchmaschine seines Computers ein. Über Zehnmillionen Ergebnisse wurden ihm geliefert. Dies war eindeutig zu viel. Konrad ergänzte die Abfrage um das Wort „Albstadt".

Jetzt waren es nur noch knapp über sechzehntausend Ergebnisse. Zuletzt setzte er den Namen in Anführungszeichen und erhielt etwas mehr als 100 Ergebnisse.

Schon besser!

Beim genaueren Betrachten, musste er aber feststellen, dass auch Ergebnisse mit dem Namen Krämer – also mit „ä" - geliefert wurden. Ferner waren auch Einträge angegeben, die ohne das Suchwort „Albstadt" gefunden wurden. Die wenigen passenden Suchergebnisse hingegen, hatten nichts mit der von Konrad gesuchten Person zu tun. Dies konnte er sehr schnell feststellen, nachdem er die Einträge einzeln aufgerufen hatte.

Das war also nichts!

Er versuchte noch andere Varianten – wurde aber ebenso wenig fündig. Ähnlich erging es ihm bei der Suche nach Elvira Schröder. Auch hier fand er letztendlich nichts Brauchbares.

Langsam beschlich ihn das Gefühl, so nicht weiterzukommen.

Er musste mit Menschen sprechen, welche die „Bandenmitglieder" kannten, am besten sogar mit den betreffenden Personen direkt. Oder – er würde mit jemand sprechen, der jeden und jede kannte und noch dazu einen messerscharfen Verstand besaß: Sein Vater, Martin Landberg!

Nachdem Konrad den Computer ausgeschaltet hatte, gesellte er sich zu Lena auf den Balkon.

„Ich gehe nochmal weg", schrie er, den Tatsachen geschuldet, dass Lena einen Kopfhörer trug und die Kreissäge des Nachbarn schrill und laut quietschte.

Lena nahm ihre Kopfhörer ab und rief: „Hast du etwas gesagt?"

„Ja", schrie Konrad jetzt noch lauter. „Ich gehe nochmal weg." In diesem Moment unterbrach der Nachbar seine Arbeit – sodass nur noch ein leiser Summton der Maschine zu hören war – und natürlich das Geschrei von Konrad. Der Nachbar blickte irritiert um sich und starrte schließlich Konrad mit einem leichten Kopfschütteln an.

„Ich sagte, ich gehe nochmal weg", reagierte Konrad geistesgegenwärtig, nochmals genauso laut in Richtung Nachbar.

„Ist in Ordnung", gab dieser ungläubig und nach kurzem Zögern zurück. „Danke fürs Bescheid sagen."

Lena zwickte ihren Mann am Knie: „Konrad! Jetzt bringe doch unseren Nachbarn nicht so durcheinander", flüsterte sie, wobei Lena ein Lachen kaum unterdrücken konnte.

„Das ist mir spontan so herausgerutscht", gab Konrad zurück. „Also nochmals: Ich …"

„Du gehst nochmal weg", fuhr im Lena in die Rede. „Wohin denn?"

„Nach Ebingen zu meinen Eltern. Ich muss mich mal mit meinem Vater unterhalten."

„Dann richte mal viele, liebe Grüße aus. Und nicht vergessen: Um Punkt 19:00 Uhr gibt es Spagetti."

„Mein zweiter Vorname ist Spagetti. Wie könnte ich das vergessen …".

Schon war Konrad verschwunden, tauchte aber keine zwei Minuten später wieder auf dem Balkon auf.

„Ich brauche deinen Wagen! Mein Citroen springt nicht an."

„Was hat den der alte Franzose auf einmal?", spottete Lena.

„Liegt es vielleicht daran, dass man mit ihm schon in Zweiten Weltkrieg Verwundete transportiert hat …"

„Jetzt werde nicht frech. Dem ist es halt auch zu heiß und zu laut."

„Die Schlüssel liegen auf dem Tisch."

„Danke – bis später."

Während er Lenas Wagen startete, überlegte sich Konrad ernsthaft, den Citroen endlich zu verschrotten – auf der anderen Seite …

Wie auch immer - dies musste auf jeden Fall warten. Zuerst war da noch ein Mord aufzuklären und vielleicht weitere zu verhindern. Dabei musste ihm jetzt sein Vater helfen.

Die Zeit drängte!

Kapitel 50

Florenz, 2016

Was macht das Leben mit einem?
Nachdem Francesco den Entschluss gefasst hatte, nach
Deutschland zu reisen, war er – ohne seine Umwelt, die Straßen,
Plätze, Gebäude und die vielen Menschen wahrzunehmen –
Richtung Bahnhof gegangen. Dort hielt er sich rechts die Via
Nazionale hinauf, Richtung dem Piazza Indipendenza. Die
hupenden Autos, Busse und Motorräder kümmerten ihn ebenso
wenig wie die geschäftigen Fußgänger, die auf dem schmalen
Bürgersteig, zwischen parkenden Autos und hohen Häusern
unterwegs waren.
Und dennoch – plötzlich und völlig unerwartet blieb er stehen.
Die asiatischen Touristen hinter ihm wären beinahe gestolpert.
Gerade war eine Gestalt in einen breiten Eingang der
Häuserfront verschwunden. War es nun die Haltung dieser
Person – oder war es eine innere Stimme gewesen, die seine
Aufmerksamkeit erregt hatte?
Francesco, meinte die Gestalt zu kennen. Ohne weitere Zeit zu
verlieren, betrat er ebenfalls den Eingang, der so breit und gut
fünf Meter hoch war, dass sogar ein Auto durchfahren konnte.
Und tatsächlich: Nachdem er den Durchgang passiert hatte,
stand er in einem quadratischen Innenhof, eingesäumt von
mehrstöckigen Gebäuden, indem einige Autos parkten.
Francesco orientierte sich und bemerkte gerade noch die Gestalt,
als diese in einem Hauseingang verschwinden wollte. Just in
diesem Moment, schien die Person auch Francesco
wahrgenommen zu haben. Er – es war ein Mann, etwa im Alter
von Francesco – drehte sich um.
„Enrico!", rief Francesco aus.

Der Mann bewegte sich mehrere Schritte auf Francesco zu und sagte leise und sehr langsam: „Francesco! Bist du es wirklich?"

Jetzt gab es kein Halten mehr. Die beiden Freunde aus Kindertagen umarmten sich innig und beide vergossen Tränen der Rührung.

Eine Stunde später ließen sich die beiden den dritten Espresso und die Speisekarte in einer netten Pizzeria in einer Seitenstraße bringen. Sie hatten den ersten Espresso an der Theke getrunken, um anschließend an einem Tisch in der hintersten Ecke des Lokals Platz zu nehmen. Hier hatten sie ihre Ruhe. Die anderen Gäste saßen allesamt, auf den bunten Stühlen, an den Tischen im Freien, vor der Pizzeria.

Was machte das Leben? War es nun Zufall oder war es Fügung, dass sich die beiden gerade jetzt wieder getroffen hatten?

Es gab viel zu besprechen, weitere Tränen und überschwängliche Freude wechselten sich ab. Sofort war sie wieder da gewesen, diese innige Verbindung zwischen den beiden. So, als bauten sie gerade ein Schiff aus Holz am Ufer des Arno.

Enrico war, nachdem seine Mutter wieder geheiratet hatte, von zu Hause ausgezogen. Schließlich hatte er die Stadt verlassen und erlebte ein unruhiges Jahr in Bologna und Modena. Es folgte der Entschluss, nach Deutschland auszuwandern, um dort als Gastarbeiter eine Beschäftigung zu finden. Er landete in Ingolstadt, wo er bei Audi Arbeit fand. Eine Krankheit, zwang ihn mit 60 Jahren Rentner zu werden. So lebte er nun mit seiner deutschen Frau in Schrobenhausen, einem Ort zwischen Ingolstadt und Augsburg.

In Florenz war er, um seine Geschwister zu besuchen, genauso wie das Grab seiner Mutter, die vor drei Jahren gestorben war.

Auch Enrico stellte sich die Frage: War dieses Zusammentreffen Zufall oder Fügung?

Während er es für reinen – wenn auch einen schönen – Zufall hielt, war Francesco fest davon überzeugt, dass es eine Fügung des Schicksals war.

Er wollte – ja musste – nach Deutschland und Enrico sprach die Sprache nahezu perfekt. Er kannte sich mit Land und Leuten aus. Das war kein Zufall!

Francesco musste seinen Freund nicht lange bitten, ihn nach Deutschland - in dieses Albstadt - zu begleiten.

Nach einer weiteren Stunde war alles besprochen und beschlossen. Schon übermorgen sollte es losgehen. Francesco konnte den Tod seines unbekannten Vaters sühnen und vielleicht auch ein wenig den, von Enricos ermordetem Vater.

Kapitel 51

Konrad rechnete mit schreienden Stimmen von total zerstrittenen Feriengästen, als er sich dem Haus seiner Eltern näherte. Nichts jedoch störte das melodische Vogelgezwitscher, welches aus dem Garten drang. Vielmehr meinte er sogar, Lachen aus einer der Ferienwohnungen zu vernehmen.

Entweder waren die Bielefelder Gäste schon abgereist oder sein Vater hatte die Streithähne unter Drogen gesetzt.

Er ging ums Haus herum zur Eingangstür und hörte jetzt doch ein dumpfes Surren, welches aber aus dem oberen Stockwerk kam. Seine Mutter war mit Staubsaugen beschäftigt, dies war unverkennbar. In diesem Moment kam sein Vater um die Ecke. In der Hand hielt er zwei geleerte Mülleimer.

„Der Rasen ist noch nicht so hoch", begrüßte ihn sein Vater.

„Ich komme nicht zum Rasenmähen. Nur … so."

„Das ist mal ein Wort. Dann schneidet Mutter sicher den Kuchen auf, den sie für morgen gebacken hat. Die Dinge entwickeln sich gut." Martin lächelte geheimnisvoll.

„Kuchen ist immer gut."

„Dann gehen wir gleich rein. Wir sind am Putzen, aber so gut wie fertig."

Als die beiden das Haus betraten, verstummte in diesem Augenblick auch das Surren des Staubsaugers. Man hörte, wie der Stecker aus der Steckdose gezogen wurde und anschließend das Geräusch, welches das Kabel beim Aufrollen in das Gerät hinein verursachte.

„Huch …", rief Hannelore, als Vater und Sohn das Wohnzimmer betraten. „Jetzt habt ihr mich aber erschreckt."

„Hast du ein schlechtes Gewissen?", fragte Martin.

„Konrad – schön, dass du da bist", entgegnete Hannelore ohne auf ihren Mann einzugehen. „Dann ist ja gut, dass ich heute schon gebacken habe. Den Käsekuchen, weißt du – den es bei deiner Hochzeit gegeben hat."

„Hast du davon noch war übrig?", faxte Martin.

„Du kannst ganz ruhig sein", gab Hannelore scharf zurück, „du wolltest dir ja schon vorher ein Stück abschneiden."

„Warm ist er halt am besten …"

„Jetzt räume erst mal den Staubsauger auf", gebot Hannelore ihrem Mann. An Konrad gewandt, fuhr sie fort: „Der Rasen ist aber noch nicht so hoch."

„Ich wollte eigentlich auch gar nicht mähen."

„So - dann kannst du mal Kaffee machen. Bis dahin bin ich auch so weit."

Die beiden Männer sahen sich an und grinsten, als Hannelore das Zimmer verlassen hatte.

„Da siehst du mal, wer hier Vorarbeiter und wer Hilfsarbeiter ist", raunte Martin und packte den Staubsauger.

Rund eine viertel Stunde später saßen die drei am Tisch in der Küche, jeder mit einer Tasse Kaffee vor sich, dazu einem Teller mit einem großen Stück des leckeren Käsekuchens, der noch immer ein wenig warm war.

„Ich habe mich über die friedliche Ruhe in den Ferienwohnungen gewundert", sagte Konrad gerade. „Sind denn die zwei Paare aus Bielefeld nicht mehr da?"

„Und ob!", antwortete Hannelore.

„Tatsächlich – und so ruhig."

„Da hat dein Vater deutlich nachgeholfen."

Konrad blickte verwundert von seinem Teller auf. „Was ist passiert?"

„Nun", begann Martin. „Ich hatte zwei Möglichkeiten. Die ewigen, lauten Streitereien nämlich, hingen mir zum Hals heraus. Entweder musste ich die Leute rausschmeißen, da hätten sie aber vermutlich einen Teil des Geldes wieder zurückgefordert – oder ich musste mir etwas Anderes überlegen."

„Und was war das andere?"

„Ich habe ihnen eine Falle gestellt! Ich habe sie heimlich vom Balkon aus gefilmt, als sie mal wieder in einen dicken Streit verwickelt waren. Sie saßen im Garten zusammen, als es losging."

„Du hast sie gefilmt?"

„Klar! Und später habe ich ihnen dann den Film gezeigt und gesagt, wenn jetzt diese obszönen Streitereien nicht aufhören, schicke ich den Film an den Kaninchenzüchterverein in Bielefeld, in dem sie Mitglied sind."

„Oh. Das ist wahrscheinlich wirklich die härteste Strafe für sie."

„Das dachte ich auch, aber weit gefehlt. Vielmehr war es der Schock darüber, sich selbst beim Schimpfen zuzusehen. Ich denke, dass ihnen dies gar nicht bewusst war, wie unmöglich sie sich dabei verhalten haben."

„Na so was."

„Ja. Und seither ist eine göttliche Ruhe im unteren Stock."

„Das kann ich nur bestätigen. Die vier lachen jetzt sogar miteinander", ergänzte Hannelore.

Konrad schüttelte den Kopf und leerte dabei seine Tasse. Seine Mutter erhob sich sofort, um nachzuschenken. Dabei blickte sie ihrem Sohn in die Augen. „Und jetzt erzähle du, warum du hergekommen bist. Du strahlst so eine innere Unruhe aus. Was ist geschehen? Ist Lena schwanger?"

„Wie schwanger …" Konrad hatte mit dieser Frage zuallerletzt gerechnet. Schnell fasste er sich aber wieder. „Nein, das ist es nicht …"

„Dann ist es wieder so ein Kriminalfall!"

Seine Mutter hatte ihn natürlich wieder mal durchschaut. „In gewisser Weise schon. Es geht tatsächlich um den Mord in Truchtelfingen – ihr wisst schon …"

„Was man halt so aus der Zeitung erfährt. Das ist ja nicht allzu viel", gab Martin zurück.

„Dann werde ich euch erzählen, was mir alles bekannt ist. Ich bin neugierig auf eure Einschätzung."

So begann Konrad zu erzählen. Knapp, dennoch so ausführlich, dass seine Zuhörer alle wichtigen Informationen erhielten. Nur den Vorfall mit den Kindern im Wald ließ er aus. Er wollte nicht, dass seine Mutter sich unnötig Sorgen um ihre Enkelkinder machte.

„Das gibt's ja nicht", kommentierte Hannelore, nachdem ihr Sohn geendet hatte. „Du hast einen Entführten befreit und bist dazu in ein Haus eingebrochen …"

„Es hat sich so ergeben."

„Und du jagst einen Mörder …"

„Ich unterstütze nur die Polizei." Konrad war es wichtig, die Gesetzeshüter ins Spiel zu bringen. Das beruhigte seine Mutter.

„Aber pass bloß auf dich auf. Hörst du!", kommandierte Hannelore.

Martin hatte bisher geschwiegen. „Die Kinderbande, der Brand damals …", sinnierte er jetzt. „Es gab dort schon Diskussionen, dass der Brand kein Unfall war. Letztendlich wurde die Sache aber nicht weiterverfolgt.

Wenn ich dich richtig verstehe, vermutest du den Mörder im Umfeld der damaligen Bande oder vielleicht sogar in der Bande selber."

„Ganz genau."

„Das würde ich auch vermuten. Warte …" Martin strich sich mit der Hand durchs Haar. Eine Geste, die er immer machte, wenn er sich auf eine bestimmte Sache konzentrierte.

„Der Tote von 1994", fuhr er fort, „ich habe ihn gekannt. Sogar persönlich!"

„Was?", stieß Konrad völlig überrascht aus.

„Ja. Nachdem du mir vor ein paar Tagen von der Sache erzählt hast, habe ich mir das Ganze nochmals durch den Kopf gehen lassen. Der Name des Toten war Zollner. Wohnhaft in Pfeffingen. Ich habe ihn auf dem Sportplatz kennengelernt, damals noch im Weiherwuhr. Aber nur oberflächlich. Man hat sich halt ‚Hallo' gesagt. Ich weiß noch, dass ihn seine Frau verlassen hatte. Irgendwann Anfang der 1960er – Jahre. Die beiden hatten ein Kind, einen Jungen, der bei der Frau geblieben ist. Von da an ging es Berg ab mit Zollner. Schließlich ist er in den Wald gezogen und dort dann 1994, bei dem besagten Brand, umgekommen."

„Das ist ja interessant."

„Das Ganze ist mir leider erst später wieder eingefallen – aber immerhin."

„Du bist ein wandelndes Lexikon", lobte Konrad seinen Vater.

„Jetzt übertreibe mal nicht. Du willst ja nur noch ein Stück Kuchen.

Ich übrigens auch!" Dabei hielt Martin seiner Frau den leeren Teller unter die Nase.

„Ihr esst ja, als hättet ihr zehn Tage nichts bekommen", kritisierte Hannelore. In Wirklichkeit freute sie sich riesig, dass es ihren Männern so schmeckte.

Sie bediente die beiden mit einem weiteren Käsekuchen und schenkte dazu auch nochmals Kaffee nach.

Schließlich waren Tassen und Teller leer und Konrad verabschiedete sich von seinen Eltern. Irgendwie hatte er das Gefühl, dass ihm dieses Gespräch geholfen hatte – er wusste nur noch nicht inwiefern. Immerhin hatte er einen vollen Bauch und so viel Koffein intus, dass er wahrscheinlich bis morgen Früh wach bleiben würde.

Vor dem Haus überraschten ihn die Feriengäste aus Bielefeld. Der Dicke trug einen großen Geschenkkorb auf beiden Armen, die beiden Frauen hatten sich untergehakt.

„Ach, der Gärtner", rief der Hagere aus. „Der Rasen ist aber noch nicht hoch."

„Ich wollte auf Nummer sicher gehen", entgegnete Konrad. „Mit dem Hausherrn ist nicht zu spaßen."

„Ach. Das stimmt doch nicht. Der ist der liebste Mensch auf Erden. Er hat uns die Augen geöffnet."

„Und jetzt bekommt er von uns ein Geschenk", ergänzte der Dicke und deutet dabei mit einem Kopfnicken auf den Korb, den er trug.

„Da sage ich nur: Respekt!" Konrad konnte sich das Lachen kaum verkneifen und wandte sich deshalb schnell ab. So hatte die List seines Vaters, diese vier Leute mit einem Schlag von Streithähnen in beste Freunde verwandelt. Die Frage war nur, wie lange dieser Frieden halten würde.

Während er sich entfernte, hörte Konrad noch den Hageren sagen: „Bei uns zu Hause sind die Gärtner nicht so aufmerksam und schauen jeden Tag nach dem Rasen …"

Konrad hatte Lenas Wagen noch nicht erreicht, als sein Handy klingelt.

Kommissar Langner!

Erwartungsvoll nahm er den Anruf entgegen.

„Hallo Konrad, Langner hier. Es gibt Neuigkeiten", begann der Kommissar geheimnisvoll.

Kapitel 52

Florenz / Albstadt, 2016

Wie gut war es, dass Francesco seinen alten Jugendfreund Enrico wiedergefunden hatte. Nicht nur, dass sich Francesco auf den Beifahrersitz von Enricos Audi niederlassen durfte, er musste sich auch nicht um den Weg, die beste Strecke nach Deutschland, kümmern. Enrico hatte seinen Wagen schon etliche Male über den Brenner und durch Österreich gesteuert, sodass das Fahren für ihn überhaupt kein Problem darstellte. Alleine – der Verkehr wurde jedes Jahr mehr, die Straßen voller.
An den Grenzübergängen interessierte sich niemand für sie und somit auch nicht für die Pistole, die Francesco mit sich führte.
Alleine hätte Francesco sicher nicht so gut hierher gefunden. Es fühlte sich für ihn an, als ob er zum ersten Mal in Deutschland – dem Land seines Vaters - war. Natürlich war er in Deutschland geboren und hatte die ersten Lebensjahre hier verbracht. Daran konnte er sich jedoch nicht mehr erinnern. Nur an diesen Mann, mit schwarzem Vollbart – seinen Vater - und an die grünen Wiesen.
In Sigmaringen schließlich machten sie halt. Von hier aus war Albstadt in nicht einmal einer halben Stunde zu erreichen und Enrico fand es an der Zeit, seinen Freund zu fragen, wo genau hin in Albstadt er eigentlich wollte. Dieser Gedanke war Enrico von Anfang an durch den Kopf gegangen – jedoch hatte er seinem Freund bedingungslos vertraut. Und wenn sie erst einmal da waren, würde sich alles andere von alleine ergeben. Enrico hatte bei ihrem Zusammentreffen in Florenz gespürt, dass Francesco Hilfe brauchte. Da war es zunächst allerlei gewesen, was sie tun würden, hätten sie endlich Albstadt erreicht.

Erst jetzt stellte sich heraus, dass Francesco hierauf tatsächlich keine eindeutige Antwort wusste. Er kannte den Namen des Orts – Albstadt. Weiter aber nichts. Natürlich hätte man sich an das zuständige Amt wenden können. Eine Option allerdings, die sie bei ihrem Vorhaben nicht in Erwägung zogen.

Deswegen schlug Enrico vor, sich zunächst ein Zimmer in Sigmaringen zu suchen. Auch um etwas zu essen und ein wenig zu schlafen. Danach konnte man sich dann einen Plan zu Recht zu legen. Natürlich wusste Enrico von Francescos Waffe und natürlich auch von seinen manischen Racheplänen. Allein – er hoffte, hier doch noch irgendwie auf seinen Freund einwirken zu können.

In einem Mittelklassehotel, immerhin mit Blick auf die Donau und das imposante Sigmaringer Schloss, bekamen sie sofort ein Zimmer, welches sie für eine Nacht buchten und im Voraus bezahlten.

Nach einem kurzen aber wohltuenden Schlaf und einem Essen in einem italienischen Restaurant waren sie auf dem Rückweg zu ihrem Hotel.

Dem schönen Uferweg, entlang der Donau, schenkten sie keine Aufmerksamkeit. Vielmehr überlegten sie krampfhaft, wie sie nun weiter vorgehen sollten. Vielleicht war ihr Aufbruch aus Florenz doch ein wenig überstürzt gewesen.

„Ich denke, das Beste ist, du zeigst mir die Briefe deines Vaters nochmal", sagte Enrico gerade.

„Das können wir auf jeden Fall machen. Jetzt sind wir so kurz vor dem Ziel. Manchmal ist es mir so, als ob ich meinen Vater spüren könnte … Ich weiß, das ist verrückt."

„Du bist emotional sehr beansprucht", Enrico zögerte, bevor er weiterredete. „… Meinst du nicht, wir sollten die Sache auf sich beruhen lassen? Es sind jetzt schon über 20 Jahr vergangen."

„Auf gar keinen Fall. Wenn du mir nicht helfen willst, erledige ich die Sache alleine.

Ich muss meinen Vater rächen!

Verstehst du nicht? Ich habe fast keine Erinnerung an ihn. Man hat mir meinen Vater und meine Kindheit genommen. Genau wie bei dir. Jetzt ist die Zeit gekommen, um Rache zu nehmen."
„Beruhige dich. Ich werde dich nicht alleine lassen." Enrico legte seine Hand auf die Schulter seines Freundes. Dabei spürte er förmlich die große Verbitterung bei Francesco.
„Jetzt gehen wir zurück zum Hotel und schauen uns die Briefe nochmals an", hauchte Francesco dankbar.

Im Hotelzimmer kramte Francesco die Briefe aus seiner Reisetasche. Er hatte besonders darauf geachtet, dass sie nicht beschädigt wurden und sie deshalb zuerst in einen großen, wattierten Umschlag, danach in eine Plastikfolie und zum Schluss in ein dickes Handtuch eingewickelt. Sie waren chronologisch geordnet und genau so legte er die Briefe jetzt auf den kleinen Tisch, an dem Enrico bereits Platz genommen hatte. Es waren nicht wenige Schreiben, dennoch las Enrico jeden Brief hoch konzentriert und untersuchte dabei auch den Umschlag vorne, hinten und sogar innen.
Francesco legte sich indessen aufs Bett, die Hände hinter dem Kopf verschränkt, den Blick starr zur Decke gerichtet. Ob er sich Gedanken machte, was zu tun wäre, wenn Enrico nichts finden würde – was wahrscheinlich war – konnte man nicht erkennen.
Nach geraumer Zeit war Enrico beim letzten Brief angekommen, dem Schreiben, indem Francescos Vater erwähnt hatte, dass er von einem Mitglied der Kinderbande, mehr oder weniger, bedroht worden war. Enrico lass nochmals die entsprechenden Zeilen:
„Ich bringe dich um und vernichte dein Haus. Verschwinde endlich aus unserem Leben."
‚Vernichte dein Haus …' Enrico trafen diese Worte schwer, obwohl er sie bereits kannte. Wenig später war Francescos Vater in seinem Haus, bei einem Brand, umgekommen.
Gedankenverloren wollte er den Brief schon beiseitelegen, als er – um es wie bei den anderen auch zu machen – den Umschlag

kontrollierte. Vorne und hinten war nichts Auffälliges zu entdecken – aber innen!

Hier war links unten, ein kleiner Zettel angeklebt, so sorgfältig, dass man ihn nur entdecken konnte, wenn man den Umschlag weit öffnete und gezielt das Innere absuchte. Mit etwas Fingerspitzengefühl, gelang es Enrico den Zettel zu lösen.

Auch wenn Enrico kein Wort gesprochen hatte, so bemerkte Francesco doch an dessen Gestik und am schnellen Atmen seines Freundes, dass er etwas entdeckt hatte. Er schnellte vom Bett auf und stellte sich hinter Enrico.

„Hast du etwas?", rief er hastig.

„Einen Zettel, am unteren Rand des Umschlags versteckt."

Mit leicht zittrigen Händen drehte Enrico das kleine Stück Papier in seinen Händen. In winziger Schrift waren darauf zwei Sätze sowie dahinter jeweils zwei Namen geschrieben.

„Ich kann das nicht lesen", fauchte Francesco.

„Es ist auf Deutsch geschrieben. Ich lese es dir vor", gab Enrico angespannt zurück.

„Wenn mir etwas zustoßen sollte, dann kenne ich meinen Mörder."

Dahinter stand ein Name.

Francesco rief: „Da steht ja nur ein Wort hinter dem Satz. Ist das der Name?"

„Ja", antwortete Enrico. „Es scheint sich hierbei um einen Spitznamen zu handeln."

„Was steht darunter?" Francesco steppte von einem Bein aufs andere, um seine Nervosität in den Griff zu bekommen. Dabei hielt er sich krampfhaft an der Lehne des Stuhls fest, auf dem Enrico Platz genommen hatte.

„An diese Person wenden (er ist zwar naiv, aber gutmütig und außerdem der einzige, von dem ich seinen vollen, richtigen Namen weiß): Hannes Bürger".

Beide sagten kein Wort. Nur ihr tiefes Schnaufen war zu hören. Von draußen dröhnten die Geräusche des Feierabendverkehrs ins Zimmer – kein Vergleich zu Florenz.

Enrico hatte nun schon zum dritten Mal den Zettel gelesen. Bei Francesco war dies nicht nötig. Die Worte hatten sich bereits in sein Gehirn eingebrannt. Schließlich sagte er: „Das ist alles kein Zufall, sondern Fügung. Genau so musste es sein. Zwar haben wir nur den Spitznamen des Mörders meines Vaters, aber wir haben den Namen von dem, der uns alles erklären kann: Hannes Bürger.

Und vielleicht ist es ja auch ein und dieselbe Person!"

Kapitel 53

„Jetzt habe ich doch gerade diesen Hannes Bürger als Mörder von Kunkeler verhaftet, da behauptet dieser, du könntest ihm ein Alibi für die Tatzeit geben."

Kommissar Langner schnaufte heftig ins Telefon. Es war ihm anzuhören, dass er wütend war. Allzu gerne hätte er einen schnellen Fahndungserfolg präsentiert und nun schien ihm dieser Triumph wieder in Gefahr zu geraten.

„Ein Alibi für die Tatzeit?", gab Konrad zurück. „Das gerade nicht, aber mit ziemlicher Sicherheit, war er tatsächlich einige Tage in einem Keller in Onstmettingen eingeschlossen gewesen. Ich habe …"

„Gar nichts möchte ich hören!", schrie der Kommissar ins Telefon, sodass Konrad sein Handy blitzschnell vom Ohr wegnahm. „Du kommst jetzt sofort hierher aufs Revier nach Truchtelfingen, sonst lasse ich dich holen."

„Wenn du mich so nett bittest, komme ich sofort. Bin schon unterwegs …". Ohne die Antwort Langners abzuwarten, beendete Konrad das Gespräch.

Das würde wieder schwierig werden!

Auf der anderen Seite, lag es nicht in Konrads Verantwortung, wenn sich der Kommissar immer so sehr auf eine Sache versteifte und wenn sich diese dann als falsch erwies, sofort cholerisch wurde.

Dennoch kam er nicht umhin, auf dem nächsten Weg zum Polizeirevier zu fahren. Da verstand Langner keinen Spaß.

Vorher jedoch wählte er die Nummer seiner Schwester Marion – so viel Zeit musste sein. Er wollte sichergehen, dass es den Kindern gut ging.

Marion war inzwischen wieder von der Arbeit nach Hause gekommen. Dort hatte sie sich schon gewundert, warum die Jungen zu Hause waren – bei diesem schönen Wetter. Die Drei hatte aber nur gesagt, dass es draußen zu heiß war und dass sie Schatten bräuchten.

Konrad erklärte seiner Schwester in kurzen Worten die Geschehnisse des Tages und betonte, dass es wohl besser wäre, wenn die Kinder heute noch mal im Haus blieben.

„Was sagst du?" Es war klar, dass Marion diese Sache nicht so einfach hinnehmen würde.

„Beruhige dich", Konrad versuchte ausgesprochen unbesorgt zu klingen. „Die Kinder sind nicht in Gefahr."

„Bist du dir da auch sicher? Wir sollten zur Polizei gehen."

„Dahin bin ich gerade unterwegs."

„Wirklich?"

„Jawohl!"

„In Ordnung", Marion klang jetzt schon wieder ein wenig gefasster. „Ich vertraue dir, werde aber die drei nicht aus den Augen lassen."

„Gut so. Jetzt muss ich aber los. Kommissar Langner wartet schon auf mich."

Konrad war eingestiegen und wollte Lenas Wagen gerade starten, als er Gesang aus dem Wohnzimmer seiner Eltern hörte: „… ein Prosit auf die Gemütlichkeit …".

Jetzt stoßen sie auch noch gemeinsam an, dachte Konrad. Mein Vater hat tatsächlich manchmal magische Kräfte.

Im Eingangsbereich der Polizeistelle in Truchtelfingen, winkte ihn der diensthabende Beamte nur weiter, nachdem er seinen Namen genannt hatte. Der Kommissar schien ihn wohl bereits angekündigt zu haben. Es hatte ein wenig länger gedauert, da er keinen Parkplatz vor dem Polizeigebäude gefunden hatte. Er muss deswegen auf den Parkplatz eines großen Lebensmitteldiscounters ausweichen, der zum Glück direkt neben der Polizeidienststelle lag.

Schon auf dem Flur empfing ihn der Kommissar. Inzwischen schien er sich ein wenig beruhigt zu haben - Konrad hatte mit einer Schimpftirade gerechnet. Jedoch sagte Langner nur: „Du bist mit einem anderen Auto unterwegs, wie ich gesehen habe."

„Selbstverständlich", gab Konrad zurück, „Mein Citroen hat ja keinen TÜV mehr."

Der Kommissar strich sich mit Daumen und Zeigefinger über seinen Schnauzbart und runzelte dabei die Stirn. Damit gab er zu verstehen, dass er Konrads Worte zumindest anzweifelte.

Er muss ja nicht wissen, dass die Karre nur nicht angelaufen war, dachte Konrad.

Inzwischen war Langner voraus in ein kleines Zimmer gegangen, indem sich nur ein Tisch und zwei Stühle befanden. Er bot Konrad an, Platz zu nehmen und setzte sich selber auf den hinteren Stuhl.

„Nun erzähle mir mal bitte die Geschichte von Hannes Bürger", begann Langner.

In diesem Moment stürzte der Assistent des Kommissars, Schröderhahn, in den Raum. In der Hand hielt er Block und Stift. Ohne ein Wort zu sagen, stellte der sich neben den Tisch und brachte den Block mit der linken Hand vor seiner Brust in Stellung, während er mit der rechten den Stift auf das Papier drückte. Schröderhahn war bereit – aber war es Konrad auch? Schon auf der Fahrt hierher hatte er sich überlegt, was er dem Kommissar sagen durfte und wo er eher zurückhaltend sein musste. Schließlich war er aber zu dem Schluss gekommen, seinem alten Schulfreund alles zu berichten, was er wusste. Allerdings wollte er sich mit Vermutungen oder mit eigenen

Überlegungen, die nicht oder noch nicht gesichert waren, zurückhalten.

So begann Konrad – auch auf die Gefahr hin, sich zu wiederholen, – die Geschichte ab dem Zeitpunkt zu berichten, an dem ihn sein Schwager Gerd gebeten hatte, das Fußballtraining zu übernehmen und ihm dabei zu helfen, den verschwundenen Hannes Bürger wiederzufinden.

Schröderhahn führte seinen Stift wie ein Besessener über den Schreibblock. Unmöglich, dass irgendjemand dies hinterher noch lesen konnte. Auch Kommissar Langner machte sich ab und zu Notizen. Ab und an unterbrach er Konrads Redefluss, um die eine oder andere Frage einzuwerfen.

Konrads Bericht endete mit der Begegnung heute Morgen, im Wald zwischen Pfeffingen und Tailfingen, als er seine Patenkinder und ihren Freund vor dieser geheimnisvollen Person bewahrt hatte.

Eine geraume Zeit herrschte Schweigen im Raum. Der Kommissar sagte nichts, weil er sich gedankenverloren über seinen Schnauzbart strich und Schröderhahn, weil er immer noch mit Schreiben beschäftigt war.

Endlich brach Langner das Schweigen: „Deine Geschichte passt genau zu dem, was uns Bürger erzählt hat. Für ihn war die ganze Sache sowieso nur ein Scherz seiner Kameraden von früher."

Konrad zuckte mit seinen Schultern, was eine Zustimmung zu den Worten des Kommissars bedeuten sollte.

„Natürlich haben wir seine Aussage sofort überprüft", fuhr Langner fort. „Ich war persönlich in Onstmettingen und habe mir den Keller angesehen. Wir haben tatsächlich alles so vorgefunden, wie es Bürger beschrieben und du gerade bestätigt hast."

Der Kommissar hatte jetzt Konrads ganze Aufmerksamkeit. Hatten sie vielleicht Frau Schlosser und Herrn Lehner, den Boss, geschnappt?

Langner schien Konrads Gedanken lesen zu können: „Das Haus war leer. Niemand war zu Hause. Wir mussten einen Schlüsseldienst heranziehen, um die Tür zu öffnen."

„Das geht so einfach", warf Konrad ein.

„In diesem Fall schon. Gefahr im Verzug … und so was."

„Und das Dachfenster?", fragte Konrad weiter.

„Was meinst du?"

„Na – war das Dachfenster noch offen. Ich habe dir doch erzählt, dass ich so ins Haus eingestiegen bin."

„Darauf habe ich gar nicht geachtet … natürlich habe ich da ja auch noch nicht gewusst, wie du ins Haus gekommen bist." Der Kommissar wirkte verärgert, aber auch motiviert zugleich. „Schröderhahn! Lassen sie das prüfen. Schicken sie eine Streife hin – oder, vielleicht sind Kollegen ja auch zufällig in der Nähe."

Es dauerte einige Sekunden, bis der Assistent sich angesprochen fühlte. Danach verließ er aber sofort und eiligen Schrittes das Zimmer und hinterließ nur ein zackiges „Jawohl!".

Der Kommissar sah im kopfschüttelnd hinterher, während er murmelte: „Heutzutage kann man sich seine Mitarbeiter leider nicht aussuchen."

Konrad senkte den Kopf, damit Langner sein Schmunzeln nicht sehen konnte.

„Jetzt muss ich tatsächlich einmal gestehen, dass du mir geholfen hast", sagte der Kommissar nun wieder mit voller Stimme, wobei Konrad meinte, eine gewisse Verlegenheit in den Worten Langner herauszuhören.

„Das freut mich."

„Tja – nun ist aber endgültig Schluss mit deinen privaten Recherchen. Immerhin geht es hier um Mord. Das ist viel zu gefährlich für Amateure." Langner machte eine kurze Pause. „In der Tat sieht es nun so aus, dass Hannes Bürger nichts mit dem Mord zu tun hat. Deshalb sehe ich auch keinen Grund, ihn weiter festzuhalten. Du kannst ihn nachher gleich mitnehmen …"

„Moment", unterbrach Konrad energisch. „Ich bin doch nicht das Kindermädchen von Hannes …"

„Keine Widerrede. Du nimmst ihn mit. Ich habe keine Lust, nochmals Steuergelder zu verschwenden, um diesen … Typen … nach Hause kutschieren zu lassen."

„Aber …"

„Außerdem weiß ich ja jetzt, wer die richtigen Mörder sind: Schlosser und Lehner!"

Der Kommissar war aufgestanden. Ein überlegenes Lächeln lag auf seinem Gesicht.

Alles spricht tatsächlich für diese Theorie, dachte sich Konrad. Die beiden hatten eine Waffe, waren die Entführer von Hannes und jetzt – allen Anscheins nach – auf der Flucht.

Plötzlich war an der Tür ein Kratzen zu hören, wie es ertönt, wenn jemand an der Türschnalle vorbeigegriffen hatte. Kurz darauf wurde die Tür aufgerissen und Schröderhahn stürmte in den Raum.

„Es war eine Streife in unmittelbarer Nähe", keuchte er. „Die haben nachgesehen und gemeldet, dass das Dachfenster geschlossen ist."

Der Kommissar warf seine Blicke zwischen Konrad und Schröderhahn hin und her. Schließlich sagte er: „Dann sind die Mörder also doch noch kurz zu Hause gewesen. Aber keine Sorge, die kriegen wir schnell – sehr schnell."

Kapitel 54

Irgendwie kam Konrad die Situation surreal vor. Träumte er oder war es tatsächlich wahr, dass Hannes Bürger schon wieder neben ihm im Auto, auf dem Weg nach Tailfingen, saß?

Auch Hannes schien angespannt zu sein. Deshalb beschloss Konrad, die Atmosphäre im Wagen ein wenig aufzulockern: „Ich sollte mir einen Piepser anschaffen. Dann brauchst du nur auf den Knopf zu drücken, wenn ich dich irgendwo abholen soll."

Hannes zeigte keine Reaktion. Nach wie vor starrte er, mit traurigem Blick, auf seine Füße. Dabei hatte Konrad den Eindruck, dass er sich tatsächlich die Vorteile eines Piepsers überlegte.

„Das war nur ein Spaß", bemühte sich Konrad schnell zu sagen, um Hannes nicht noch weiter nach unten zu ziehen. Dieser schüttelte sich, so als hätte man in gerade wachgerüttelt. „Du hast einen neuen Wagen", stieß er plötzlich zusammenhanglos hervor.

„Das ist nur das Auto meiner Frau", entgegnete Konrad, froh, dass sein Mitfahrer überhaupt wieder redete. „Mein anderer ist nicht angesprungen."

„Der ist ja auch schon uralt."

Jetzt war es Konrad, der keinen Spaß verstand.

Sein Citroen ... uralt?

Nur mit Mühe schaffte er es, ruhig zu bleiben. Nach einem tiefen Einatmen gelang ihm das schließlich – und objektiv betrachtet, hatte sein Beifahrer sogar Recht.

„Du hast mich jetzt schon zweimal gerettet", fuhr Hannes fort. „Heute Morgen hast du mich aus dem Keller befreit und nun gerade vor einer Mordanklage bewahrt."

„Ich habe nur der Polizei bestätigt, dass du mit dem Tod von Matthias Kunkeler nichts zu tun hast."

„Der Prof …" Hannes senkte wieder den Kopf und Konrad befürchtete schon einen Rückfall in seine Depression. Deshalb entgegnete er sofort: „In der Tat habe ich dich zweimal aus misslichen Lagen befreit. Jetzt bist du an der Reihe, mir einen Gefallen zu tun."

Hannes horchte auf! Eigentlich war sein ganzes Leben dafür ausgerichtet, anderen Menschen einen Gefallen zu tun. Konrad hatte wohl die richtigen Worte gewählt.

„Ich möchte, dass du mir alles über die Bande von damals erzählst und auch das, was du von den Leuten heute weißt. Jede Einzelheit ist wichtig."

Hannes wirkte erschreckt.

Endlich sagte er: „Wir haben uns damals Treue geschworen und zusammenzuhalten. Wir hatten alle Spitznamen, die richtigen Namen waren egal. Verstehst du? Wir waren Blutsbrüder."

„Hannes!", fuhr Konrad energisch dazwischen. „Matthias Kunkeler ist ermordet worden. Der Prof ist tot."

„Du hast recht. Das ändert alles.

Gut – ich werde dir erzählen, was ich weiß."

Inzwischen waren sie vor dem Haus von Hannes angekommen. Konrad öffnete beiden Seitenfenster und stellte den Motor ab. Er hatte darauf geachtet, im Schatten zu parken, um nicht den heißen Sonnenstrahlen ausgesetzt zu sein. So konnten Hannes jetzt in relativ angenehmer Atmosphäre seine Erzählung beginnen.

„Die ganze Geschichte begann an einem warmen Tag, in den Sommerferien, im Jahr 1994. Ich war damals elf Jahre alt. Mir war langweilig und ich fuhr mit dem Rad durch Pfeffingen. Hinter der Alten Schule, beim Skilift, begegnete ich zum ersten Mal der Bande der Furchtlosen. Diese erste Begegnung war alles andere als angenehm für mich, denn Schoko und Bud haben mich erst einmal in den Schwitzkasten genommen."

Hannes Körperhaltung war jetzt eine ganz andere geworden. Auch seine Augen strahlten, so als wünsche er sich nichts sehnlicher, als nochmals zurück in diese Zeit versetzt zu werden. Er berichtete weiter, von der Mutprobe, die er zu bestehen hatte, um in die Bande aufgenommen zu werden. Dafür musste er Nägel aus einer Werkstatt stehlen. Diese wurden benötigt, um ihr Lager am Waldrand zu bauen. Dort hatten sie schließlich auch den Kauz kennengelernt, die Truhe mit dem „Schatz" gefunden und schließlich den Kauz wieder verloren, als dieser beim Brand seiner Hütte umgekommen war.

„Mit dem Tod des Kauz, endete auch schon die Zeit der Bande wieder", berichtete Hannes weiter. „Wir trafen uns zwar noch ein paar Mal, sahen uns auch ab und zu in der Schule, aber der Geist der alten Bande war verloren. Irgendeine dunkle Wolke hing über unserer Freundschaft seit dem Unglück. Ich selber konnte nur nicht sagen, was genau die Ursache dafür war. Aber es hing natürlich mit dem Brand zusammen, soviel war klar."

Als Hannes jetzt eine Pause machte, hakte Konrad sofort nach: „Und was kannst du mir über die einzelnen Personen heute berichten. Wo und wie wohnen sie? Was arbeiten sie?"

„Leider nicht viel. Aber ich versuche mal zusammenzutragen, was ich weiß:

Ich beginne mit den beiden Mädchen – jetzt Frauen: Miss wohnt in Onstmettingen, im Haus ihres zweiten Mannes, der bei einem Unfall mit dem Motorrad ums Leben gekommen ist. Das Haus kennst du ja. Von ihrem ersten Mann ist sie geschieden, soviel ich weiß. Wie sie mit Boss zusammengekommen ist – da habe ich keine Ahnung.

Ich habe sie auf jeden Fall letzte Woche angerufen und gefragt, ob wir unser Treffen bei ihr zu Hause machen könnten. Bei mir gebe es nicht so viel Platz. Sie hatte spontan zugesagt und war anscheinend sehr erfreut, über meinen Anruf.

Das zweite Mädchen, Grace, ist auch nie aus Albstadt weggezogen. Sie wohnt im Haus ihrer verstorbenen Eltern in Pfeffingen. Soviel ich weiß, ist sie ledig. Was sie arbeitet – keine Ahnung. Ich meine mich zu erinnern, dass ich irgendwann einmal gehört habe, dass sie eine Ausbildung bei der Polizei begonnen hatte. Diese hat sie aber anscheinend nicht zu Ende gemacht. Sie war jedenfalls diejenige in der Bande, die immer darauf bedacht war, dass alles harmonisch abläuft und dass es ja keine Streitereien gab."

Hannes legte jetzt seinen rechten Ellenbogen in das offene Seitenfenster des Wagens. Diese Geste signalisierte Konrad, dass Bürger jetzt ganz entspannt war. Die Erinnerungen an die Bande und ihre Mitglieder schien sich positiv auf seinen Gemütszustand auszuwirken.

„Die beiden Dicken, Schoko und Bud, kamen mir immer vor, wie eine Bande innerhalb der Bande. Die beiden hingen immer zusammen rum und tuschelten auch ständig miteinander. Sobald sich ein Dritter näherte, verstummten sie abrupt. Trotzdem hätten sie alles für die Bande getan und vor dem Boss hatten sie mächtig Respekt. Zufälligerweise wohnen die beiden auch in derselben Gegend. Schoko in Ulm und Bud in Neu-Ulm – quasi nur durch die Donau getrennt. Was Schoko und Bud arbeiten, weiß ich auch nicht ganz genau. Auf jeden Fall etwas im Büro.

Die Adressen der Auswärtigen musste ich übrigens zuerst herausfinden. Ich tat dies jeweils bei den Eltern. Du weißt ja, ich habe dann ja alle per Brief eingeladen.

Dann wäre da noch Conan. Er war immer sehr mutig und unheimlich kräftig, aber – ich sage es ungern – er war doch ziemlich dumm. Conan ist nach Empfingen gezogen und arbeitet dort bei einer Firma als Bauarbeiter, vorwiegend im Steinbruch, wie mir sein Vater sagte. Er ist verheiratet, hat aber keine Kinder. Zum Schluss natürlich unser Anführer, Boss. Es ist mir immer noch ein Rätsel, wie er und Miss zusammengekommen sind. Den Brief mit der Einladung habe ich jedenfalls nach Fulda geschickt. Diese Adresse hatte ich von seiner Mutter bekommen, die noch in Pfeffingen lebt. Der Vater ist vor ein paar Jahren gestorben. Seine Mutter hat mir auch erzählt, dass er als Krankenpfleger arbeitet. Das kann ich mir aber beim besten Willen nicht vorstellen. Er war immer der geborene Chef. Sein Wort galt. Was er sagte, wurde getan."

Hannes hielt inne. Er fächerte mit der Hand frische Luft ins Wageninnere. Trotz des Schattenparkplatzes, stieg die Temperatur im Auto zusehends.

Schließlich fuhr er fort: „Und am Ende sind dann noch Prof und ich übrig. Das war dann die Bande. Acht Personen."

Konrad nickte. Er hatte versucht, sich Hannes Worte genau einzuprägen. Allzu viele Informationen waren es in der Tat nicht. Die Erfahrung aber hatte Konrad gelehrt, solche Dinge erst einmal „sacken" und das Unterbewusstsein weiter arbeiten zu lassen.

„Vielen Dank, Hannes", sagte er deshalb. „Ich denke, jetzt hast du dir etwas Ruhe verdient."

Hannes nickte erleichtert.

„Wenn ich noch etwas für dich machen kann …", bot Konrad an.

„Nein, danke. Ich komme zurecht. Jetzt muss ich zu aller erst, das morgige D-Jugendturnier vorbereiten."

Nachdem Hannes ausgestiegen war, startete Konrad sogleich den Wagen. Der frische Fahrtwind tat gut. Es war immer noch sehr heiß, obwohl die Uhr auf dem Armaturenbrett bereits nach 18:00 Uhr anzeigte.

Konrad kam nicht weit. Kurz bevor es die steile Jahnstraße in die Innenstadt von Tailfingen hinabging, meldete sich dieses besagte Unterbewusstsein. Gerade noch rechtzeitig steuerte er den Wagen nach rechts auf den kleinen Parkplatz vor der beeindruckenden Franziskuskirche, mit ihrem spitzen, dunklen Turm.

Ein Gedanke war, wie ein lodernder Pfeil in einen trockenen Heuhaufen, in sein Gehirn eingedrungen und hatte seinen Kopf zum „brennen" gebracht.

Die unzähligen Überlegungen der letzten Stunden, ja Tage, schienen mit einem Mal in eine einzige Idee zu münden. Konrad riss sein Handy förmlich aus der Hosentasche und wählte die Nummer von Kommissar Langner. Bereits nach dem ersten Klingeln meldete sich der Kommissar. Ohne ein Grußwort stellte Konrad nur eine Frage.

Es dauerte einige Zeit, ehe Langner antwortete. Eine Antwort, mit der Konrad natürlich gerechnet – immerhin gehofft hatte, dass sie anders ausfiel: „Das darf ich dir nicht sagen!"

Jetzt waren wieder seine Überredungskünste vonnöten – und Konrad versuchte sein Bestes.

Fünf Minuten lang.

Schließlich fluchte der Kommissar ins Telefon und schnaufte: „Aber nur noch dieses eine Mal!" Danach legte Langner auf, um sich kurze Zeit später wieder zu melden, um Konrads Frage zu beantworten.

Konrads Idee hatte sich also bestätigt!

Jetzt galt es, den nächsten Schritt zu tun. Dabei musste er an die Begegnung mit seinen Eltern, heute Nachmittag, denken.

Klar - er würde es machen, wie sein Vater!

Dieser hatte seinen Feriengästen eine Falle gestellt. Und genau das würde er auch tun: Eine Falle stellen - dem Mörder eine Falle stellen.

Dazu brauchte er nochmals die Hilfe von Hannes Bürger. Er startete den Wagen und fuhr schnellstmöglich dorthin zurück, von wo er gerade gekommen war.

Kapitel 55

Florenz / Albstadt, 2016

„Das wird nicht nötig sein." Enrico legte seine Hand beruhigend auf Francescos Schulter. Dieser hatte gerade zum wiederholten Male, die Pistole untersucht, die er in der Innentasche seines Jacketts trug. Er steckte die Waffe behutsam zurück, während er antwortete: „Wenn er nicht redet, wird sie nötig sein."
Enrico erschrak erneut über diese gefährliche Verbohrtheit seines Freundes.
Die beiden saßen in Enricos Auto, rund 50 Meter entfernt von dem Wohnblock, indem Hannes Bürger seine Wohnung hatte - in Albstadt, Stadtteil Langenwand.
Nachdem sie Hannes Namen erfahren hatten, war es für Enrico ein leichtes gewesen, die Adresse herauszufinden. Er hatte den Namen einfach in die Telefonauskunft im Internet eingegeben und war sofort fündig geworden.
„Wie gut, dass du einen Wagen mit deutschem Kennzeichen hast", sagte Francesco. „So fallen wir viel weniger auf. Dies hier ist ja schon eine verschlafene Gegend."
„Im Gegensatz zu Florenz natürlich schon", gab Enrico schmunzelnd zurück. „Aber es gibt auch in Deutschland solche Großstädte. München zum Beispiel, da war ich im Frühjahr."
„Es wird Zeit, dass wir diesem Hannes einen Besuch abstatten", mahnte Francesco - der plötzlich wieder wenig Sinn für andere Gedanken hatte. „Sofort!"
„Warte noch ein wenig. Lass uns zuvor noch kurz die Umgebung beobachten. Das ist sicherer."
Francesco konnte seine Ungeduld beinahe nicht kontrollieren, musste aber einsehen, dass sein Freund wohl recht hatte. „Gut. Noch fünf Minuten."

Nach drei Minuten öffnete Francesco die Beifahrertür und machte Anstalten auszusteigen.

„Stopp", zischte Enrico. „Da kommt jemand!"

Francesco gilt zurück auf seinen Sitz und schloss die Türe vorsichtig. Gemeinsam konnten sie nun beobachten, wie ein Auto in rascher Geschwindigkeit heranfuhr und direkt vor dem Hauseingang zu Hannes Bürgers Wohnung parkte. Ein großer, sportlich aussehender Mann sprang aus dem Wagen und klingelte. Kurze Zeit später war ein Knacken in der Sprechanlage zu hören und der Mann sagte: „Hallo Hannes! Landberg nochmals. Ich habe etwas vergessen. Es ist wichtig!"

Enrico übersetzte blitzschnell die Worte des Fremden ins Italienische.

Das summende Geräusch des Türöffners ertönte und der Mann verschwand im Haus.

„Ist das denn möglich? Dieser Mann möchte zu Hannes. Hannes Bürger." Francesco war seine Aufregung deutlich anzumerken.

„Gut, dass wir noch gewartet haben", antwortete Enrico.

Wenig später wurde eine Jalousie in der Erdgeschosswohnung hochgezogen, wobei der Blick dadurch – zwar nur kurz, aber deutlich – auf zwei Männer frei wurde. Der eine war der Mann, der gerade geklingelt hatte. Also musste der andere Hannes Bürger sein. Francesco und Enrico registrierten dies mit großer Genugtuung.

Es dauerte nicht lange, bis der Mann wieder im Freien erschien. Er bestieg seinen Wagen und brauste davon.

„Ich denke, es ist besser, wenn wir warten, bis es dunkel geworden ist, bevor wir diesem Bürger unseren Besuch abstatten", sagte Enrico.

„Hm …"

„Es dauert nicht mehr lange. Die Sonne ist schon fast untergegangen."

„In Ordnung. Wie du meinst", gab Francesco, eher widerwillig zurück. „Jetzt habe ich so lange gewartet. Nun kommt es auf eine

Stunde auch nicht mehr an. Hauptsache der Mord an meinem Vater, den ich nicht gekannt habe, wird gesühnt."

Kapitel 56

Schon wieder beugte sich ein blonder Engel über ihn.

Dieses Mal jedoch kam ihm der Engel irgendwie bekannt vor.

„Aufstehen, mein Schatz", hörte er eine frohgelaunte Stimme. „Du bist nochmals eingeschlafen. In fünf Minuten müssen wir los."

Jetzt wusste er es: Der zweite Engel war Lena, seine Frau. Konrad streckte sich im Bett. Der Wecker zeigte 5:15 Uhr – nichts wie raus.

Während er sich ankleidete, versuchte er die Begegnung mit dem ersten Engel in dieser Nacht zu rekonstruieren. Nur vage erinnerte sich Konrad an seinen Traum. Etwas Schlimmes war passiert, danach hatte sich ein Engel über ihn gebeugt …

Er schüttelte sich. Der bevorstehende Tag, mit all seinen Gefahren, schien sich ins Unterbewusstsein von Konrad eingeschlichen zu haben. Er konnte nur hoffen, dass es keine Vorahnung war – nämlich, dass ihm heute tatsächlich etwas Schreckliches zustoßen würde.

Konrad verließ das Schlafzimmer mehr taumelnd als gehend. In der Küche stand Lena, in voller Wandermontur, ihr Rucksack stand neben ihren Füßen auf dem Boden. „Schön, machen wir uns auf den Weg!" Jetzt wirkte Lenas Stimme eher wie die eines Vorgesetzten beim Militär, der einem Rekruten einen Befehl gab. Konrad nahm sich gerade noch die Zeit, Kaffee in eine große Tasse Kaffee einzuschenken, um diese mit ins Auto zu nehmen.

„Wir nehmen meinen Wagen", sagte Lena noch, bevor sie sich in Bewegung setzte.

„In Ordnung. Für den Citroen wäre es auch noch zu früh", entgegnete Konrad.

„Genauso wie für seinen Fahrer", schmunzelte Lena.

Konrad hatte seiner Frau nur vage Informationen gegeben, wie er den heutigen Tag verbringen würde. Er wollte Lena auf gar keinen Fall diesen Tag verderben, dadurch, dass sie sich unnötig Sorgen um ihn machte.
Wobei diese berechtigt gewesen wären!
Sie hatte sich so sehr auf diese Wanderung, die Albstadt Challenge über 60 Kilometer, gefreut und auch, durch unzählige Trainingseinheiten, darauf vorbereitet.
Gerade Lenas Vorfreude, wurde jetzt deutlich spürbar, als sie die Langenwand überquerten und auf der Fahrt, hinunter nach Pfeffingen waren. Die Dämmerung hatte noch nicht eingesetzt, jedoch waren am nachtschwarzen Horizont über Pfeffingen zwei deutliche Lichtquellen zu erkennen. Die eine stammte von der Flutlichtanlage des Pfeffinger Sportplatzes, dem Startpunkt der Wanderung. Quelle zwei war ein sagenhafter Vollmond, der groß am Sternenhimmel über Pfeffingen strahlte.
Auch Konrad wurde von dieser einmaligen Stimmung und Lenas Freude mitgerissen. Diese verstärkte sich nochmals, als sie aus dem Wagen stiegen, nachdem sie beim Sportplatz endlich einen Parkplatz gefunden hatten. Aus allen Richtungen tauchten Menschen aus der schwarzen Nacht auf, sportlich gekleidet, mit vollgepackten Rucksäcken auf den Schultern. Manche waren ausgelassen fröhlich und erzählten sich Witze, bei wieder anderen war eine gewisse Anspannung unverkennbar.
Konrad begleitete seine Frau in Vereinsheim, wo sich alle angemeldeten Starter registrieren lassen mussten und wo sie ihre Startnummern ausgehändigt bekamen.
An mehreren Tischen warteten freiwillige Helfer auf die Wanderer, sodass die Registrierung, trotz der vielen Starter, recht zügig vonstattenging. Neben der Startnummer erhielten

die Teilnehmer eine Tasche überreicht, in der sich nützliche Dinge befanden, vor allem aber ein T-Shirt, mit der Aufschrift „Albstadt – Challenge". Manch einer oder eine streifte sich dieses sofort über und zeigte sich stolz seinem Nebenmann.

Konrad kannte viele der Menschen, sowohl bei den Helfern, als auch bei den Startern. So ergab sich das ein oder andere Gespräch, sodass die Zeit rasend schnell vorbeiging. Schließlich erblickten Konrad und Lena auch Gerd Müller und winkten ihm zu. Er winkte zurück und kam auf die beiden zu, die mittlerweile wieder vor dem Sportheim standen und sich noch schnell einen kostenlosen Kaffee sowie ein Stück Hefezopf gönnten. Lenas Arbeitskollegin, hatte sich inzwischen auch zu ihnen gesellt. Die beiden wollten miteinander die Strecke in Angriff nehmen.

„Wenn du schon da bist, könntest du ja auch mitwandern", rief Gerd seinem Schwager schon von weitem zu.

„Ich wandere gleich wieder zurück zum Auto, fahre dann nach Hause und leg mich nochmals aufs Ohr", erwiderte Konrad.

„Das habe ich mir gedacht." Gerd hatte die Gruppe jetzt erreicht. „Gratulation übrigens. Hannes hat mich gestern Abend noch angerufen. Ich bin zwar aus seinen Schilderungen nicht schlau geworden, aber er wird heute mit der D-Jugend zum Turnier fahren."

„Darüber müssen wir ein anderes Mal reden", entgegnete Konrad. „Jetzt ist es 6:00 Uhr und ihr müsste gleich starten."

In der Tat, hatte sich der Pfeffinger Ortsvorsteher bereits positioniert und wünschte den Beteiligten mit einigen netten Worten eine schöne Wanderung, bevor er den Startschuss gab.

Ein letztes Winken von Lena – danach setzte sie sich mit ihrer Kollegin und den anderen in Bewegung. Gerd gesellte sich zu den beiden Frauen und winkte Konrad ebenfalls nochmals zu.

Schon nach kurzer Zeit war der Tross auf seinem Weg nach Burgfelden schon fast nicht mehr zu sehen.

Konrad schritt zurück zum Auto – er hatte noch einiges vorzubereiten.

Kapitel 57

Hannes Bürger machte sich Gedanken.

Irgendwie lief diese Woche nicht so glatt für ihn. Erst wurde er von Miss und Boss in einen Keller eingesperrt, danach von der Polizei als Mordverdächtiger verhaftet.

Und nun?

Nun war er schon wieder entführt worden.

Dabei hatte er gestern Abend gedacht, dass jetzt wieder alles seinen geregelten Weg gehen würde. Nachdem ihn Konrad Landberg nach Hause gefahren hatte.

Aber kurze Zeit später stand Landberg nochmals vor seiner Tür und trug ihm auf, der Bande etwas sehr Seltsames mitzuteilen.

Er sollte jeden einzelnen kontaktieren. Dazu musste er erst einmal die Telefonnummern von allen in Erfahrung bringen. Tatsächlich gelang es ihm aber alle zu erreichen - bis auf Miss und Boss. Denen sprach er aber auf den Anrufbeantworter.

Conan, Schoko und Bud hatte er über ihre Eltern erreicht, da sie gerade dort wohnten, solange sie in Albstadt waren. Von ihnen gelangte er an die Handynummer von Boss. Die Nummern von Miss und Grace kannte er.

Allen – so hatte es ihm Landberg aufgetragen – hatte er dasselbe gesagt:

„Wir treffen uns morgen, Samstag, um 18:00 Uhr bei mir in der Wohnung. Ich möchte am Telefon nichts sagen, nur so viel: Konrad Landberg weiß, wer der Mörder von Prof ist! Er geht morgen Früh gleich zur Polizei, nachdem er noch etwas beim Start des Mountainbike – Radrennens im Bullentäle, bei der Zollern-Alb-Halle, überprüft hat. Der Start ist um genau 10:00 Uhr."

Hannes hatte Landberg nicht verstanden, was genau er damit meinte.

Wusste er wirklich, wer Prof ermordet hatten?

Jedenfalls hatte er die Botschaft weitergegeben. Anschließend, den Treffpunkt für die D-Jugendspieler samt Eltern festgelegt und über die D-Jugendgruppe per Handy verteilt. Wie immer kam sehr rasch ein erhobener Daumen von gut dreiviertel der Eltern zurück, dass sie den Termin registriert hatten. Bei dem restlichen Viertel musste man halt hoffen, dass sie zum Treffpunkt in Albstadt erschienen oder wenigstens zum Beginn des ersten Spiels in Obernheim waren.

Zu guter Letzt hatte Hannes noch seinem Jugendleiter Gerd Müller angerufen, um ihn zu informieren, dass das mit dem Turnier funktionieren würde. In kurzen Worten hatte er noch zusammengefasst, was in den letzten Tagen geschehen war. Dies jedoch schien Gerd nicht verstanden zu haben.

Endlich hatte er alles erledigt und konnte sich nun auf sein Sofa legen, um fernzusehen.

Draußen war es bereits dunkel und so verwunderte es ihn doch sehr, dass kurze Zeit später nochmals jemand an seiner Tür klingelte. Und zwar nicht draußen, vor dem Haus, sondern direkt an der Wohnungstür.

„Wieder dieser Landberg", fauchte Hannes und stürmte zur Tür, die er genervt aufriss. „Was gibt es denn noch?"

Hannes hielt überrascht inne. Vor der Tür stand nicht Konrad Landberg, sondern zwei ihm unbekannte Männer, mit einem Gesichtsausdruck, welcher nichts Gutes verhieß.

Wieder einmal viel zu schnell für Hannes, standen die beiden Männer in seiner Wohnung. Der eine hatte die Tür rasch geschlossen, während ihm der andere Mann eine Pistole an den

Hals drückte. Dabei fauchte er einige Worte in einer Sprache, die Hannes nicht verstand.

Sogleich begann nun auch der zweite Mann zu reden und dieses Mal verstand Hannes die Sprache. Er redete Deutsch, wenn auch mit leichtem Akzent.

„Seien sie ruhig. Es geschieht ihnen nichts. Wir brauchen nur einige Informationen." Die Stimme war angenehm und beruhigte Hannes sofort ein wenig. „In Ordnung. Ich schreie nicht. Aber – können sie dem Mann sagen, er soll die Pistole wegnehmen?"

Enrico gab Francesco ein diesbezügliches Kommando, worauf dieser tatsächlich die Waffe von Hannes Hals nahm, sie aber nach wie vor auf ihn richtete. Die beiden hatten an der Haustüre Glück gehabt, da gerade jemand das Haus verlassen hatte und sie so rasch hineinschlüpfen konnten. Lediglich das Suchen nach der richtigen Wohnungstür hatte etwa Zeit in Anspruch genommen.

„Gehen wir hinein", gebot Enrico, nachdem er sich umgesehen hatte und meinte damit das Wohnzimmer.

Hannes wurde von Francesco den Flur entlang geschoben und anschließend im Wohnzimmer aufs Sofa bugsiert. Der Fernseher lief in voller Lautstärke, sodass Enrico das Gerät erst einmal ausschaltete. Danach schloss er das noch offene Fenster und ebenso wie die Jalousien.

Die beiden Italiener nahmen gegenüber Hannes Platz, wobei Francesco keine Sekunde lang seine Waffe senkte.

„Wie gesagt", begann Enrico. „Wir benötigen nur einige Informationen."

Gleich danach übersetzte er das eben gesagte ins Italienische.

„Dies hier ist", Enrico deutete auf Francesco. „Francesco Zollner, der Sohn des 1994 bei einem Brand ums Leben gekommenen Zollner."

Hannes riss vor Schrecken die Augen und den Mund weit auf.
„Der Kauz", haucht er.
„Wer?"
„Man nannte Zollner nur den Kauz."
Enrico übersetzte, wonach Francesco zum ersten Mal die Waffe senkte und sich mit der freien Hand über die Stirn fuhr.
„Ich wusste nicht, dass der Kauz einen Sohn hat", stammelte Hannes weiter.
„Er hatte einen", gab Enrico zurück. „Allerdings hat ihn seine Frau verlassen und ist mit Francesco – als dieser drei Jahre alt war - nach Italien, Florenz, zurückgekehrt."
Hannes blickte Francesco lange an, bevor er sagte: „Es tut mir so leid. Es war ein Unfall damals."
Kaum hatte Enrico übersetzt, fuhr Francesco auf und machte einen Satz auf Hannes zu. Enrico konnte ihn gerade noch zurückhalten.
„Wir wissen, dass es kein Unfall war. Es war Mord!"
Hannes zuckte jetzt noch mehr zusammen als gerade eben.
„Wir brauchen nur den Namen des Mörders. Den Spitznamen haben wir schon", fuhr Enrico fort. „Und wir müssen wissen, wo wir den Mörder finden können."
In diesem Moment versagten die Nerven von Hannes Bürger vollständig. Unter Tränen stieß er hervor: „Es gibt noch einen Mord und Konrad Landberg weiß, wer der Mörder ist."
„Wer ist Konrad Landberg?"
„Ich erzähle ihnen alles – auch von früher, von der Bande."
Enrico übersetzte Francesco die Worte von Hannes. Danach sahen sich die beiden Freunde lange an. Schließlich nahm Francesco wieder Platz und ließ die Pistole in seinen Schoß sinken. Mit einem kurzen Nicken erklärte er sich einverstanden, zunächst Hannes erzählen zu lassen.

„Einverstanden", sagte Enrico zu Hannes. „Dann berichten sie bitte alles. Auch das kleinste Detail."

Hannes schluckte und begann zu sprechen. So langsam, dass Enrico alle Zeit hatte, seine Worte zu übersetzten. Schon nach kurzer Zeit warf Francesco seinen Kopf in den Nacken und starrte zur Decke. Er schien sich mit allen Sinnen ins Jahr 1994 zurückzuversetzen, um so vielleicht seinem Vater ein wenig nahe sein zu können.

Gut eine dreiviertel Stunde später, hatte Hannes alles berichtet. Auch die neusten Entwicklungen, um den Mord an Prof und die Nachricht, die Konrad Landberg, über ihn, der Bande zukommen gelassen hatte.

Am schwersten jedoch war ihm gefallen, die Identität der Person preis zu geben, deren Spitznamen die beiden Männer genannt hatten.

Das war doch nicht möglich!

Bürger war in dieser Sache eindeutig überfordert.

„Dann werden wir die Nacht hier verbringen und morgen um 10:00 Uhr meinen Vater bei dieser Zollern-Alb-Halle rächen. Und Bürger wird unsere Geisel sein", sagte Francesco zu Enrico, nachdem Hannes geendet hatte.

Dies jedoch verstand Hannes nicht. Er konnte kein Italienisch.

Kapitel 58

Konrad musste sich beeilen. Die Suche nach einem Parkplatz hatte unverhältnismäßig viel Zeit gekostet. Der offizielle Parkplatz neben der Zollern-Alb-Halle konnte nicht genutzt werden, da hier die Fahrradteams ihr Service – und Fahrerlager aufgeschlagen hatten. Schließlich entdeckte er doch eine Lücke, in einer Parkbucht, direkt an der Konrad-Adenauer-Straße. Eng zwar, aber Lenas Wagen passte gerade so hinein.

Es war einiges los in Albstadt an diesem Wochenende. Zum einen die Challenge zum anderen natürlich das große internationale Mountainbike – Radrennen im Bullentäle, mit Start und Ziel direkt vor der Zollern-Alb-Halle. Die Halle lag in etwa auf der Stadtteilgrenze zwischen Truchtelfingen und Tailfingen, was schon des Öfteren zu lebhaften Diskussion geführt hatte, wo nun das Gebäude in Wirklichkeit stand: in Truchtelfingen oder in Tailfingen?

Im Moment war dies Konrad einerlei. Schon der Blick von der Straße hinunter auf das Fahrerlager und weiter, auf die Tribüne im Start / Ziel – Bereich sowie die Bühne für die Siegerehrungen war beeindruckend. Zudem gab es weiter hinten noch ein großes Festzelt, sowie einige Attraktionen für die kleineren Gäste, wie Karussell und Trampolin.

Konrad hatte diesen Ort für seine „Falle" bewusst gewählt. Hier waren so viele Leute, hier war so viel los, dass gerade die Gefahr, in die er sich begeben wollte, an diesem Ort wohl am geringsten war. Er hatte sich mit kurzen Hosen und einer Jeansjacke eingekleidet, da er meinte, so am besten den Eindruck eines sportbegeisterten und interessierten Besuchers zu hinterlassen und trotzdem irgendwie aufzufallen. Wer trug bei diesem Wetter schon eine Jacke?

Das Radrennen führte die Athletinnen und Athleten über einen äußerst selektiven Kurs, durch den Wald hinauf auf den Truchtelfinger Bol, quasi über Stock und Stein. Eben durch dieses unverkennbare Tal, mit dem liebevollen Namen Bullentäle. Von dort oben ging es anschließend wieder hinunter über steiles Gelände zum Ziel. Die Strecke erforderte von den Akteuren ein hohes technisches und fahrerisches Können. Deshalb waren hier auch nur qualifizierte Sportler am Start, ja sogar Olympiasieger und Weltmeister.

Der Start des Frauenrennens war auf 10:00 Uhr terminiert, anschließend gingen die Männer ins Rennen. Sie musste zwei Runden mehr bewältigen als die Damen.

Als Konrad die kleine Brücke über die Schmiecha überquert hatte, tauchte er förmlich in die Menschenmenge ein, die geschäftig oder interessiert herumwimmelte.

Sein Gedankenblitz gestern Abend hatte ihn erst auf die Spur gebracht. Er meinte nun zu wissen, wer den Prof, Matthias Kunkeler, umgebracht hatte. Eine Bestätigung seiner Theorie hatte er dann noch von Kommissar Langner bekommen. Allein – er hatte keine Beweise. Und eben diese wollte er sich jetzt und heute „beschaffen". Schon länger war ihm klar gewesen, dass der Täter zur Bande aus dem Jahre 1994 gehören musste. Also hatte er – über Hannes – seinen Köder ausgeworfen und dem Täter deutlich gemacht, wonach dies hier seine letzte Chance war, zu verhindern, dass Konrad mit seinem Wissen zur Polizei geht. Über Hannes sagen zu lassen, dass sich die Bande heute Abend um 18:00 Uhr trifft, war nur der Vorwand, um die eigentliche Nachricht zu platzieren.

Und dann war da ja immer noch die Truhe! Was hatte es eigentlich damit auf sich?

Inzwischen war das Gedränge so groß, dass Konrad nur noch mit dem Strom der Leute geschoben wurde. Mit Einsatz von Kraft und Ellenbogen gelang es ihm aber, sich durch die Menschenmasse, die alle auf die Strecke strebten, herauszuwinden. Er wollte zum Start, direkt vor der Zollern-Alb-Halle. Auch hier standen die Menschen natürlich schon in dreier oder vierer Reihen.

Schon war es kurz vor 10:00 Uhr und der Sprecher stellte gerade noch die letzten Fahrerinnen vor, bevor der Start – durch den Oberbürgermeister – erfolgen sollte.

In diesem Moment – als er an den Startschuss dachte – lief ihm ein kalter Schauer den Rücken hinunter. Gleichzeitig wurde es in seinem Kopf wärmer und wärmer. Panik ergriff ihn und er stammelte: „Was für ein Idiot bin ich nur …"

Konrad war plötzlich und auf einen Schlag klargeworden, dass er mit der Wahl seiner „Falle" gerade das Gegenteil, vom dem erreichen würde, was er ursprünglich geplant hatte. Nämlich den Täter zu überführen, und zwar so, dass es für alle Beteiligten sicher und gefahrlos war. Wie sollte es der Täter bei diesen Menschenmassen wagen, seine Waffe zu ziehen? So zumindest hatte er bisher gedacht.

Aber jetzt und ganz plötzlich war ihm klar: Der Täter würde es machen! Er hatte nichts zu verlieren und würde sich im Gegenteil freuen, einmal im Mittelpunkt so vieler Menschen zu stehen. Bestimmt würde er wild um sich schießen.

Nun kamen auch noch Schweißausbrüche bei Konrad dazu. Alle diese Leute waren in Gefahr und er war schuld an dieser Tatsache.

Er blickte sich um: Überall erwartungsfrohe Menschen, viele Kinder … dann der Startschuss. Konrad zuckte zusammen. Er musste hier weg. Weg von den Menschenmassen. So schnell als möglich machte er kehrt. Möglichst dahin, wo er allein war.

Kapitel 59

Ich bekomme nochmal eine Chance!

Die Vorsehung hat es so gewollt. Jetzt kann ich endlich diesen Konrad Landberg ausschalten. Gestern im Wald, bei den Kindern, habe ich versagt. Das wird mir nie mehr passieren. Ich habe abends nochmals Schießübungen gemacht – und: gut getroffen. Sehr gut sogar!

Wieder einmal habe ich eine Katze erwischt. Was streunen die Viecher auch in der Dämmerung über die Wiese. Ich habe sie dieses Mal erst gar nicht vergraben, sondern nur mit Blätter zugedeckt. Sollen doch alle sehen, dass es jemand gibt, der für Gerechtigkeit sorgt. Jemand mit einer Waffe.

Laut Little Joe, weiß Landberg, dass ich Prof getötet habe. Er braucht nur noch letzte Beweise beim Radrennen, bevor er zur Polizei geht. Etwas seltsam ist das schon – auf der anderen Seite: Ich werde mich nicht mehr verstecken. Wenn es sein muss, werden ganz viele Menschen daran glauben. Jedenfalls nehme ich alle Munition mit, die ich habe.

Nein! Ich verstecke mich nicht mehr. Ich hülle mich nicht mehr in diese weiten Hosen und den dicken Kapuzenpulli.

Jeder soll sehen, dass ich eine Frau bin!

Kapitel 60

Es gestaltete sich nicht einfach für Konrad, gegen den Besucherstrom anzurennen. Noch immer strömten Menschen zur Strecke. Hinter sich hörte er die Anfeuerungsrufe und das laute Geräusch der Rätschen, mit denen die Zuschauer die Sportlerinnen anspornten.

Die Brücke über die Schmiecha war dicht. Zahllose Menschen drängten sich auf dem schmalen Holzsteg. Kurzentschlossen entschied Konrad, sich nach links, hinter die Zollern-Alb-Halle zu wenden. Er hatte dann allerdings links die Halle und rechts den Flusslauf – aber immerhin schienen dort keine Leute zu sein. Angespannt bewegte er sich vorbei am Verladebereich der Halle und tatsächlich: hier war niemand. Selbst die lauten Zuschauergeräusche waren nur gedämpft zu hören.

Konrad blieb stehen, starrte auf das Wasser und erholte sich allmählich wieder von seinem Schockzustand. Langsam normalisierte sich dieses Kalt- / Warmgefühl wieder und auch der Schweiß hörte auf zu rinnen. Krampfhaft überlegte er, was er jetzt tun sollte. Sein Ärger war riesig. Wie konnte er auf so eine dumme Idee kommen und die Überführung des Mörders ausgerechnet inmitten dieser Menschenmassen zu legen? Wahrscheinlich hatte er die ganze Aktion jetzt gegen die Wand gefahren. Bestimmt streifte da vorne, unter den Zuschauern, der Mörder umher und fluchte, weil er ihn nicht entdecken konnte. Hoffentlich behielt sie die Ruhe und geriet nicht in Panik. Kaum vorstellbar, was geschehen würde, zöge sie plötzlich ihre Waffe.

Grace hatte Konrad Landberg sofort entdeckt. Allerdings befand sie sich auf der anderen Seite der Strecke. So musste sie noch abwarten, bis der Start erfolgt war und die Radler losgefahren waren.

Plötzlich gewahrte sie, dass Landberg eine eigentümliche Körperhaltung einnahm. Kurz darauf, machte er kehrt und verschwand - wie getrieben - in die Richtung, aus der er gerade gekommen war. Sie tastete nach ihrer Pistole. Jetzt galt es schnell zu handeln. Sie musste ihn auf jeden Fall erwischen.

Hannes Augen schmerzten. Aber nicht nur die. Besonders seine Oberarme taten ihm weh, ob der festen Griffe von Francesco und Enrico, die ihn in die Mitte genommen hatten, was das Vorankommen in diesen Menschenmassen nicht einfacher machte.

„Und? Wo ist er?", fragte Enrico zum wiederholten Male.

„Ich habe ihn noch nicht entdeckt", gab Hannes verängstigt zurück.

„Und die Frau?"

„Auch nicht."

Als die beiden Italiener gestern Abend den Spitznamen des mutmaßlichen Mörders des Kauzes genannt hatten, konnte es Hannes nicht glauben.

Grace sollte die Hütte am Waldrand in Brand gesteckt haben!

Das war nicht möglich.

Doch je mehr dieser Gedanke in seinem Kopf arbeitete, desto seltsamer waren in der Tat einige Dinge im Zusammenhang mit Grace. Zum einen hatte sie sich fast immer wie ein Junge gekleidet, was ja aber nicht wirklich etwas zu bedeuten hatte. Zum anderen schien sie damals tatsächlich den Kauz nicht besonders leiden zu können. Bei ihr stand die Bande immer im Mittelpunkt. Es gab nichts Anderes. Nicht mal ihre Eltern oder gar der Kauz spielten hier eine Rolle. Wenn Hannes die Geschehnisse von 1994 reflektierte, wurde ihm klar, dass die

Bande die eigentliche Familie von Grace war, nicht etwa das Elternhaus.

Hatte sie die Bande durch den Kauz bedroht gesehen?

Gerade war der Startschuss für das Radrennen gefallen und die Menge machte einen ohrenbetäubenden Lärm.

Da sah er sie – Grace!

Mit starren Augen schaute sie auf die andere Seite der Radstrecke. Hannes versuchte, ihrem Blick zu folgen. Tatsächlich! Da war Konrad Landberg. Sollte Grace auch etwas mit dem Mord an Prof zu tun haben?

Gerade wollte Enrico seine Frage erneut stellen, als ihm Hannes zuvorkam: „Dort ist sie!" Er deutete mit dem Kopf in Grace Richtung. Enrico raunte Francesco einige schnelle Worte zu und zeigte mit dem Finger auf Grace. Francescos Mund stand offen, seine Augen hatten sich zu Schlitzen verkleinert. Aber schon war Grace weitergegangen. Francesco gab seinem Freund ein Zeichen, der Mörderin zu folgen. Hannes behielten sie in ihrer Mitte, wobei ihre Griffe jetzt sogar noch fester wurden.

Konrad hatte bisher keine Entscheidung getroffen. Noch immer überwog der Ärger über seine fatale Entscheidung. Eines war im jedenfalls klar: Er durfte nicht zurück unter die Leute. Die Gefahr war zu groß, dass es zu einem Blutvergießen oder einer Massenpanik kommen würde.

Nein! Er würde die ganze Aktion abbrechen – und zwar jetzt und sofort. Er würde das Gelände verlassen und Kontakt zu Kommissar Langner aufnehmen.

Grace hatte gerade noch gesehen, wie Landberg hinter der Halle verschwunden war. Noch immer harrte sie auf der anderen Seite der Rennstrecke, um endlich dieselbe überqueren zu können.

Dies war nur an definierten Durchgängen möglich, die wiederum von Streckenposten gesichert wurden.

Endlich wurde der Durchgang geöffnet und eine größere Gruppe von Menschen kreuzte in beiden Richtungen die Strecke, wobei die Menge der Entgegenkommenden deutlich höher war. Die Leute wollten weg vom Start- / Zielbereich, hin zu den kräftezehrenden Anstiegen sowie den atemberaubenden Abfahrten, hinein in den Wald, ins Bullentäle.

Schnellen Schrittes bewegte sich Grace auf die Halle zu, daran vorbei und links herum, wo Landberg auf seine verdiente Strafe wartete.

Francesco und Enrico – Hannes in der Mitte – war es gerade noch gelungen, den kurz geöffneten Durchgang, auf die andere Seite der Rennstrecke zu überqueren. Nach ihnen wurde dieser wieder geschlossen. Im letzten Moment sahen sie Grace hinter der Halle verschwinden. Francesco triumphierte: Jetzt war die Minute der Rache gekommen!

Konrad wollte sich gerade auf den Weg machen, als er eine Gestalt wahrnahm, die um die Ecke der Halle hastete. Er brauchte nur einen Bruchteil einer Sekunde, um zu erkennen, dass es sich um Grace, Elvira Schröder, handelte. Im Laufen, nestelte sie an ihrer Hose und hatte plötzlich eine Waffe in der Hand. Konrad wägte seine Möglichkeiten ab. Zur Flucht war es schon zu spät. Schnell entschloss er sich für einen Versuch: Er wollte mit ihr reden.

Vier Meter vor Konrad blieb Grace stehen. Sie nahm die Pistole nun in beide Hände und streckte die Arme in Richtung ihres Opfers aus.

„Jetzt habe ich dich, Landberg!"

„Beruhigen sie sich. Sie wollen doch nicht noch einen Mord begehen."

„Halt die Schnauze! Eine Katze, eine Schildkröte, ein Mensch – wo ist da der Unterschied."

Konrad verstand den Sinn dieser Worte nicht, spürte aber, wie ernst die Lage für ihn war. Was konnte er tun?

Grace trat einen Schritt näher. Dabei sagte sie: „Die Gerechtigkeit wird siegen. Ich werde dafür sorgen. Dabei wird alles aus dem Weg geräumt, dass sich dagegenstemmt."

„Einen Menschen zu erschießen – das ist keine Gerechtigkeit …"

„Doch! Wenn er es verdient hat – schon." Jetzt atmete Grace in kurzen, intensiven Zügen. „Alle haben es verdient. Es trifft keinen Falschen …"

„Aber bedenken sie doch …" Gerade wollte Konrad einen weiteren Versuch unternehmen, seine Gegnerin zu beschwichtigen, als erneut jemand um die Ecke der Halle trat. Dieses Mal waren es drei Personen, wobei Konrad nur den Mann in der Mitte erkannte: Hannes Bürger.

Auch Grace hatte die Schritte gehört und drehte sich um, wobei sie sich wieder einige Schritte von Konrad weg – hin zur Halle – bewegte.

Francesco hatte seine Pistole bereits in der Hand. Er und Enrico hatten Hannes losgelassen, nachdem sie die Situation überschaut hatten. Da war der Mann, der gestern bei Hannes Bürger gewesen war – dieser Landberg. Er wurde von der Mörderin, von Francescos Vater, mit einer Waffe bedroht.

„Killer!" Nur dieses eine Wort drang aus Francescos Mund.

Für einen Augenblick wusste Grace nicht, wie ihr geschah. Was machten diese Männer hier – noch dazu mit einer Pistole? Weiter hinten hatte sie Hannes Bürger gesehen. Sie schwenkte ihre Waffe zwischen Konrad und den Neuankömmlingen hin und her.

Jetzt ergriff Enrico das Wort. Ruhig sprach er einige Wörter zu Francesco, dann sagte er laut: „Das ist der Sohn des Kauz. Sein Name ist Francesco."

Diese Botschaft hörte Grace zwar, verstand sie aber nicht. Zumindest im ersten Moment. Schließlich begriff sie diese Ungeheuerlichkeit. Immerhin benötigte sie geraume Zeit, um ihre Gedanken zu ordnen. Dies gewahrte Konrad blitzschnell und sah seine Chance, jetzt handeln zu können. Sein Ziel war, der Mörderin die Pistole zu entreißen. Grace erahnte jedoch das Vorhaben ihres Kontrahenten, legte ihre Waffe - noch beim ersten Schritt von Konrad - an und schoss.

Konrad registrierte einen mächtigen Schlag auf seine Brust, dann wurde er jäh nach hinten und auf den Boden gerissen.

Danach war nur noch schwarz.

Kapitel 61

Zur selben Zeit, nur zirka vier Kilometer von der Zollern-Alb-Halle entfernt, waren Konrads Eltern damit beschäftigt, die beiden Ferienwohnungen zu reinigen. Ihre Gäste aus Bielefeld waren vor einer Stunde abgereist, mit der festen Zusage, nächstes Jahr wieder nach Albstadt zu kommen.

Das „… aber nicht, wenn ich es verhindern kann …" von Konrads Vater hatten die beiden Ehepaare nicht gehört. Noch immer waren sie ein Herz und eine Seele, wobei es beim Verstauen der Koffer ins Auto die eine oder andere Sichtweise, bezüglich der richtigen Lagerung, gegeben hatte. Schließlich jedoch war sämtliches Gepäck untergebracht worden und die vier waren hupend davon gebraust.

Hannelore und Martin bekamen Unterstützung durch eine fleißige ältere Dame aus der Nachbarschaft, die immer tatkräftig mit anpackte, wenn es galt, die Ferienwohnungen aufzuräumen. „I mach des doch gern", hatte die Nachbarin dereinst gesagt. „Un fascht umsunschd. Wenn i 20 Euro uffd Stund krieg, bin i scho z'frida."

Martin hatte sie dann zähneknirschend auf 12,50 Euro heruntergehandelt. Nicht zuletzt, da sie diese Hilfe tatsächlich benötigten – meist schon ab 12:00 Uhr trafen die nächsten Gäste ein, obwohl ausdrücklich darauf hingewiesen wurde, dass die Wohnungen erst ab 14:00 Uhr zur Verfügung stünden.

Gerade war Hannelore dabei, die Duschwände mit einem Glasreiniger einzusprühen, während Martin ob der vielen leeren Weinflaschen schimpfte, die er aufzuräumen hatte.

Ein schrilles Stöhnen seiner Frau ließ ihn aufhorchen.

„Was ist denn? Sind in der Dusche auch noch Weinflaschen?"

Hannelore antwortete nicht. Ihr Blick ging an Martin vorbei ins Leere. Endlich fand sie Worte: „Es ist nichts. Ich hatte nur plötzlich so ein komisches Gefühl …"

„Was denn für ein Gefühl?"

„Ach … was macht eigentlich Konrad gerade? Hat er vielleicht etwas gesagt, was er genau vorhat. Er ist doch wieder an so einer kriminalistischen Sache dran. Die Geschichte mit dem Mord in Truchtelfingen."

„Hast du gerade an unseren Sohn gedacht?", fragte Martin. Jetzt klang seine Stimme deutlich besorgt.

„Ich weiß nicht … mir war nur kurz so, als wäre etwas Schlimmes passiert."

Kapitel 62

Die fassungslose Starre aller Beteiligten, angesichts des leblosen Körpers von Konrad Landberg auf dem Boden, konnte Enrico am schnellsten abschütteln. Mit mächtigen Sätzen stürzte er sich auf Grace. Diese hatte ihre Waffe immer noch auf Konrad gerichtet, spürte nun aber die Gefahr und wandte sich blitzschnell in Richtung des heranstürmenden Italieners.
Dieses Mal jedoch war sie nicht schnell genug.
Schon hatte Enrico sie erreicht und versetzte ihr einen kräftigen Faustschlag auf die Hand, welche die Pistole hielt. Krachend flog die Waffe auf den Boden, wobei Grace einen Schmerzensschrei ausstieß.
Schon setzte Enrico nach. Er riss ihr den rechten Arm nach hinten auf den Rücken und drückte sie zu Boden. Grace wollte sich wehren, war aber viel zu schwach, um gegen diesen körperlich überlegenen Gegner etwas ausrichten zu können.
Inzwischen hatte sich auch Francesco aus seiner Starre gelöst. Breitbeinig stellte er sich über die am Boden liegende Grace und richtete seine Pistole nach unten.
„Jetzt wirst du für deine Tat büßen" Francesco war jetzt ganz ruhig geworden.
„Warte", setzte ihm Enrico entgegen, während er weiterhin Grace fest im Griff hatte.
„Worauf warten?"
„Ich werde sie zuerst fragen, ob sie tatsächlich das Haus deines Vaters in Brand gesteckt hat."
Der Respekt Francescos vor seinem Freund Enrico war so groß, dass er, widerwillig zwar, aber mit einem Nicken andeutete, dass er einverstanden war.

Die beiden hatten Italienisch gesprochen. Jetzt wechselte Enrico ins Deutsche und richtete sich dabei an Grace: „Warum hast du damals das Haus von Francescos Vater in Brand gesetzt?" Er wollte keine Zeit verlieren und fragte deshalb so direkt.

Die einzige Antwort von Grace war ein Spucken. Enrico verstärkte seinen Griff und rief: „Los, rede. Jetzt ist sowieso alles vorbei."

„Nichts ist vorbei", schrie Grace. Wieder spuckte sie aus.

Schließlich jedoch wurde ihr Blick starr, ihre Pupillen vergrößerten sich. „Damals", begann sie wie in Trance zu reden. „Damals war alles gut. Wir hatten eine tolle Freundschaft in der Bande. Wir haben uns gegenseitig geholfen und keiner hat um sich geschlagen, wie mein Vater."

Sie machte eine Pause, die Enrico nutzte, um die Worte zu übersetzen.

„Dann trat der Kauz in unser Leben und die Bande veränderte sich. Alle waren nur noch auf ihn fokussiert. Jetzt hielten wir nicht mehr zusammen. Jeder wollte nur noch diesem Alten imponieren. Das musste ich verhindern. Es musste wieder so sein, wie vorher. Dazu musste der Kauz weg. Ganz einfach."

Wieder dolmetschte Enrico.

Francesco schnaufte vor Wut.

„Dann hast du den Brand gelegt?", richte sich Enrico nun wieder an Grace.

„Ja. Es war ganz einfach. Eigentlich wollte ich nur das Haus zerstören. Damit er verschwand. Ich wusste nicht, dass er sich hingelegt hatte, um zu schlafen. Egal. So war das Problem endgültig gelöst."

Nachdem Enrico auch diese Worte übersetzt hatte, beugte sich Francesco zu Grace hinunter und hielt die Pistole direkt an ihren Kopf.

„Nicht", mahnte Enrico. „Du kannst deinen Vater nicht mehr lebendig machen. Zerstöre dein Leben nicht. Und meines auch nicht."

Francescos Hand begann zu zittern. Tränen drangen aus seinen Augen. Enrico hatte recht. Er konnte es nicht tun. Langsam nahm er die Waffe zurück.

In diesem Moment ertönten laute Rufe, von sich nähernden Menschen. Sofort erkannte Enrico, dass es sich um Polizisten handelte. „Weg mit der Waffe – schnell", gebot er und drückte dabei Francescos Hand mit der Pistole zur Seite. Als Francesco nicht reagierte, zischte er abermals: „Schnell!"

Jetzt handelte Francesco und ließ die Waffe in seiner Hose verschwinden.

Gerade noch rechtzeitig, denn schon waren die Polizisten da. Allen voran Kommissar Langner, der sich schreiend auf den leblosen Körper von Konrad warf, während seine Kollegen sich um Francesco, Enrico, Grace und Hannes Bürger kümmerten.

„Konrad", schrie Langner. Er war neben seinem Schulfreund auf die Knie gesunken. „Warum hast du deinen Platz verlassen? So war es nicht vereinbart." Langners Worte wurden immer panischer. „Worauf habe ich mich da nur eingelassen?", schluchzte er.

Inzwischen hatte auch der Assistent des Kommissars, Horst Schröderhahn, die Stelle erreicht. „Wir brauchen einen Krankenwagen", analysierte er sogleich, da er nicht diese emotionale Bindung zum Opfer hatte, wie sein Chef.

Leise murmelnd fügte er hinzu: „Obwohl es zu spät ist".

Kapitel 63

Zur selben Zeit, beim Tennisheim in Lautlingen: Lena war glücklich! Sie hatte sich gerade bei der Streckenleitung gemeldet, dass sie dieses Etappenziel erreicht hatte. Dort hatte man sie abgehakt und gefragt, ob sie weitergehen würde. Zuerst hielt sie die Frage für einen Witz, erfuhr aber auf Nachfrage, dass schon einige Wanderer aufgehört hatten und nicht mehr weitergingen. Immerhin waren bis hierher schon zirka 20 Kilometer bewältigt worden.

Das Wetter war fantastisch und Lena hatte zusammen mit ihrer Kollegin bereits zwei große Anstiege ohne Probleme hinter sich gebracht. Gleich am Anfang, von Pfeffingen nach Burgfelden hinauf und etwas später von Laufen auf den Gräbelesberg.

Beim Wandern hatte sie gar die Zeit vergessen, ob der vielen interessanten Gesprächen mit unterschiedlichen Menschen.

Gerd hatte sich bereits beim Böllat in Burgfelden einer anderen Gruppe angeschlossen, die es scheinbar sehr eilig gehabt hatte. Lena hingegen war an der Seite ihrer Kollegin gleichmäßigen Schrittes weitergegangen. Gerade als die beiden Frauen die erste Verpflegungsstation in Lautlingen erreicht hatten, war Gerd mit seiner Gruppe schon wieder aufgebrochen. Nur für ein kurzes Augenzwinkern, im Vorbeigehen, hatte er Zeit gefunden.

Nach einer erfrischenden Gesichtsdusche auf der Toilette des Tennisheims gönnten sich die Frauen eine Cola. Zum einen, um ihren Durst zu stillen – zum anderen um ihren Kreislauf auf Trab zu halten. Dazu hatten sie sich in den Schatten eines Sonnenschirms, auf einer Bierbank niedergelassen. Das satte Grün, des Sportplatzes unterhalb der Tennisanlagen, sowie das sanfte Dahinplätschern der noch jungen Eyach, machten die Urlaubsidylle perfekt.

Es dauerte nicht lange, bis sie Gesellschaft bekamen: Eine Gruppe von gut zehn Wanderer, alle bekleidet mit demselben Shirt einer Tailfinger Firma, fragte nach, ob sie sich zu ihnen setzen durften. Sogleich entwickelte sich ein Gespräch. Als jedoch die ersten ihren Durst, mit einem Bier löschten, verabschiedeten sich Lena und ihre Kollegin von der Gruppe.

„Man darf nicht zu lange sitzen, sonst kommt man hinterher nicht mehr hoch", riet Lena.

„Das Bier treibt, da steht man automatisch auf", flachste ein Mann, mittleren Alters, zurück.

Lena musste herzlich lachen – sie war glücklich.

Hätte sie von ihrem Mann gewusst, den eine Mörderin gerade hinter der Zollern-Alb-Halle niedergeschossen hatte, wäre dies mit Sicherheit nicht der Fall gewesen.

Kapitel 64

„Bereits nach dem ersten Anstieg, hat sich eine Fünfergruppe leicht abgesetzt. Angeführt von der Tschechin, folgt die Schweizer Meisterin. Erfreulich auch, dass eine deutsche Teilnehmerin ebenfalls der Spitzengruppe angehört."

Die weithin hörbare Durchsage der Rennmoderatoren, war auch hinter der Zollern-Alb-Halle gut zu hören. Nur hatte keiner der Personen, die sich dort befanden auch nur im Geringsten einen Nerv, sich dem Verlauf des Radrennens zu widmen.

Die Aktion war aus dem Ruder gelaufen. So zumindest raunten es sich die acht Beamten der Einsatzmannschaft der Polizei zu. Zwar war es ihnen gelungen, die mutmaßliche Mörderin zu fassen – erst jedoch, nachdem sie einen weiteren Mord begangen hatte.

Grace war inzwischen mit Handschellen gefesselt worden, während zwei Beamte sie links und rechts am Arm festhielten. Francesco, Enrico und Hannes standen zusammen, dicht gedrängt an die Wand der Halle. Sie wurden von drei Polizisten bewacht – allerdings ohne, dass ihnen Handschellen angelegt worden waren. Die drei übrigen Beamten sicherten die Stelle des Überfalls ab.

Kommissar Langner hatte sich erhoben und abgewandt. Er starrte auf das friedlich dahinfließende Gewässer.

Schröderhahn steckte sein Telefon wieder in die Tasche zurück, nachdem er gerade den Notarzt verständigt hatte. Er trat von einem Fuß auf den anderen, wobei er kein Auge von Konrad nehmen konnte. Plötzlich schrie er auf: „Da!" Er deutete mit dem Zeigefinger auf das am Boden liegenden Opfer.

Alle Anwesenden wirbelten herum und konnten nicht anders, als dem ausgestreckten Finger Schröderhahns zu folgen - so markerschütternd war sein Ausruf gewesen.

Sie sahen es alle und keiner konnte es glauben: Konrad öffnete die Augen!

Im Nu war Langner über ihm. Konrad benötigte einige Sekunden, um zu verstehen, wo er sich befand und was gerade passiert war. Erstaunlich schnell jedoch, war er wieder Herr seiner sieben Sinne. Nur die Brust, die schmerzte doch empfindlich.

Er setzte sich auf und begann seine durchlöcherte Jeansjacke aufzuknöpfen. Darunter tauchte eine massive, schusssichere Weste auf.

„Du hast sie doch angezogen?", fragte ein verdutzter Kommissar Langner.

„Ich dachte, es ist vielleicht doch keine schlechte Idee", entgegnete Konrad, der sich nun auch aus dieser Weste schälte.

„Und ich dachte, du hast sie nicht einmal mitgenommen."

„Ich bin noch mal zurückgekommen …"

Konrad hatte sich heute Früh, mit dem Kommissar auf dem Revier in Truchtelfingen getroffen. Schon gestern Abend hatte er ihm seine Vermutungen und seinen Plan telefonisch offengelegt. Zwar hatte es alles von Konrad abverlangt, Langner zu überzeugten, dass der Mörder nur so in die Falle gehen konnte – aber er hatte es letztendlich geschafft, den Kommissar zu überzeugen. Nur die schusssichere Weste aus Polizeibeständen wollte er nicht annehmen – wenigstens zunächst nicht.

Der ursprüngliche Plan war gewesen, direkt im Startbereich der Rennstrecke zu operieren. Daraufhin sprach ihn der Kommissar jetzt auch an: „Warum um alles in der Welt, hast du den verabredeten Platz an der Strecke verlassen?"

„Entschuldigung. Das war natürlich nicht korrekt. Aber ich habe die Menschenmassen gesehen und Angst bekommen, dass Elvira Schröder wild um sich schießt."

Langner wirkte nachdenklich. „Vielleicht hattest du sogar recht. Bei ihr scheint man tatsächlich mit allem rechnen zu müssen. Dann war es aber eindeutig mein Fehler …"

„Quatsch. Du hast einen tollen Job gemacht. Mir ist wirklich nichts passiert – und die Mörderin ist gefasst. Ja sogar, auf frischer Tat."

Der Kommissar nickte dankbar. Dann schien ihm etwas einzufallen. „Schröderhahn", schrie er, obwohl der Angesprochenen direkt neben ihm stand. „Rufen sie sofort beim Notarzt an!"

„Soll ich ihn wieder abbestellen?"

„Das auf gar keinen Fall. Er muss sich Landberg unbedingt ansehen. Aber sagen sie ihm, dass er sich langsam und unauffällig nähern soll. Ich möchte keine Massenpanik, noch sonstiges Aufsehen erregen. Und er soll die Sirene und das Blaulicht ausschalten!"

„Wird gemacht!"

„Aber Joachim, ich brauche keinen Arzt …", meldete sich nun Konrad wieder zu Wort.

„Du hast jetzt mal Sendepause", fuhr der Kommissar dazwischen. „Selbstverständlich wirst du durchgecheckt. Keine Widerrede."

Dem war nichts entgegenzusetzen. So gut kannte Konrad seinen Schulkameraden. Um ihm zudem das Gefühl zu geben, dass der Kommissar hier das Sagen und die Kontrolle hatte, kündigte Konrad an: „Ich muss jetzt aufstehen."

Der Kommissar nickte unmerklich, woraufhin Konrad sich langsam erhob und dabei den Schmerz in seiner Brust ignorierte. Zufrieden konnte er feststellen, dass eigentlich alles ganz gut funktionierte. Kurz fühlte er eine Hitze in seinen Kopf steigen, die aber rasch wieder verschwand. Aus dieser neuen Perspektive sah er sich erneut um. Dabei trafen seine Blicke sich mit denen von Grace, Elvira Schröder. Lange hielt sie Konrads Blick stand, senkte aber schließlich ihre Augen und spuckte dabei aus.

Die Frau war krank. Da war sich Konrad sicher. Aber sie war auch unberechenbar, brutal und gefährlich.

Das Telefongespräch mit Kommissar Langner, gestern Abend, hatte ihn auf die richtige Spur gebracht. Grace hatte eine Ausbildung bei der Polizei begonnen, war aber nach einem halben Jahr wieder entlassen worden, da markante psychische Störungen bei ihr nicht ausgeschlossen werden konnten. Sie war damals nicht bereit gewesen, sich eingehend untersuchen zu lassen. Dies alles hatte der Kommissar gestern noch aus ihren alten Ausbildungsakten recherchiert und Konrad mitgeteilt. Natürlich widerwillig – aber immerhin.

Nachdem Hannes Bürger ihm gestern im Auto – eher beiläufig – erzählt hatte, dass Elvira Schröder eine Ausbildung bei der Polizei begonnen hatte, war Konrad hellhörig geworden. Ihm war auf eine seltsame Art und Weise klar, dass der Mörder massive psychische Probleme haben musste. Nicht zuletzt hatte sich dieser Eindruck verfestigt, nachdem diese Gestalt im Wald bei seinen Patenkindern, sich erst genähert und dann schnell verschwunden war. Als er dann vom Kommissar erfuhr, dass genau diese Symptome auf Elvira Schröder - alias Grace - zutrafen, hatte ihm sein Gefühl gesagt, auf einer ganz heißen Fährte zu sein.

Inzwischen war Kommissar Langner wieder ganz der Alte. Keine Spur mehr von der Sorge um Konrad. „Schröderhahn.

Belehren sie Frau Schröder über ihre Rechte und führen sie Frau Schröder dann ab. Nehmen sie nochmals zwei Beamte dazu."

„Jawohl, Chef", donnerte Schröderhahn und näherte sich danach breitbeinig der Mörderin.

„Und sie drei Gestalten", dabei deutete Langner auf Francesco, Enrico und Hannes. „Kommen sie doch mal näher."

Eingeschüchtert näherten sich die Männer dem Kommissar.

„Sie schon wieder Bürger!", begann Langner. „So langsam wird das aber auffällig mit ihnen."

„Ich habe nichts getan. Außerdem muss ich gleich los. Ich habe noch ein Fußballturnier heute Nachmittag."

Konrad konnte sich einem Lächeln nicht erwehren. Trotz all dieser Ereignisse und der Tatsache, dass er von den beiden Italienern quasi entführt worden war, dachte Hannes nur an seine Jugendmannschaft.

„Und wer sind sie beide denn, bitteschön?", fragte der Kommissar weiter, dieses Mal an Francesco und Enrico gewandt.

„Das sind meine Bekannten aus Italien", fuhr Hannes dazwischen. „Wir haben Grace gesehen und wollten sie nur begrüßen. Wir haben ja nicht geahnt, was mit ihr los ist …"

‚Erstaunlich', dachte Konrad. Jetzt nimmt er auch noch seine beiden Entführer in Schutz - nur, dass er zum Turnier kommt.

„Was denn für alte Bekannte?", wollte der Kommissar wissen.

„Das", Hannes deutete auf Francesco, „ist der Sohn des Kauz. Der Mann, der 1994 bei einem Brand in Pfeffingen ums Leben gekommen ist."

Jetzt blies der Kommissar Luft durch nahezu geschlossene Lippen aus seinem Mund.

„Der Kauz? Zollner?", fragte Langner schließlich.

„Ja. Genau!"

„Und ihr drei ward zufällig hier? Erzählen sie mir doch keine Märchen. Sie werden zunächst auch vorläufig festgenommen.

Da stimmt doch etwas nicht." Die Stimme des Kommissars überschlug sich jetzt beinahe.

Hannes und Enrico erschraken fürchterlich. Dies war ihnen deutlich anzusehen. Ähnlich erging es Francesco, nachdem er Enricos Übersetzung gehört hatte.

Konrad betrachtet die drei mitleidig.

Nachdem er sich wieder gefasst hatte, sagte Hannes: „Grace hat auch den Brand damals gelegt. Sie hat es uns vorhin gestanden."

Der Kommissar blickte erstaunt auf. Auch Konrad fixierte Hannes nun ganz genau. Allerdings war diese Aussage für ihn keine Überraschung. Er hatte geahnt, dass der Brand damals kein Unfall gewesen war. Ganz allmählich fügten sich die Puzzleteile zusammen, was diese beiden Italiener anbelangte.

„Außerdem haben wir sie ja überwältigt …", verteidigte Hannes weiter. „Ich meine die beiden Männer. Ich weniger."

Ganz plötzlich spürte Konrad ein großes Mitgefühl mit den beiden Italienern – und auch mit dem gutmütigen Hannes. Jetzt fühlte er sich beinahe verpflichtet, den dreien beizustehen. „Die drei Männer haben mit dem Mord an Matthias Kunkeler nichts zu tun. Auch nicht mit dem Anschlag auf mich. Im Gegenteil: Sie haben die Mörderin überwältigt." Damit redete Konrad zwar nur nach, was er gerade gehört hatte und vorhin in seiner Bewusstlosigkeit nicht sehen konnte – dennoch hoffte er, damit auf den Kommissar einwirken zu können. Dieser schien tatsächlich über Konrads Worte nachzudenken. Er strich sich mit Daumen und Zeigefinger über seinen Schnauzbart, als das Klingeln eines Handys ertönte. Automatisch griff Langner nach seinem Telefon, konnte aber nur feststellen, dass es nicht sein Handy gewesen war, welches geklingelt hatte. Er sah sich genervt um, als Konrad ihm zu verstehen gab, dass es sein Handy war, das angerufen wurde. Eigentlich wollte er das Gespräch nur wegdrücken, sah dann aber, dass Mutter anrief.

Dies war in der Tat sehr ungewöhnlich. In Wirklichkeit konnte sich Konrad nicht erinnern, dass ihn seine Mutter überhaupt schon mal auf dem Handy angerufen hatte. Er blickte den Kommissar entschuldigend an und nahm das Gespräch entgegen.

„Hallo, ich bin es", begann seine Mutter ohne große Vorrede. „Wie geht es dir?"

„Hallo Mutter. Mir geht es gut. Wieso fragst du?"

„Ach – ich hatte da nur so ein komisches Gefühl."

Konrad fuhr ein Schauer den Rücken hinunter. Hatte seine Mutter tatsächlich gefühlt, dass vorhin auf ihn geschossen worden war?

„Wie gesagt: Es ist alles in Ordnung bei mir."

„Dann ist ja gut. Wenigstens bei dir …"

„Wieso denn das? Bei wem ist es nicht in Ordnung?"

„Ach – wir hatten vorhin einen Anruf bekommen, dass die Mieter unserer ersten Ferienwohnung doch nicht anreisen werden. Die beiden Leute aus Holland. Jetzt steht die Wohnung eine Woche leer und dein Vater regt sich mächtig auf."

Blitzschnell fegten verschiedene Gedanken durch Konrads Gehirn. „Ich denke, da habe ich zufällig einen Ersatz für euch. Du kannst Vater erst mal beruhigen. Ich melde mich wieder …". Damit beendete er das Gespräch und wandte sich an den Kommissar: „Ich denke wirklich, du brauchst die Männer nicht auch noch zu verhaften. Hannes Bürger ist ohnehin mit seiner Fußballmannschaft beschäftigt und die beiden anderen Männer bleiben vorerst in Albstadt – in der Ferienwohnung meiner Eltern."

Sowohl der Kommissar als auch Enrico waren verwundert.

„Das ist ihnen doch recht?", wandte sich Konrad jetzt an Enrico. „Sie können in einer Ferienwohnung in der Nähe unterkommen."

Enrico begann damit, Francesco auf Italienisch zu berichten. Daraus entwickelte sich ein kurzer, aber lebhafter Dialog zwischen den beiden Männern. Schließlich antwortete Enrico in Richtung des Kommissars und Konrad: „Wir sind ja erst heute hier angekommen und wollten sowieso gerne ein paar Tage in Albstadt bleiben. Nicht zuletzt, da sich mein Freund die Gegend ansehen möchte, in der er zur Welt gekommen ist. Deshalb werden wir die Wohnung gerne mieten."

„Das ist doch sicher in Ordnung für dich?", wandte sich Konrad leutselig an Langner.

Dieser grunzte unkontrolliert, erwiderte dann aber: „Meinetwegen. Aber sie müssen zur Verfügung stehen, wenn ich sie brauche. Auf jeden Fall müssen sie noch ihre Aussagen machen."

„Das ist sicher kein Problem", gab Konrad zurück und Enrico ergänzte: „Das werden wir machen!"

„Schröderhahn", rief der Kommissar laut. „Nehmen sie die Personalien der drei Männer auf. Danach können sie von mir aus gehen."

Schröderhahn nickte beflissen.

„Sie sollen sich in den nächsten Tagen zur Verfügung halten. Sagen sie das nochmals deutlich!", ergänzte der Kommissar.

„Jawohl, Chef!"

Während Schröderhahn damit begann, zu tun, wie ihm geheißen wurde, gab Konrad Enrico ein Zeichen, dass er danach mit ihm sprechen wollte. Just in diesem Moment erschienen drei Sanitäter, wobei es sich bei dem einen wohl um einen Arzt handelte.

Langner trat den Männern entgegen und deute nach einem kurzen Wortwechsel auf Konrad. Obschon dieser abermals versicherte, dass es ihm gut ginge, wurde er ausgiebig vom Arzt untersucht. Nachdem Blutdruck und Puls gemessen waren, sagte der Doktor: „Es scheint tatsächlich alles in Ordnung mit ihnen zu sein. Bis auf den Bluterguss auf der Brust. Der wird sich farblich noch verändern und noch einige Tage zu spüren sein. Es ist aber nichts Ernsthaftes."

„Danke", entgegnete Konrad. Ein „Siehst du!" in Richtung des Kommissars verkniff er sich. Er hatte bereits alles, was möglich war, ausgereizt und konnte nun wirklich nichts mehr von Langner fordern – beziehungsweise ihn mit flapsigen Bemerkungen ärgern. Stattdessen meldete er sich nochmals kurz bei seiner Mutter und bereitete sie vor, dass der angekündigte Ersatz für ihre Ferienwohnung bald schon eintreffen würde. Mutter Hannelore war hocherfreut und berichtete, dass Vater Martin schon dabei war auszurechnen, was er von den beiden Holländern als Ausfallgeld bekommen konnte.

Inzwischen hatte Schröderhahn die Personalien der beiden Italiener aufgenommen und sogar ihre Ausweise abfotografiert. Die Daten von Hannes Bürger waren bereits bekannt und mussten nicht mehr erfasst werden.

Konrad gesellte sich zu den drei Männern, um die weitere Vorgehensweise zu besprechen. Eigentlich jedoch, teilte er ihnen mit, was sie als Nächstes zu tun hatten. Zuerst war Hannes wieder nach Haus zu fahren. Danach sollten sich Francesco und Enrico in der Ferienwohnung, bei Konrads Eltern, melden. Dazu notierte Konrad die Adresse auf einen Zettel und überreichte ihn Enrico. Er verabschiedete sich mit einem kräftigen Händedruck und einem tiefen Blick in die Augen der Männer. Hannes wünschte er zusätzlich noch viel Glück beim Fußballturnier.

Jetzt waren nur noch Konrad, der Kommissar, Schröderhahn und zwei Polizisten vor Ort.

„Wir warten noch, bis die angeforderten Beamten von der Spurensicherung da sind", sagte Langner.

„Du hast die Spurensicherung hierher bestellt?", fragte Konrad neugierig.

„Logisch. Ich möchte auf gar keinen Fall etwas versäumen. Nicht umsonst habe ich euch alle weiter nach hinten gedrängt, ohne dass ihr das gemerkt habt. Am Tatort sollten keine Spuren zerstört werden."

Konrad war einigermaßen erstaunt, zugleich nickte er dem Kommissar aber respektvoll zu: „Alle Achtung! Da sieht man schon, dass du ein Profi bist."

Langner war geschmeichelt und antwortete verschwörerisch: „Natürlich ist der Fall klar. Aber besser etwas mehr Sorgfalt walten lassen, als später das Nachsehen haben."

„Weise Worte!" Konrad verstand es wie kein Zweiter, dem Kommissar gut zuzureden.

„Ich habe extra angeordnet, dass die Leute möglichst unauffällig sein sollen. Auf gar keinen Fall möchte ich das Radrennen stören und natürlich auch vermeiden, dass dieser Platz von Menschenmassen überflutet wird. Wenigstens so lange, bis die Spuren gesichert sind – dort kommen sie ja endlich." Langner deutet mit dem Kopf auf zwei Männer in Radbekleidung, die beide jeweils einen großen, silbernen Metallkoffer mit sich trugen.

„Das nenne ich mal eine gute Tarnung", konnte sich Konrad ein wenig Ironie nicht verkneifen. Selbst der Kommissar musste schmunzeln. Er hatte zwar angeordnet, dass die Männer kein Aufsehen erregen sollten – aber, dass sie gleich in Radfahrerhosen auftauchen müssen, hatte er damit nicht gemeint.

Langner wies die beiden Techniker ein und sagte dann zu Konrad: „Damit bis du entlassen. Halte dich bitte zur Verfügung. Ich werde dann anrufen. Aber das kann Montag werden. Jetzt brauche ich erst mal eine Verschnaufpause. Ich denk, ich sehe mir erst einmal den Rest des Radrennens an."

„Das ist eine gute Idee", entgegnete Konrad. Er reichte dem Kommissar stumm die Hand, die dieser, ebenso schweigend, aber fest drückte.

Konrad wollte nun erst einmal alleine sein. Der Fall war gelöst. Die Mörderin war gefasst. Dennoch war da noch etwas, was ihm keine Ruhe ließ:

Was hatte es eigentlich mit dieser mysteriösen Truhe auf sich?

Kapitel 65

Wo konnte man an diesem Samstag in Albstadt seine Ruhe haben?

Im beinahe kompletten Talgang, von Tailfingen über Truchtelfingen bis nach Ebingen, dröhnten die Lautsprecherdurchsagen und Anfeuerungsrufe des Mountainbike – Rennens. Auf den Wanderwegen rund um die Stadt schleppten sich die mutigen Wanderer der Albstadt – Challenge durch die sengende Hitze – und zu Hause wartete der Nachbar mit seiner Kreissäge.

Konrad war inzwischen beim Auto angekommen und wusste nicht so recht, wohin er jetzt fahren sollte.

Schließlich fasste er einen Entschluss.

Zwar fühlte er sich momentan etwas müde – immerhin war er ja schon seit zirka 5:00 Uhr auf den Beinen, zudem beinahe ermordet worden – doch die Motivation auch noch das letzte Geheimnis zu lüften, war einfach größer.

Er wollte die Truhe finden und prüfen, ob sich tatsächlich etwas sehr Wertvolles darin befand – ein Schatz … möglicherweise.

Er wendete Lenas Wagen und nahm Kurs auf Burgfelden. Dort im Wald, im Felsenmeer, hatte Hannes die Truhe versteckt. Konrad musste herausfinden, ob Tamara Schlosser und Bernd Lehner, Miss und Boss, sie dort gefunden und mitgenommen hatten. Das war zunächst der erste Schritt. Die weiteren würden sich einfinden, je nach Ergebnis seiner Suche.

Während er das Auto durch Pfeffingen steuerte, fielen ihm – mit Schrecken – seine Schwester und ihre Söhne ein. Er musste Marion unbedingt Bescheid geben, dass keine Gefahr mehr für Tim und Jan bestand. Dazu kam ihm die Freisprecheinrichtung in Lenas Wagen zugute. Er wählte die Nummer seiner Schwester aus und berichtete ihr kurz, aber präzise von den Geschehnissen des heutigen Morgens. Allerdings sparte er sich die Szene mit dem Schuss aus. Marion war erleichtert zu hören, dass der Mörder, beziehungsweise die Mörderin, gefasst war. Sie zeigte sich jedoch sehr berührt, da sie, Elvira Schröder, flüchtig kannte – was wiederum nichts zu bedeuten hatte, da in Pfeffingen fast jeder jeden kannte.

„Ein wenig komisch war sie schon", beendet Marion das Gespräch, „So im Nachhinein betrachtet. Vielen Dank jedenfalls für die Information! Jetzt schlaf dich erst mal aus."

„Das werde ich machen", entgegnete Konrad und beendete das Gespräch, bevor er hinzufügte: „Wenn Zeit dazu ist."

Am Ortsende von Pfeffingen, nach dem Sportplatz, lenkte er den Wagen nach links, die Straße nach Burgfelden hinauf. Diese war die einzige, auf welcher der kleinste Albstädter Stadtteil zu erreichen war. Gerade deswegen – aber auch wegen der exponierten Lage auf über 900 Meter, machten diesen Ort so einmalig. Saubere Luft, herrliche Ausblicke und eine majestätische Ruhe zeichneten Burgfelden aus.

Konrad tuckerte durch den Ort, beim Brunnen rechts, dann gleich wieder links, und erreichte bald den Heersberg – Parkplatz.

Nur ein einziger Wagen stand hier. Kein Wunder – es war Samstag. Die Menschen hatten andere Dinge zu tun, als den Müßiggang. Das Auto musste gewaschen und der Bürgersteig gekehrt werden. Am Sonntag war das dann anders: Da konnte man Spazierengehen, gar zum Mittagessen oder Kaffee einkehren. Dementsprechend war der Parkplatz an Sonntagen auch regelmäßig gut gefüllt und die Leute genossen die Ruhe, die dann allerdings keine mehr war.

Davon – von der Ruhe - hatte Konrad momentan genug. Auch deswegen – da niemand unterwegs war – beschloss er das Fahrverbotsschild zu ignorieren und auf dem kleinen geteerten Sträßlein weiterzufahren. Links war der Spielplatz nebst Grillstelle zusehen, auf dem er schon als kleiner Junge, manche schöne Stunde erlebt hatte. Schon bald bog er nach rechts, in einen holprigen Feldweg ab, der wenig später im Wald verschwand. Direkt da, wo ein steiler Weg zum Felsenmeer hinunterführte, parkte er Lenas Wagen.

Die gelben Hinweisschilder benötigte Konrad nicht. Er war schon mehrfach hier gewesen und kannte sich aus. Dies änderte sich aber schnell, nachdem er die bizarren Felsen und Steinbrocken erreicht hatte.

Wo sollte er jetzt suchen?

Zum Glück hatte sein Handy Empfang. Er wählte Hannes Bürgers Nummer und stellte sich darauf ein, ihn zunächst wieder beruhigen zu müssen.

„Hallo Konrad", meldete sich jedoch eine unaufgeregte Stimme.

„Hallo Hannes. Ich muss dich kurz stören. Du musst mir bitte helfen. Ich bin im Felsenmeer und suche nach der Truhe."

Es dauerte einige Sekunden, bis Hannes antwortete: „Wo bist du? – ach, egal. Die Truhe haben doch sicher Boss und Miss schon gefunden und mitgenommen."

„Wahrscheinlich schon – aber ich möchte mir ganz sicher sein."

„So – na gut. Bei mir ist übrigens alles in Ordnung."

„Schön! Wollte ich gerade fragen."

„Alles ist jetzt wieder so wie immer. Ich stehe am Treffpunkt für das Fußballturnier und nur die Hälfte der Kinder ist da.

Ein Vater hat gerade angerufen. Er habe sein Auto gewaschen und möchte jetzt nicht fahren, da es sonst wieder dreckig wird. Ich solle seinen Sohn abholen und die kleine Schwester auch gleich mitnehmen und ein Auge auf sie werfen.

Auf der anderen Seite hat mich der Trainer einer anderen Mannschaft ebenfalls angerufen und gesagt, er nehme seine beiden besten Spieler heute nicht mit zum Turnier. Dort werden sie möglicherweise gesichtet und kommen zum DFB – Stützpunkt nach Frommern. Wenn sie dort erst mal sind, ginge es nicht lange, bis sie von größeren Vereinen abgeworben würden. Ich halte das zwar schwer für möglich, aber auf der anderen Seite ist es mir Recht. Dann sind diese Gegner nämlich zu schlagen.

Wie gesagt – alles in Ordnung bei mir."

Konrad staunte, mit welcher Leichtigkeit Hannes von seinen Telefonaten berichtete. Wie auch immer, war seine Aufmerksamkeit auf andere Dinge gerichtet: „Kannst du mir jetzt noch eine Beschreibung durchgeben, wo du die Truhe versteckt hast."

„Aber klar. Pass auf …"

Hannes erklärte Konrad sehr genau, welchen Weg er nehmen musste und wartete sogar am Telefon, solange, bis Konrad die Stelle gefunden hatte. Zudem beschrieb er nochmals exakt die Gegenstände, die sich in der Truhe befunden hatten.

„Vielen Dank, Hannes", sagte Konrad. „Ich fürchte, die Truhe ist tatsächlich weg. Es ist nur noch ein großes, leeres Loch zu sehen. Viel Spaß heute Nachmittag auf dem Sportplatz!"

Konrad legte auf und untersuchte die Stelle genauer. Eindeutig war hier ein Loch ausgehoben worden. Die Erde war daneben aufgehäuft. Boss und Miss hatten sich nicht einmal die Mühe gemacht, die Grube wieder zuzuschütten. Mit einem scharfen Blick konnte man sogar noch die rechteckigen Umrisse eines Gegenstandes erkennen, der hier gelegen hatte.

Konrad war leicht enttäuscht, wobei im klar war, dass die Truhe nicht mehr hier sein konnte. Immerhin war seine Müdigkeit verschwunden. Eigentlich konnte man fast davon ausgehen, dass die Truhe sowieso nichts Wertvolles enthielt. Holzwürfel, Modeschmuck, Briefumschlag und das Bild einer Henne erschienen zumindest nicht auf den ersten Blick ein großer Schatz zu sein. Dennoch hatte Konrad so ein Gefühl – jedoch - keine zündende Idee.

Vielleicht hatten seine Eltern eine!

Außerdem wollte er ohnehin nachschauen, wie es den beiden Italienern ging und wenn möglich, ihre Geschichte hören.

Wie hießen diese nochmal: Francesco und Enrico?

Kapitel 66

Konrad wählte den Weg über Margrethausen nach Ebingen. Als er am Freizeitbad „badkap" vorbeifuhr, wunderte er sich über den randvollen Parkplatz. „Ich dachte, dass alle entweder beim Radrennen, beim Wandern oder aber beim Autowaschen sind", schmunzelte er vor sich hin. Anscheinend zog es auch viele Menschen ins kühle Nass – kein Wunder bei diesem Wetter.

Nachdem er schließlich das Haus seiner Eltern erreicht hatte, fiel sein erster Blick, nach dem Aussteigen, auf die beiden neuen Feriengäste: Francesco und Enrico. Die zwei saßen auf bequemen Stühlen im Garten, unter der riesigen Tanne im Schatten und führten ein angeregtes Gespräch. Konrads Eindruck war sofort, dass die beiden ihren Frieden gefunden hatten. Die Atmosphäre war äußerst entspannt, die Umgebung idyllisch.

Als die beiden Italiener Konrad bemerkten und auch schnell erkannten, erhoben sie sich umgehend und kamen ihm entgegen.

„Hallo Herr Landberg", grüßte Enrico mit freundlicher Stimme. Francesco reichte Konrad die Hand und schüttelte sie kräftig. „Grazie. Grazie!".

„Vielen Dank auch von mir für alles", fuhr Enrico fort. „Ihre Eltern haben uns sehr herzlich aufgenommen und uns auch schon einiges berichtet – insbesondere von ihnen. Das Beste aber ist: Ihr Vater möchte morgen mit uns nach Pfeffingen fahren, um uns Francescos Geburtsort zu zeigen. Zudem kennt er einen Mann, der mit Francescos Vater befreundet war. Zu ihm will er uns auch führen."

„Mein Vater kennt tatsächlich sehr viele Leute. Es freut mich, dass er ihnen eine Freude machen kann. Wo ist er denn eigentlich?"

„Er hat gesagt, er müsse nachdenken."

„Dann macht er seinen Mittagsschlaf", entgegnete Konrad amüsiert.

Enrico übersetzte und Francesco musste herzhaft lachen.

In diesem Moment trat Martin aus dem Haus. In der Tat rieb er seine Augen und streckte seine Arme nach hinten. „Der Sohnemann ist da", rief Martin. „Das wird Mutter freuen. Aus irgendeinem Grund hatte sie sich Sorgen gemacht."

„Bei mir ist alles in Ordnung", antwortete Konrad und dachte insgeheim, dass seine Mutter tatsächlich über ein großes Einfühlungsvermögen verfügte. Beinahe unheimlich.

„Dann ist ja gut", fuhr Konrads Vater fort. „Nun kannst du dir auch die Geschichte unserer neuen Gäste anhören. Die beiden wollten mir heute Nachmittag erzählen, was sie nach Albstadt geführt hat und wie sie auf dich getroffen sind."

„Das würde mich natürlich auch sehr interessieren", gab Konrad – an Enrico gewandt – zurück.

„Dann lassen sie uns doch im Schatten Platz nehmen", schlug dieser vor.

„Moment noch", warf Martin ein. „Ich hole noch meine Frau dazu, sie soll sich auch gleich noch um kühle Getränke kümmern."

Während Martin zurück ins Haus ging, hole Konrad von der vorderen Terrasse, weiter Stühle, sodass es sich alle unter der Tanne bequem machen konnten. Auch einen kleinen Gartentisch schaffte er herbei.

Inzwischen war Martin mit verschiedenen Flaschen, die er zwischen Arm und Bauch geklemmt hatte, zurückgekehrt. Kurz darauf folgte Hannelore mit einem Tablett voller Gläser. Sie umarmte Konrad ohne Worte und begann danach ihre Gäste mit Getränken zu versorgen.

Nachdem es sich alle bequem gemacht hatten, begann Enrico zu erzählen. Später meldete sich auch Francesco zu Wort, was von Enrico, beinahe simultan, übersetzt wurde. Die beiden erzählten ihre ganze Geschichte. Angefangenen von ihrer Kinderfreundschaft in Florenz und dem Mord an Enricos Vater - bis zum heutigen Tag.

Familie Landberg hörte sich die Worte fasziniert an und unterbrach die Erzählung zu keiner Zeit.

Über eine Stunde hatten die Italiener berichtet. Jetzt herrschte nachdenkliches Schweigen. Bei den beiden Erzählern, weil sie die Aufarbeitung ihres Lebens emotional sehr mitgenommen hatte – bei Familie Landberg, weil die Geschichten, die das Leben schreibt, manchmal zu groß sind, um sie sofort zu verstehen.

Nach einiger Zeit und kräftigen Schlücken von Hannelores gekühltem, selbstgemachtem Eistee, begann nun Konrad seinerseits zu berichten. Dabei achtete er darauf, genügen Pausen einzulegen, damit es für Enrico problemlos möglich war, die Worte zu übersetzten.

Beinahe entrückt, hingen die beiden Italiener an Konrads Mund. Umso mehr, je länger die Geschichte dauerte. Konrad verstand es allerdings auch seine Worte besonnen zu wählen und die Spannung stetig zu erhöhen. Auch seine Eltern lauschten mit großer Aufmerksamkeit, obschon ihnen bereits einiges bekannt war. Am Ende berichtete Konrad auch von dem Schuss auf ihn und der rettenden Polizeiweste.

„Ich habe es gewusst …", stöhnte seine Mutter auf. Selbst auf die Stirn seines sonst so pragmatischen Vaters legten sich Sorgenfalten.

„Wie ihr seht, ist mir nichts passiert und die Mörderin ist gefasst", bemühte sich Konrad schnell seine Eltern zu beruhigen. „Stoßen wir darauf an."

Konrad hob sein Glas. Nur zögerlich griffen die anderen nach den ihren. Zu tief steckten sie momentan noch in der Geschichte, um sich so schnell davon losreißen zu können. Schließlich jedoch erhoben auch sie ihre Gläser, um anzustoßen. Das Klirren schien eine Art Signal gewesen zu sein, denn zusehends entspannten sich die Gesichter von Konrads Eltern wieder, was dieser gehofft – und mit dem Anstoßen bezweckt - hatte und jetzt mit Erleichterung registrierte.

„Da gibt es noch eine Sache, die noch nicht gelöst ist", fuhr er sogleich fort, um die Gedanken an das Attentat vollends zu vertreiben. „Ich habe doch die Truhe erwähnt, die die Kinder damals im Wald gefunden hatten und die Hannes wiederentdeckte, nachdem man eigentlich angenommen hatte, sie wäre beim Feuer mit verbrannt."

Hannelore, Martin und die beiden Italiener nickten wissend. Konrad hatte ihre volle Aufmerksamkeit.

„Meint ihr auch, dass es sich hierbei wohl nicht um einen Schatz oder etwas Wertvolles gehandelt hat?"

Nach kurzem Überlegen waren sich dir drei Männer schnell einig und gaben Konrad recht. Bei der Truhe hatte es sich wohl um eine Kinderträumerei gehandelt. Alles andere wäre auch zu abwegig.

Ganz anders Hannelore.

Eher beiläufig sagte sie: „Klar ist das wertvoll. Sehr sogar … wahrscheinlich."

Die Männer horchten auf und Martin spottete: „Und wa soll am Bild vora Henn schau wertdvoll sei?"

Dieses Mal musste Konrad zunächst für Enrico ins Hochdeutsche übersetzen, bevor dieser Martins Worte in Italienisch weitergeben konnte.

Die Männer schmunzelten – jedoch sehr zurückhaltend - dennoch waren jetzt alle Augen auf Hannelore gerichtet. Zunächst bemerkte sie dies jedoch nicht. Vielmehr genoss sie einen weiteren kräftigen Schluck vom Eistee. Mitten im Trinken fiel ihr dann aber doch auf, dass nicht mehr geredet und sie stattdessen angestarrt wurde. Immer noch das Glas an den Lippen, sah sie einen nach dem anderen an.

„Ich meine Karri Krand", platzte es schließlich aus ihr heraus.

Noch immer blickten die Männer voller Unverständnis auf Hannelore.

„Na – der Film", erklärte sie deshalb weiter. „In Paris. Mit Odri Hebbörn."

„Welcher Film?", fragte Martin kopfschüttelnd.

„Da wo am Ende herauskommt, dass die Briefmarken wertvoll sind", erkläre Hannelore weiter.

„Charade!", riefen Konrad und sein Vater im Gleichklang.

„Mit Audrey Hepburn und Cary Grant", fügte Konrad hinzu.

„Sage ich doch", nickte Hannelore zufrieden.

Auch die beiden Italiener kannten den Film aus dem Jahre 1963 von Regisseur Stanley Donen.

„Immerhin eine Möglichkeit", meinte Enrico, nachdem er sich mit Francesco verständigt hatte.

„Du meinst, die Briefmarken, auf dem Brief aus der Truhe, sind wertvoll?", fasste Konrad die Gedanken seiner Mutter als Frage zusammen.

Diese nickte kräftig. „Ganz genau. Ich bin mir dabei sehr sicher!"

„Es klingt ja schon ein wenig abenteuerlich. Aber …" Martin kratzte sich am Kopf.

„Man müsste sich die Marken genauer ansehen", übersetzte Enrico die Gedanken seines Freundes.

Konrad – dessen Gehirn auf Hochtouren arbeitete – griff nach seinem Handy. „Vielleicht kann uns Hannes Bürger hier weiterhelfen. Eventuell kann er die Briefmarken näher beschreiben."

Leider nahm Hannes den Anruf nicht entgegen.

„Ich versuche es gleich nochmal", sagte Konrad und fügte hinzu: „Das wäre ja ein Ding!"

Knapp zehn Minuten später führte ein erneuter Anrufversuch von Konrad zum Erfolg.

Hannes meldete sich.

„Du musst entschuldigen", begann dieser sofort zu reden, ohne weitere Worte zu verlieren. „Wir hatten gerade ein Spiel. Null zu drei verloren."

„Dann war der Gegner sicherlich sehr stark", stellte Konrad fest.

„Das auch – aber: ich musste auf zwei Jungen der F – Jugend zurückgreifen. Sonst hätte ich keine zweite Mannschaft melden können."

„Der F – Jugend? Aber dazwischen kommt doch noch die E – Jugend. Dann wären die gegnerischen Spieler wenigstens nur zwei Jahre älter gewesen – aber so sind es drei, wenn nicht sogar vier Jahre Unterschied. In diesem Alter ist manchmal schon ein halbes Jahr viel."

„Was meinst du, wie ich mir die Finger wund telefoniert habe? Von der E – Jugend war leider niemand zu bekommen."

„Aber F – Jugend? Die sind doch wirklich noch zu klein."

„Natürlich. Die Buben tun mir ja auch leid. Die stehen nur rum. Außerdem bin ich die ganze Zeit am Schnürsenkel binden. Das mache ich dann, wenn ich nicht auf die kleine Schwester des

Spielers aufpassen muss, dessen Vater keine Zeit hat, weil er Angst hat, sein Auto werde beim Fahren schmutzig."

„Hannes – du hast es manchmal auch nicht leicht", seufzte Konrad ins Telefon.

„Halb so schlimm. Aber eine Aufgabe ist es schon. Immerhin muss ich alleine, zwei Mannschaften betreuen. Nur gut, dass sie nicht gleichzeitig spielen. Das könnte nämlich auch sein. Hier wird auf zwei Spielfeldern parallel gespielt."

„Du hast keinen Betreuer? Dann spanne doch einen Vater ein."

„Du kennst doch die Eltern. Da ist dann nur noch ein größeres Geschrei."

„Und wie waren die anderen Spiele bisher?" Konrad ging auf die Elternproblematik bewusst nicht ein. Vielmehr wollte er ganz allmählich den Bogen spannen und Hannes langsam auf den eigentlichen Grund seines Anrufs vorbereiten: die Frage nach den Briefmarken.

„Die erste Mannschaft hat ein Spiel gewonnen, eins Unentschieden und eins verloren. Wenn wir das letzte Spiel gewinnen, haben wir sogar noch Chancen, eine Runde weiterzukommen."

„Das ist doch erfreulich! Aber – jetzt mal noch was ganz Anderes: Kannst du dich an den Brief in der Truhe erinnern?"

„Selbstverständlich. Bestens sogar!"

„Dort waren doch Briefmarken aufgeklebt. Weißt du vielleicht noch, wie die ausgesehen haben?"

„Hm …". Ein Geräusch drang durch den Apparat, als wenn sich Hannes mit dem Handy über seinen Kopf streichen würde.

„Ja, also: Das waren auf jeden Fall zwei Briefmarken. Die sahen sehr alt aus. Wenn mich nicht alles täuscht, stand ‚ONE PENNY' darauf."

„Interessant!"

„Ja und die eine war rötlich und die andere schwarz. Auf beiden war der Kopf einer Frau abgebildet. Wir dachten damals, es wären Spielbriefmarken – so wie der Modeschmuck."

„Super, Hannes – du hast ein gutes Gedächtnis!"

„Danke! Du Konrad …"

„Ja?"

„Ich muss jetzt Schluss machen. Wir spielen in fünf Minuten wieder."

„Selbstverständlich - nochmals vielen Dank! Ich wünsche dir was."

Die vier Zuhörer hatten das Wesentliche des Telefonats mitbekommen. Dennoch wiederholte Konrad nochmals, was Hannes über die Briefmarken gesagt hatte.

„Das könnte schon darauf hindeuten, dass es sich um wertvolle Marken handelt", ließ Francesco Enrico übersetzen. „Ich kenne mich ein klein wenig aus bei Briefmarken", fügte er weiter hinzu.

„Was würde man denn heutzutage für so eine Marke bekommen?", fragte Konrad.

„Schwer zu sagen. Da gibt es eine weite Spanne. Die kann von 5.000 bis 50.000 Euro reichen. Bei ganz seltenen Exemplaren natürlich noch ein Vielfaches mehr."

Martin pfiff durch die Zähne. „Das ist ja ein ganz schöner Brocken. Noch dazu, sind es ja zwei Marken – also das Doppelte."

„Eine blaue oder rote Mauritius, hat heute bestimmt einen Wert von einer Million Euro", übersetzte Enrico die Worte von Francesco weiter. „Die Echtheit müsste aber von einem Experten bestätigt werden."

„Leider sind die Briefmarken, samt Brief und Truhe verschwunden – beziehungsweise, diejenigen, die die Truhe vermutlich in ihren Besitz gebracht haben, sind verschwunden", schnaufte Konrad.

„Da wird sich schon noch etwas ergeben", meldete sich nun auch Hannelore wieder zu Wort. „Möchte noch jemand einen Eistee?"

„Nein, danke", gab Konrad zurück. „Ich bin jetzt plötzlich fürchterlich müde und muss mich ausruhen. Nachdenken – nicht wahr, Papa?"

„Werde nicht frech. Der Schlaf dient mir auch zur Erhaltung meiner natürlichen Schönheit", lachte Martin zurück.

Konrad verabschiedete sich von seinen Eltern und reichte Francesco und Enrico zum Abschied die Hand. Er versprach den beiden, sie zu unterstützen, wenn sie ihre Aussage bei der Polizei machen mussten.

War es jetzt, dass Konrad gerade an Kommissar Langner gedacht hatte – oder war es reiner Zufall?

Wie auch immer – Konrads Handy klingelte, weil Langner gerade die entsprechende Nummer gewählt hatte.

„Hallo, Joachim", begrüßte Konrad seinen Schulkameraden. „Ist das Radrennen schon zu Ende?"

„Sei mir ruhig. Gerade das Frauenrennen war zu Ende, als ich wieder aufs Revier gerufen wurde. Wegen nichts und gar nichts!"

„Darum: Augen auf bei der Berufswahl! Was wollten sie denn von dir?"

„Sie wollten mich nur informieren, so wie ich das jetzt mit dir mache.

Ich hatte nochmals einen Beamten nach Onstmettingen geschickt, zum Haus von Tamara Schlosser. Zu gerne hätte ich noch die Aussagen von Schlosser und diesem Lehner gehabt. Ich kann die beiden nicht belangen, da Hannes Bürger ausdrücklich auf eine Anzeige verzichtet hat. Für ihn war seine Entführung nur ein ‚Spaß unter Freunden'. Da kann ich leider nichts machen."

„Eigentlich sehr schade …", sinnierte Konrad.

„Ja, aber: meinem übereifrigen Kollegen Schröderhahn wurde die Türe in Onstmettingen nicht geöffnet. Also hat er sie selber geöffnet – dieser Idiot. Beim ersten Mal war es klar, da war Gefahr im Verzug. Aber jetzt … das sage ich aber nur dir und es bleibt auch unter uns. Verstanden?"

„Ich kenne Schröderhahn gar nicht."

„Gut so. Jedenfalls ist er ins Haus rein und hat sich umgeschaut. Es war eindeutig: Die beiden waren da und haben – sehr hastig – gepackt. Die Schränke standen noch offen.

Vor allem aber waren die Tickets nicht mehr da."

„Welche Tickets denn?"

„Das habe ich dir noch nicht gesagt. Bei der ersten Durchsuchung haben wir Flugtickets gefunden. Zwei Stück, für einen Flug ab Stuttgart nach Teneriffa. Morgen Früh um 10:45 Uhr."

„Das ist ja der Hammer. Und diese Tickets sind nun weg?"

„Ganz genau. Wollte dich nur kurz informieren. Jetzt bin ich schon wieder auf dem Weg zum Radrennen. Vielleicht sehe ich noch den Zieleinlauf des Männerrennens."

Damit hatte Kommissar Langner auch bereits wieder aufgelegt und einen nachdenklichen Konrad zurückgelassen.

Ganz allmählich – während er Lenas Wagen startete – formte sich eine Idee in Konrads Kopf.

Kapitel 67

Konrad summte ein Liedchen, während er Pulver in die Kaffeemaschine füllte. Zurück aus Ebingen, vom Besuch bei seinen Eltern, hatte er sich die Fußballbundesliga – Konferenz im Fernsehen angeschaut und war darüber eingeschlafen. Beinahe eine Stunde dauerte dieser wohltuende, erholsame und so nötige Schlaf.

Jetzt war er ausgeruht und bester Laune. Mit Lena hatte er gerade Kontakt gehabt. Sie hatte ihm Bilder der letzten Verpflegungsstation am Onstmettinger Skilift geschickt und gemeint, sie wäre in gut zwei Stunden in Pfeffingen im Ziel. Zeit genug also für Konrad, um sich noch eine oder zwei Tassen Kaffee auf dem Balkon zu gönnen. Danach würde er nach Pfeffingen fahren, um Lena beim Zieleinlauf zu beklatschen. Sicher würde auch noch Zeit bleiben, eine Kleinigkeit auf dem Fest, bei der Alten Schule im Zentrum von Pfeffingen, zu essen. Dieses Fest - als Ausklang der Challenge – soll den müden Wanderern und anderen Gästen eine willkommene Gelegenheit bieten, den Tag bei einer Grillwurst und einem kühlen Bier ausklingen zu lassen. Noch dazu war eine Musikgruppe verpflichtet worden, die den Gästen stimmungsvolle Liveunterhaltung präsentieren sollte.

Auf Konrads Balkon herrschte eine himmlische Ruhe. Der sägende Nachbar hatte sein Tagwerk vollendet und lag jetzt sicher in der Badewanne – Samstag war Badetag.

Vögel zwitscherten und eine abendliche Gelassenheit legte sich über das Land. Auch die Lautsprecher beim Radrennen waren verstummt.

In dieser beschwingten Stimmung verließ Konrad das Haus, um sich auf den Weg nach Pfeffingen zu machen. Jetzt war beinahe schon eine gewisse Eile geboten. Für den Fall, dass Lena die letzte Etappe doch schneller bewältigte als geplant, würde die Zeit knapp werden.

Doch diese Befürchtung erwies sich als unbegründet. Nachdem er in Pfeffingen angekommen war, hatte er Lena eine Nachricht über sein Handy geschrieben. Sie hatte prompt geantwortet, dass sie Pfeffingen schon sehe, dass es aber noch gut 20 Minuten dauern würde, bis sie im Ziel wäre.

Auf dem nett gestalteten Platz vor der Alten Schule in Pfeffingen, herrschte bereits reges Treiben. Getränke- und Essen-Stände waren aufgebaut und wurden bereits betrieben. Für die Gäste standen Bänke und Tische bereit, die bereits zur Hälfte gefüllt waren. Auf einem großen LKW – Anhänger, mit einer Abdeckplane hinten und oben, hatte die Musikband ihre Anlage und Instrumente installiert, beziehungsweise war fleißig dabei.

Gerade als Konrad das Festgelände betreten hatte, brandete ein frenetischer Applaus auf. Verdutzt blickte er sich um. Hatte das ihm gegolten? Erst jetzt bemerkte er, dass alle Blicke auf die Straße nach Onstmettingen gerichtet waren. Von dort her kamen die Wanderer ins Ziel, welches sich in unmittelbarer Nähe des Festgeländes befand. Dazu war sogar die Pfeffinger Hauptstraße gesperrt worden. Und eben drei dieser Wanderer – eine Frau und zwei Männer – kamen gerade die Straße herunter und näherten sich dem Ziel. Ihnen hatte der Applaus gegolten. Zu Recht, wie Konrad meinte. 60 Kilometer an einem Tag, noch dazu bei dieser Hitze, waren aller Ehren wert.

Konrad blickte zur Uhr. Noch 15 Minuten, bis Lena eintreffen würde. Das konnte gerade für eine rote Wurst und ein Radler reichen. Der Ausschank arbeitete bereits auf Hochtouren – das

Personal war schnell und freundlich. Konrad setze sich so, dass er den Zieleinlauf gut überblicken konnte. Gerade eben trafen wieder Wanderer ein, die abermals mit einem tosenden Beifall begrüßt wurden.

Genüsslich kauend, sah sich Konrad um. Er blickte in die müden, aber glücklichen Gesichter der Wandersleute. Bei vielen waren die Strapazen des Tages deutlich zu erkennen. Alle waren jedoch fröhlich und bester Laune.

Und dann sah er Hannes.

In der Tat – es war Hannes Bürger. Er hatte an einem Tisch im hinteren Ende des Geländes Platz genommen und war nicht alleine. Drei weitere Männer befanden sich bei ihm. Zwei davon, erkannte Konrad sofort: Hans-Peter Kohl und Martin Baum, die beiden Dicken. Den Dritten hatte er noch nie gesehen, dennoch war es nicht schwer zu erraten, dass es sich bei ihm um Sebastian Kramer, Spitzname Conan, handelte.

Die Kinderbande von 1994, dachte Konrad. Die Anzahl hatte sich halbiert. Aus den ursprünglich acht Leuten waren vier übriggeblieben. Einer war tot, eine war im Gefängnis und zwei waren auf der Flucht.

Wieder brandete Applaus für ankommende Wanderer auf. Konrad hatte sein Mahl beendet und beschloss, später bei Hannes vorbeizugehen, um ihn zu begrüßen. Jetzt machte er sich aber auf den Weg, um direkt neben dem Ziel Aufstellung zu nehmen. Lena musste jeden Moment auftauchen.

Tatsächlich! Der nächste Beifall kündigte weitere Ankömmlinge an, unter denen sich nun auch Lena befand. Sie lief in einer Gruppe mit zwei Männern und einer Frau, die allerdings nicht ihre Arbeitskollegin war. Wie sich später herausstellte, hatten sich die vier erst kurz vor Ende getroffen und entschieden, gemeinsam im Ziel einzulaufen.

Konrad jubelte überschwänglich. Er war sehr stolz auf seine Frau, dass sie diese Herausforderung so gut gemeistert hatte. Bei Lena war keine Müdigkeit zu erkennen. Sie strahlte hingegen voller Freude, die Stecke bewältigt zu haben.

Erst als sie auf der Bierbank Platz nehmen wollte, stöhnte sie auf. Das Bein über die Bank zu heben, verursachte unbekannte Schmerzen. Nur mit Mühe schaffte sie es, sich zu setzten. Ein Mann vom Nachbartisch rief: „Das geht allen so".

Konrad kümmerte sich um Essen und Getränke und erkundigte sich dann nach Gerd, seinem Schwager.

„Der ist ja schon in Burgfelden davongezogen", antwortete Lena. „Allerdings haben wir ihn dann wieder in der Nähe des Nägelehauses überholt. Dort ist er mit seiner Gruppe barfuß im Gras gesessen. Einige hatte wohl massive Krämpfe. Ich habe sie dann mit meinen Magnesium - Tabletten versorgt."

„Sieh mal an!" Konrad musste Schmunzeln. Da hat wohl mal wieder die weibliche Besonnenheit, gegen das männliche „Mit-dem-Kopf-durch-die-Wand-gehen" gesiegt.

„Meine Kollegin ist dann übrigens am Nägelehaus ausgestiegen. Sie hatte Blasen an beiden Füßen."

„Trotzdem eine gute Leistung. Das sind ja bis dahin mindestens 40 Kilometer."

Inzwischen hatten sich die Bierbänke weiter gefüllt. Ganz allmählich breitete sich die Dunkelheit der Nacht aus, was auf dem hell erleuchtenden Festgelände jedoch nicht zu bemerken war, es sei denn man neigte seinen Kopf nach oben gegen den immer dunkler werdenden Himmel. Doch dazu fehlte es den meisten an der Kraft.

Nur noch vereinzelt war Applaus für ankommende Wanderer zu hören – was ganz einfach der Tatsache geschuldet war, dass keine mehr ankamen. Die Organisationsleitung verkündete dann auch, dass noch fünf Wanderer unterwegs waren. Alle anderen waren im Ziel oder hatten sich ordnungsgemäß abgemeldet.

„Kann es sein, dass Gerd unter den fünf ‚Vermissten' ist? Ich habe ihn hier noch nicht gesehen."

„Schon möglich", entgegnete Lena. „Er und seine Mitwanderer sahen schon sehr mitgenommen aus beim Nägelehaus."

„Ich werde ihn mal anrufen", schlug Konrad vor, während er sein Handy hervorholte. Er wählte die Nummer seines Schwagers und musste feststellen, dass sich lediglich die Mailbox meldete. „Hallo Gerd! Konrad hier. Rufe mich doch bitte einmal zurück", diktierte er auf den Anrufbeantworter. „Komisch …", wandte er sich wieder an Lena, nachdem er aufgelegt hatte.

„Wahrscheinlich sitzen die bei einem Bier im Nägelehaus", beruhigte Lena, die spürte, dass sich ihr Mann Sorgen machte.

„Wäre natürlich möglich …", sinnierte Konrad, um sofort das Thema zu wechseln: „Apropos: Möchtest du noch etwas trinken?"

„Gerne. Ich denke, ein Radler habe ich mir jetzt verdient."

Konrad nickte und erhob sich gerade in dem Moment, als zwei Paare an den Tisch herantraten. „Ist hier noch frei?", fragte einer der Männer freundlich.

„Klar", gab Konrad ebenso zurück.

Als er mit zwei Flaschen Radler in der Hand zurück zum Tisch kehrte, führte Lena bereits in ein intensives Gespräch mit den Leuten. Konrad gesellte sich zu ihnen und erfuhr, dass die vier ebenfalls an der Challenge teilgenommen hatten. Allerdings hatten sie es nur bis zum Waldheim in Ebingen geschafft. Von dort waren sie dann abgeholt worden. Dennoch ließen sie es sich nicht nehmen, jetzt – mit bester Laune - zum Fest zu kommen.

Bald wurde lebhaft gescherzt und erzählt, sodass Konrad seinen Schwager beinahe vergaß.

Auch an Hannes hatte er fast nicht mehr gedacht. Jetzt erhob er sich jedoch und erklärte, er wolle einen kurzen Besuch machen. „Hannes sitzt da hinten", erklärte er Lena noch etwas deutlicher.

„Hallo Hannes", begrüßte Konrad die vier Männer, die immer noch, wie vorhin, auf denselben Bänken saßen. Alle acht Augen waren mit einem Schlag auf ihn gerichtet, wobei Kohl einen ängstlichen Eindruck machte, als er Konrad erkannte. „Wie ist es heute Nachmittag beim Turnier noch gelaufen?"

„Sportlich nicht so gut. Beide Mannschaften haben ihr letztes Spiel noch verloren. Somit sind wir nicht weitergekommen. Aber ansonsten war alles in Ordnung. Es hat sich keiner verletzt und wir sind auch mit allen wieder nach Hause gekommen. Von dem Vater, dessen Tochter ich gehütet hatte, habe ich sogar 50 Cent dafür bekommen."

„Na das nenne ich ja fast ‚bezahlter Fußball'", scherzte Konrad, was bei den Männern allerdings nicht so ankam. Die vier verzogen keine Miene. Wobei Hannes diese Worte gar nicht gehört hatte. Vielmehr sinnierte er: „Ich hätte vielleicht mit drei – drei spielen sollen. Das wäre besser als zwei – zwei – zwei gewesen."

„Du meinst die taktische Aufstellung der Mannschaft. Zwei in der Abwehr, zwei im Mittelfeld und zwei im Angriff", erfasste Konrad sofort, was Hannes gemeint hatte. „Im Nachhinein ist man immer schlauer."

Nachdenklich nickte Hannes: „Oder vielleicht drei – zwei – eins …"

„Darf ich mich kurz zu euch setzten", lenkte nun Konrad bewusst vom Fußball ab, während er sich an den eigentlich vollbesetzten Tisch drängte. „Mein Name ist Landberg. Konrad Landberg", stellte er sich vor.

Die Männer nickten wissend. Ein sicheres Zeichen für Konrad, dass sie schon über ihn gesprochen hatten.

„Zunächst einmal mein Beileid zum Tode ihres Kameraden Matthias", fuhr Konrad fort. „Es ist schon tragisch, dass der Mörder aus dem engsten Freundeskreis stammt. Hannes hat ihnen sicher schon berichtet."

„Hat er", antwortete die einzige Person, die Konrad noch nie gesehen hatte, Sebastian Kramer, genannt Conan. „Aber die Grace war immer schon ein wenig komisch."

„Das kann man nicht sagen", widersprach ihm Martin Baum. „Sie war immer die, für die es wichtig war, dass die Gruppe zusammenhält."

„Das schon. Aber eine Meise hatte sie schon immer."

„Oder ich hätte es mit eins – zwei – drei versuchen sollen. Totale Offensive!", hörte man jetzt Hannes reden.

„Jetzt komme mal wieder weg von deiner Fußballmannschaft", gebot Hans-Peter Kohl.

„Wie? – ach ja. Entschuldigung." Erst jetzt war Hannes Geist wieder am Tisch und nicht auf dem Sportplatz. „Grace ist schon eine eigene Person."

„Nun ich denke ganz einfach, dass sie eine Psychopathin ist. Mit Sicherheit, hat sie auch damals den Brand gelegt, bei dem der Kauz ums Leben gekommen ist", bemerkte nun Konrad.

„Das denke ich auch", sagte Kohl, der inzwischen wieder mehr Vertrauen in Konrad gefunden zu haben schien. „Außerdem hat sie ja heute Vormittag auf sie geschossen."

„Ein Lob auf schusssichere Westen!" Konrad lachte. Er wollte das Ganze jetzt nicht nochmal durchkauen. „Und was haben sie nun vor? Wann werden sie Albstadt wieder verlassen?"

„Morgen", antwortete Kramer. „Ich muss am Montag wieder anfangen, zu arbeiten."

„Ich reise ebenfalls morgen wieder ab", fügte Baum hinzu und auch Kohl nickte: „Ich ebenfalls. Wir werden uns aber am kommenden Freitag wieder hier treffen. Dort ist die Beerdigung von Prof."

„Haben sie eigentlich nochmal etwas von Tamara Schlosser und Bernd Lehner gehört?", wollte Konrad nun wissen. Eigentlich war das der wahre Grund seines „Besuchs" bei den vier Männern.

Kramer blickte begriffsstutzig auf Konrad.

„Er meint Miss und Boss", half Kohl ihm auf die Sprünge.

„Ach die … nein, die sind leider nicht gekommen. Eigentlich hatte uns Little Joe ja woanders hin eingeladen. Dann hat er sich aber kurzfristig um entschieden und gemeint, wir treffen uns auf dem Fest in Pfeffingen."

„Weil hier einfach mehr Menschen sind. Da kann man nicht so schnell entführt werden", erklärte Hannes.

„Wie entführt?"

„Ach nur so. Jedenfalls sind die beiden nicht aufgetaucht."

„Haben sie sich vielleicht wenigstens telefonisch gemeldet?", fragte Konrad weiter.

„Nein. Wir wissen gar nichts von ihnen."

„Das ist ja schon seltsam, dass sie sich gar nicht melden", gab Baum zu bedenken.

Konrad registrierte, dass Hannes die drei anderen wohl nicht über alles informiert hatte – weder über seine Entführung, noch über die Truhe. Das spielte aber keine Rolle und war außerdem seine Sache. Dafür erwähnte Konrad nichts von den Flugtickets, von denen ihm der Kommissar berichtet hatte. Vielmehr erhob er sich mit den Worten: „Dann gehe ich mal wieder zu meiner Frau. Ihnen allen noch alles Gute!"

Inzwischen hatte auch die Musik begonnen zu spielen, sehr gelungen und sehr laut. Als Anwohner musste man entweder an diesem Wochenende in den Urlaub fahren oder aber am Fest teilnehmen.

Konrads Platz neben Lena war belegt. Er erkannte die Kollegin seiner Frau, die mit Lena heute Morgen los gewandert war und ihren Mann.

„Hallo, Konrad", begrüßte ihn Lena. „Jetzt wird es halt ein bisschen eng."

„Das ist gar kein Problem. Ich wollte jetzt sowieso zuerst meiner Schwester anrufen, ob sie etwas von Gerd gehört hat. Sonst …".

In diesem Moment wurde die Musik unterbrochen und die Sängerin ergriff das Wort: „Soeben erreichen die letzten Mohikaner das Ziel. Bitte Applaus für die fünf tapferen Männer."

Aus der Dunkelheit tauchten tatsächlich die fünf Wanderer auf, die noch unterwegs waren. Mitten unter ihnen: Gerd Müller, Konrads Schwager.

Ein stürmischer Beifall brauste auf. Die meisten Festgäste erhoben sich gar von ihren Bänken. Die fünf – sichtbar überrascht – winkte erschöpft in die Menge.

„Dann wäre dieses Problem auch noch gelöst", sagte Konrad zu Lena. „Ich dachte schon, ich müsse nochmal mit einem Suchtrupp in die Nacht hinaus …"

„Ich weiß, dass du das dachtest. Aber jetzt ist ja alles in Ordnung."

Konrad nickte seiner Frau dankbar zu. Wieder einmal konnte er feststellen, dass Lena ihn manchmal besser kannte als er sich selber.

„Ich bin zwar todmüde – aber du könntest mir nochmal ein Radler spendieren", sprach sie weiter.

„Gerne. Ich hole uns nochmal eins und bringe Gerd auch gleich eine Flasche mit. So wie der aussieht, hat er Flüssigkeit nötig."

Es dauerte einige Zeit, ehe Konrad mit drei Flaschen in den Händen zurückkehrte. Die Schlange vor der Getränkeausgabe war mittlerweile rasant gewachsen. Die fleißigen Helfer hinter der Theke hatten alle Hände voll zu tun. Zudem wurde beinahe jeder Gast persönlich begrüßt, was natürlich auch Zeit kostete. Schon aus der Entfernung sah er Gerd neben Lenas Platz stehen. In der Hand hielt sein Schwager eine Flasche Bier.

„Da war ich wohl zu langsam", begrüßte ihn Konrad.

„Das ist doch gar kein Problem. Diese Flasche banne ich auch noch", witzelte Gerd zurück. Er schien bester Laune zu sein. Seine Erschöpfung war verflogen.

„Ich habe gerade Lena für ihre Magnesium - Tabletten gedankt", sagte Gerd. „Die haben uns wieder auf Trab gebracht. Wir hatten so was von Krämpfen. Das kannst du dir nicht vorstellen."

„Und danach ging es tatsächlich?"

„Tatsächlich! Wobei wir einen zusätzlichen Stopp im Nägelehaus eingelegt haben."

„Habe ich doch gesagt", rief Lena dazwischen.

„Danach sind wir zwar fast nicht mehr hochgekommen – aber nach einer Weile ging es dann besser. Bis der innere Sauhund überwunden war, wie dein Vater sagen würde."

„Ich habe übrigens versucht, dich anzurufen", warf Konrad ein.

„Mein Handy? Ach ja – der Akku war leer."

„Na dann, trotzdem: Gratulation zur Bewältigung der Strecke!"

„Danke – danke. Übrigens hat mich Hannes schon informiert, wie es bei seinem Turnier gelaufen ist. So was ist ihm immer ganz wichtig."

„Ich habe es auch schon gehört. Aber was da so nebenbei abgeht …"

„Erinnere mich bitte nicht daran. Heute ist erst mal Fest. Nach dieser Strapaze. Da war dein Tag sicher ruhig dagegen. Bestimmt bist du den ganzen Tag in der Sonne gelegen."

„Fast!" Konrad konnte sich ein Lachen nicht verkneifen. „Ich denke, ich werde euch jetzt mal erzählen, wie MEIN Tag heute so war …"

Epilog

Seine Eltern staunten nicht schlecht, als Konrad an diesem Sonntag bereits um 8:00 Uhr in der Frühe vor ihrem Haus stand.

Nach seiner Erzählung gestern Abend, beim Fest in Pfeffingen, vom Verlauf seines Tages, hatten sich Gerd und Lena zuerst nochmal ein Bier geholt, um den Schrecken über das gerade gehörte im Allgemeinen und dem Attentat auf Konrad im Speziellen, zu vertreiben.
Kurze Zeit später forderte der Tag, gepaart mit dem Alkohol, dann schließlich doch seinen Tribut von den Wanderern. Gerd wäre am Tisch beinahe eingeschlafen und Lena konnte sich vor Müdigkeit kaum noch gerade halten. Konrad hatte die beiden kurzerhand ins Auto verfrachtet und zunächst Gerd heimgefahren.
Zu Hause, in Truchtelfingen, hatte Lena sofort ein ausgiebiges Bad genossen, um sich anschließend direkt ins Bett zu legen – müde, aber zufrieden.

Sie schlief noch tief und fest, als Konrad kurz nach 7:00 Uhr aufgestanden war. Eine Sache war ihm gestern den ganzen Abend nicht aus dem Kopf gegangen: die Marken auf dem Brief aus der Truhe!
Je mehr er sich damit beschäftigte, desto konkreter entwickelte sich eine Idee in Konrads Gehirn. Am Ende seiner Überlegungen stand für ihn fest, dass die Marken tatsächlich einen nicht zu unterschätzenden Wert hatten.
Und wenn nicht – egal.
Auf keinen Fall wollte er die Briefmarken den beiden Entführern Tamara Schlosser und Bernd Lehner überlassen, diesen

zwielichtigen Personen. Wobei er sich nicht sicher sein konnte, dass die beiden das Schreiben überhaupt hatten – sprich, den Wert der Marken ebenfalls vermuteten. Allein – sein Gefühl sagte ihm, dass die beiden den Brief besaßen.

„Was willst du denn hier?", empfing ihn sein Vater, nachdem der das Haus seiner Eltern in Ebingen betreten hatte. „Heute ist Sonntag. Da wird der Rasen nicht gemäht."

„Es ist nichts passiert", entgegnete Konrad, ohne auf die Anspielung seines Vaters einzugehen. Zunächst war es ihm wichtig, seine Eltern in Ruhe zu wiegen. „Bei mir ist alles in Ordnung. Ebenso bei den anderen: Lena und Gerd haben die 60 Kilometer gestern geschafft und schlafen jetzt noch selig."

„Das ist schon mal gut", schnaufe Hannelore erleichtert auf. „Aber was führt dich dann hierher - zu dieser frühen Stunde am Sonntag?"

„Ich brauche ein paar Dinge aus den Theaterutensilien von Vater."

„Was um alles in der Welt willst du mit diesen alten Sachen? Gehst du jetzt zum Film?"

„Ich erkläre euch alles später. Sind sie immer noch in der Kommode im Esszimmer?"

„Ja – aber …"

„Danke!" Schon war Konrad an seinen Eltern vorbeigehuscht und auf dem Weg ins Esszimmer. Wenn Hannelore und Martin auch nicht verstanden, was ihn antrieb – eines war ihnen jedoch ganz klar: Ihr Sohn hatte keine Zeit.

Konrad benötigte nicht lange, um das zu finden, wonach er gesucht hatte:
Eine zottelige Perücke, einen tiefschwarzen Vollbart zum Ankleben und eine dunkle, dicke Brille.

Jetzt konnte er sich auf den Weg nach Stuttgart, zum Flughafen, machen.

"Wenn die anderen glauben, man ist am Ende, so muss man erst richtig anfangen."

Konrad Adenauer

Die Konrad Landberg – Reihe:

Bikespur
Reiner Plaumann
SP-Verlag 2008
ISBN: 978-3-9811017-9-9

Strafstoss
Reiner Plaumann
Silberburg-Verlag 2011
ISBN: 978-3-8425-1116-3

Kreisläufer
Reiner Plaumann
SP-Verlag 2014
ISBN: 978-3-9812106-9-9

Alb-Florenz
Reiner Plaumann
BoD 2022
ISBN: 978-3-7562-0420-5